꽃잎에 서린 이슬

□ 머리글

아침 햇살에 장미꽃이 수줍어
부끄러운 듯 얼굴을 가리고
밤새 꽃잎에 사알짝 내려앉은 이슬이
영롱한 빛을 발하고 있다.
꽃은 향기가 있어 나비를 유혹하고
나비는 그 향기에 취해서 살아가는 게 자연의 섭리다.
어둠 속에 있는 사람만이 빛의 소중함을 알 듯
지난날의 아픈 경험이 소중한 책으로 엮어졌다.
추운 겨울이 지난 뒤라야 봄의 환희를 만끽할 수 있듯
역경을 딛고 일어선 뒤라야
성공의 참 의미를 알 수 있을 것이다.
이 책을 통하여
우리 주위의 다양한 모습을 재음미하고자 한다.
수필집이 세상에 태어나 빛을 보기까지
도움을 주신 모든 분께 감사드리고 싶다.

2004년 7월
치평동 서재에서
장　부　규

제1장 모란꽃과 나비

고향 가는 길

　며칠 전 고향에 들렀다. 고향은 참 좋은 곳이다. 자기가 태어나서 자란 고향은 언제 들어도 가슴이 뭉클하다. 친구도 마찬가지다. 사회에서 아무리 좋은 벗을 사귈지라도 사회에서 만난 친구와 고향의 친구는 여러 가지 측면에서 다르다.

　어렸을 적에 고향에서 함께 뛰어 놀기도 하고 싸우기도 하고 때로는 바닷가나 강물에서 발가벗고 수영을 하던 친구들처럼 더 좋은 벗은 없다. 싸울 때는 미웠을지라도 그것이 오히려 더 깊은 정을 낳게 될 것이다. 그래서 고향을 잊지 못하며 고향이 생각날 때는 언제나 옛날 시골에서 함께 뛰놀던 친구들이 먼저 생각난다. 설날이나 추석절에는 너도나도 고향에 가고 싶어한다.

　우리 나라처럼 고향을 사랑하는 민족도 없을 것이다. 대명절이 오면 수천만 명이 한꺼번에 이동하기 때문에 기차표도 매진되고 비행기표도 매진되고 만다. 고속도로는 길이 막혀 평상시 4시간 정도 소요되는 곳이 13시간 이상 걸리고 콩나물시루처럼 빽빽이 들어찬 도로 가운데서 끈질 기게 기다리며 고향길을 찾아간다.

아이들은 이렇게 고생하며 별것도 없는 고향을 찾아가는 아버지가 야속하기만 하다. 차라리 도시의 놀이공원에서 회전 놀이기구도 타고 동물원에 가서 구경하고 즐겁게 놀기를 더 좋아한다. 조금 나이가 많은 아이들은 극장에서 영화 한 편을 감상하거나 게임방에서 게임을 하기를 더 원할지 모른다.

그러나 아버지가 고향을 찾아가는 이유가 따로 있는 것이다. 아이들이 고향을 찾는 아버지의 깊은 속을 이해할 수 없을 것이다. 아버지가 고향을 찾아가는 이유 중에는 여러 가지가 있을 수 있다. 첫째는 조상님께 성묘를 드리는 것을 아이들이 보고 배우도록 하고 자기가 죽은 뒤에 자식들이 본받도록 해야 함을 가르치고 싶은 뜻이 그 가운데 들어 있을 것이다.

다른 하나는 세월이 흐름에 따라 잊혀져 가는 고향에 대한 아름다운 추억과 정취, 그리고 이제는 하나 둘 저 세상으로 가고 있는 친구와 친척들을 명절이라는 기회를 통해서 만나보고 싶어하는 마음이 저변에 깔려 있을 것이다. 사실 아이들의 입장에서 볼 때는 자기가 태어난 고장도 아니며 아버지의 고향일 뿐이다. 그래서 아버지를 따라 고향에 가는 것을 꺼리지만 그래도 조상의 묘소를 찾는다는 데는 반대할 수 없어 울며 겨자 먹기로 아버지를 따라 나서는 것이다. 우리 고향 뒷동산에는 진달래꽃이 유난히도 많이 피었다.

진달래 꽃잎의 탐스러움을 감상하기도 하였지만 배고픈 시절에는 이 꽃잎을 따먹으면서 허기진 배를 달래기도 했는데 어떤 어른들은 꽃잎이 독성이 있다하여 먹지 않도록 주의를 주기도 하였다. 때로는 꽃을 꺾어 웃옷 주머니에 꽂으며 아름다움을 뽐내기도 하였다.

마을 뒤편에는 전주 이씨의 큰 선산이 있었는데 봄이 되면 할미꽃이 많이 피었다. 할미꽃잎을 따서 코에 넣고 얼마 정도의 시간이 지나면 코에서 코피가 쏟아지는 경험을 하기도 하였다. 그리고 어렸을 적에는 별로 관심도 없었던 난(蘭)이 어디를 가나 많이 자생하고 있었다.

지금은 난(蘭)이 무척 비싸지만 그때는 별로 귀하게 여기지도 않았다. 천지에 널려 있는 것이 난이었기 때문이다. 이제는 직업적으로 난을 수집하는 사람도 있다고 한다. 또한 금정산 골짜기에는 참나리가 많이 자생하고 있어서 참나리꽃이 만발할 때는 그 아름다움에 심취하곤 하였다.

마을 앞에는 칠산 바다가 훤하게 펼쳐져 있다. 그래서 마음이 답답하고 하는 일이 잘 추진되지 않을 때 이 바닷가에 와서 드넓은 칠산 앞바다를 바라보고 있으면 가슴이 탁 트이는 것 같은 느낌이 든다. 지금은 사는 것이 윤택해져서 퍽 낭만적으로 보일지 모르지만 고향은 언제나 좋은 추억만 있는 것이 아니다. 어렸을 때 경험하였던 가난이라는 추억이 항상 머릿속에 떠오르기 때문이다.

언제 가더라도 따뜻하게 맞이해 주는 곳이 고향이다. 그런데 이번 고향길은 어쩐지 쓸쓸한 느낌을 지울 수가 없었다. 빗방울이 간간이 쏟아지는 을씨년스런 날씨 때문인지도 모른다.

고향에 내려갈 때는 어렸을 적 친구를 만나 소주라도 한 잔 하고 돌아와야 하겠다고 생각했는데 이러한 내 의도는 완전히 빗나가고 말았다. 친한 친구에게 전화를 했더니 서울에 갔다고 한다. 몇몇 초등학교 동창을 만나 맥주 2병을 세 사람이 마시고 돌아와야 했다. 술을 전혀 마시지 않는 친구를 만났기 때문에 술을 권하는 것조차도 미안한 입장이었다.

우리 고향은 영광 원자력 발전소가 들어선 이후 외지에서 인구도 많이 유입되었고 이러한 이유 때문에 인심도 옛날 같지 않다. 따뜻한 정이 사라졌을 뿐만 아니라 서로 정답게 어울리던 친구들도 서울로 부산으로 뿔뿔이 헤어지다보니 마땅히 찾아갈 만한 곳이 없다는 것이 안타까웠다. 초가집이 대부분이었던 시골도 지금은 대부분 벽돌로 지은 집으로 대체 되었다.

홍농읍 소재지에만 가도 거리마다 휘황찬란한 간판들이 즐비하게 들어섰고 거리 거리에는 수퍼마켓이 들어와 세태가 변했다는 것을 실감할 수 있었다. 또한 젊은이들은 알아볼 수도 없어서 쓸쓸한 발걸음을 돌릴 수밖에 없었다. 살아가는 것이 어찌 그리도 바쁘게 돌아가는지 모르겠다. 삶에 대한 여유도 없다. 하루 하루가 똑같은 시간의 반복이요 연속이다. 인생도 돌고 삶도 쉬임 없이 흘러가고 있다.

우리는 무엇 때문에 고향을 찾게 되는가? 아무 이유 없이 찾는 것은 아닐 것이다. 그래도 고향에 가면 따뜻한 정이 있고 나를 따뜻하게 감싸 줄 수 있는 친구와 친척이 있기 때문일 것이다. 그러나 무표정한 얼굴만 이 스쳐갈 때 고향이 아니라 차라리 타향이었으면 좋겠다는 생각이 들 것이다. 우리의 마음 속의 고향은 따뜻한 정이 넘치는 곳이기 때문이다.

서로 헐뜯고 싸우는 고향이 아니라 어려울 때는 서로 돕고 즐거울 때 는 같이 웃던 정겨운 고향이었다. 비록 배운 것은 많지 않더라도 서로의 어려움을 이해하고 돕고 살았던 것이다. 홍농읍을 가기 전에 영광 법성 포라는 곳이 있다. 법성은 여러 가지로 유명하다.

백제시대에 최초의 불교가 들어왔던 곳이다. 그래서 법법(法)자와 성 인성(聖)자를 써서 법성(法聖)이라는 지명이 생긴 것이다. 또한 법성은 영광굴비의 본산지이다. 영광굴비라고 하지만 사실은 영광군내에 있는 법성포가 굴비를 제조하는 원산지이다.

우리 어렸을 적에는 굴비가 많이 잡히는 시기에 하늘 높이 세워둔 장대 위에 굴비를 널어 두었는데 매우 장관이었다. 그러나 최근 들어 연중 조기를 만들어 경향각지로 가고 있는 것처럼 보였다. 법성포의 포구도 옛날 같지 않다. 육지에서 밀려온 갯벌로 인하여 포구가 매몰되어 가고 있어서 큰 배가 들어올 수 없다. 법성포의 거리 거리에는 굴비를 만드는 집들이 즐비하게 늘어서 있고 갈매기들이 배 주위에서 날고 있었다.

그 많던 배들은 썰물 때여서인지 거의 없고 몇 척의 배만 정박되어 있었다. 옛날 법성포에는 수많은 배가 드나들던 곳이었다. 또한 호남지역에서 거두어들인 세곡을 법성포를 통하여 서울의 경창(京倉)으로 운반하던 항구였다. 그러나 이제 법성포는 많은 배가 드나드는 항구로서가 아니라 굴비를 제조하는 곳으로 크게 변모되어 있으며, 서울의 유명백화점을 비롯한 부산, 광주 등 대도시에 굴비판매처가 상설로 운영되고 있어서 소위 굴비 재벌이 등장하였다.

굴비에 대한 명성을 이어가고 중국산 굴비가 침투되는 것을 방지하기 위해 자체적으로 감시망을 두어 운영하고 있으며 상인들은 스스로 국산 굴비를 이용하여야 한다는 인식이 심어져 있다.

고향은 가볼 때마다 새롭다. 몇 번인가 고향에 대한 기억을 더듬으며 옛날을 회상하는 내 가슴 속에는 항상 금정암이 머릿속에 떠오른다. 금정산 정상에 자리잡은 금정암 절에서 내려다보는 낙조는 정말 아름답기 그지없었다. 가파른 절벽 위에 제비집처럼 아슬아슬하게 지어 놓은 칠성당에서 내려다보는 낙조의 아름다움을 잊지 못한다. 동해안의 일출도 아름답기 때문에 일출을 구경하러 가는 사람도 많다고 한다.

그러나 여름철 가마미 해수욕장이 한창일 때 금정암 절에서 바라보는 낙조는 영롱한 색채를 내뿜으며 서서히 바다 밑으로 사라져 가는데 그 아름다움은 정말 장관이었다. 인생도 마찬가지다. 이 세상에 화려하게 등장하는 것도 중요하다. 사실 어떻게 태어났느냐도 중요하겠지만 내 인생을 어떻게 보람있게 살았느냐는 더욱 중요하리라고 생각한다.

우리가 일몰의 아름다운 낙조처럼 죽음에 임할 때도 아름답게 가는 것이 필요하다. 아름답게 가는 것은 무엇을 말하는가? 이 세상에 빚을 지지 않고 가는 것이다. 바르게 살다가 가는 것이 중요하다. 다른 사람에게 피해를 주거나 짐을 지어주는 삶은 무의미하다. 우리에게 주어진 인생의 참다운 점을 보여주는 삶이 가장 아름다운 삶일 것이다.

고향도 변하고 세태도 변했다. 인정도 변했다. 그러나 우리가 고향을 찾아가는 진짜 이유는 이러한 변화된 세상에서 그래도 한가닥 우리의 올곧은 마음과 너와 나 사이에 정이 넘치고 서로 아끼려는 마음이 어느 곳보다 더 샘솟았던 그 고향의 추억을 잊지 못하기 때문이다. 그렇지 않다면 우리가 고향을 찾아갈 이유가 아무것도 없는 것이다.

시골은 정작 인터넷을 제대로 할 수 있는 시설이 없다. 또한 도시에서 흔히 사용하는 핸드폰도 잘 터지지 않는 사각지대도 있다. 그런가하면 아직도 텔레비전을 제대로 시청할 수 없는 난시청 지역도 있다. 그럼에도 불구하고 우리가 고향을 찾아가는 것은 순수한 마음이 살아 움직이는 곳이 우리가 태어난 시골이기 때문이다.

남을 속일 줄도 모르고 남을 함부로 때려 파출소에 끌려가는 사람도 거의 없다. 남이 속이면 그대로 속고 산다. 오히려 그것이 더 바람직스러운 일일지도 모른다.

인간성이 살아 숨쉬는 곳을 찾아서 우리의 마음의 본향(本鄕)을 찾아서 우리는 교통이 불편하고 많은 시간이 소요되어도 고향을 찾아가는 것이다. 우리가 살아야 할 인생의 가치와 도덕적 기준 등을 설정하면서 올바른 사회상을 갖추는 것이 매우 중요하다. 우리가 고향을 자주 찾는 것도 우리들의 잊혀져 가는 고향의 소박한 인심과 따뜻한 정이 그리워서일 것이다.

우리가 찾는 것은 메마른 인생이 아니다. 정이 넘치는 사회, 언제 보아도 변함 없는 따뜻한 고향이 그리워서 우리는 고향을 찾게 되는 것이다.

가슴 뻥 뚫린 조각상

광주와 전남은 본래 한 뿌리이다. 문화와 예술이 발달한 고장이라고 하여 예향이라고 부른다. 예로부터 시(詩), 서(書), 화(畵), 창(唱)이 발달하였다. 수많은 시인이 배출되었고 손재형 선생과 장전 하남호 선생과 같이 서예로서 명예를 빛낸 분도 있다.

남농화의 거장이라고 일컫는 의제 허백련, 남농 허건이 있으며, 백포 곽남배, 금봉 박행보 선생, 서양화에는 오지호 선생 등 이름만 들어도 금방 알 수 있는 미술가들이 이 고장 출신으로서 예향에 대한 자부심이 어느 지역보다 높은 편이다.

전통적으로 농업이 발달한 고장으로서 풍요로운 삶과 여유로운 생활을 바탕으로 술과 노래를 벗삼아 풍류를 아는 사람들이 많았다. 그런 까닭에 우리 나라 고유의 가락인 창(唱) 중에는 듣는 사람에게 구슬픈 가락을 전해주는 서편제가 있고 남성처럼 굵고 힘있는 동편제가 발달하였는데 대개 국악의 명창들은 이 고장 출신으로서 국악 발전에 크게 기여하고 있다.

광주와 전남 지역 어느 곳을 가더라도 다방이나 큰 식당에는 반드시 한두 점의 그림이 벽에 걸려 있다. 예향이라는 말을 들으면 어쩐지 멋스러운 면모가 머릿속에 그려지고 긴 머리를 풀어헤치고 거리를 활보하는 사람, 자유분방하게 제멋대로 만든 옷을 입고, 맨살이 보이는 해진 청바지, 나팔바지를 입고 거리를 활보해도 전혀 어색하지 않은 모습, 머리를 황금색, 초록색, 백색, 또는 유난히 검은 검정색 물감으로 채색해도 누가 탓하지 않는 그런 고장이라고 느껴질 것이다. 때로는 술이 취해 비틀거리면서 자기 흥에 겨워하는 모습을 볼 수 있으리라고 기대하게 될 것이다.

이 고장에 수많은 예술인이 배출되고 살아가고 있지만 이러한 예술가들이 보다 나은 삶과 질 좋은 작품을 생산하기 위해 예산 지원이 충분히 되지 않은 현실이 무척이나 가슴 아프게 생각될 때가 많다.

예술은 예술인만이 하는 것이 아니라 주민 속에 살아 숨쉴 때만이 건전하게 성장할 수 있는 것이다. 그렇다면 예술인이 정당하게 대우 받으면서 살아갈 수 있도록 도와 주어야 할 필요가 있는 것이다.

광주 시내에는 예술의 도시에 걸맞게 건물 앞에 다수의 조각품이 있다. 대신증권 앞에는 황소의 조각이 있고, 무등빌딩 앞에는 평화를 사랑하는 여인상이 있다. 광주의 번화가(繁華街)의 상징이라고 할 수 있는 금남로 3가 하나로통신 건물 앞에는 사람들의 눈길을 끄는 특이한 조각품이 있다. 여인을 조각한 작품인데 조각을 보고 있으면 어쩐지 공허한 느낌을 받는다.

나는 그 조각상 앞에서 나도 모르게 발걸음을 멈추고 우두커니 서 있을 때가 많다. 이 여인의 조각상은 가슴이 텅 비어 있다. 조각상의 모습을 바라보고 있노라면 이 조각상이 우리에게 던져주는 여러 가지 상념 때문에 머리가 제대로 정리되지 않는다.

텅 빈 가슴은 무엇을 의미하는 것이며, 우리의 마음은 또한 저렇게 비어 있어야 하는 것인지 아니면 꽉 차 있어야 하는 것인지에 대한 명확한 해답을 얻을 수 없다. 왜 저렇게 가슴이 텅 비어 있을까? 조각가가 우리에게 던지고 싶은 화두는 무엇일까에 대하여 반문해 본다.

그는 분명 우리에게 무엇인가를 던져주고 싶은 메시지가 있어 이런 미묘한 의미를 담고 있는 조각상을 제작하였을 것이다. 여성의 빈 가슴을 보여 주기 위한 것은 아닐 것이다. 내 자신도 이 조각상을 보고 있으면 어쩐지 허전하고 텅 비어 있는 자신을 발견하게 되고 이제 머지 않아 저 낙엽처럼 속절없이 떨어져 한 줌의 흙으로 돌아가야 할 때를 되새기게 된다. 살아 있음이 사는 것이 아니요, 죽어 있음이 죽는 것이 아닌 게 우리들의 삶이 아닐까? 때로는 한없는 고뇌를 달래 보면서 마치 철학자가 된 듯한 느낌을 지울 수가 없다.

사람은 간다. 대자연의 섭리 앞에 서 있는 내 자신의 초라한 모습은 그저 하나의 흙먼지에 불과한 것이다. 중년 부인의 조각상에서 우리는 여성만이 갖는 고달픔과 고뇌가 아니라 한 가정의 가장으로서 느끼는 아픈 마음도 텅 빈 조각상과 같을 것이다.

사람은 살아가면서 자기 나름대로의 고민이 있으며 홀로 자신을 돌아보면서 고독을 반추하기도 한다. 홀로 이 세상에 와서 결국 돌아가야 할 것을 생각하면 더욱 더 한없는 고독이 엄습하게 된다. 그래서 마음은 더욱 고독해진다.

내가 태어나서 살아왔으며 또한 앞으로 남은 생에 대한 깊은 사색에 빠지게 될 때 황량한 벌판에 서 있는 듯한 느낌을 지울 수가 없다. 우리는 우리가 살아왔던 날을 되돌아보면서 젊은 날의 생각이 헛된 꿈이고 헛된 사고에 매달려 살아왔음을 깨닫게 된다. 다행히 부모의 재산이 많아 돈을 물 쓰듯이 써 본 사람들은 사실 돈이라는 것이 그렇게 중요한 것이 아니라는 것을 느끼게 될 것이다.

가난하게 살아가면서 쪼들린 사람에게는 단 몇천 원의 돈이 필요하고 배고픔에 시달리고 있는 사람은 몇 조각의 빵이 소중할 것이다. 그러나 돈이 남아도는 사람은 돈이라는 게 한 조각의 휴지처럼 느껴질지도 모른다. 그래서 흥청망청 뿌리고 다니는 것이다.

대개의 가정에서는 부모가 열심히 벌어서 어느 정도 돈을 모은 후 사망하게 되면 그 자식이 부모가 물려준 재산을 지키려는 노력을 하기보다는 물려준 재산을 어떻게 써 볼까 궁리하다가 흥청망청 쓰게 되고 10년이 채 가지 않아 바닥이 나는 경우도 볼 수 있다.

사람이 살아가는 세상은 여러 가지 판단과 느낌이 있게 마련이다. 그러나 부모가 물려준 재산을 지키고 이것을 키우려는 노력을 하는 가정이라야 제대로 발전할 수가 있는 것이다. 자식에게 돈을 물려주는 것도 중요하지만 이보다는 자식이 올바른 삶을 살아갈 수 있도록 교육시키는 것이 더욱 중요하다고 생각한다.

최근 한 가족에서 두 자녀만을 출산하거나 때로는 한 사람만 키우는 경향이 있어서 자녀들이 버릇없이 자라는 경향도 없지 않은 것 같다. 부모의 말을 듣지 않는데 하물며 다른 사람의 말을 듣는 것은 더욱 말할 나위도 없다. 가끔 우리 집에 소재하고 있는 상무지구에서 전라남도 공무원 교육원에 가기 위해 버스를 탄다. 교육원까지는 약 40분 정도 소요된다. 젊은이들의 예절 교육을 탓하고 싶지 않다.

우리 아이들도 예절이 부족한 버릇없는 아이들로 자라지 않도록 끊임없이 교육하고 있지만 애들이 가는 곳을 따라다니지 않고 있는 이상 모두 잘하고 있다고 말할 수 없다. 아니면 이러한 이야기를 꺼내는 자체가 그릇된 것인지도 모른다. 대개 버스 앞자리에는 금연석(禁煙席)으로 지정되어 있고 빨간 글씨로 "노약자에게 자리를 양보합시다."라고 쓰여져 있다. 이곳에 앉아 있는 학생들의 상당수는 모두 눈을 감고 있다. 그리고 마치 잠을 자는 것처럼 시종일관 눈을 감고 있다.

어떤 학생들은 임산부나 노인이 들어와도 멀뚱멀뚱 쳐다보면서 자리를 양보할 기미를 보이지 않는다. 눈을 감고 있는 학생의 심리는 자리를 비켜주어야 하는 것은 알고 있지만 우선 자리에 앉아서 학교에 가야만 편하기 때문에 눈을 감고 있는 것이다. 그래도 일말의 양심이 숨어 있다고 보아진다. 눈을 감고 있기 때문에 노인이나 임산부를 볼 수 없는 것이다. 속이 편하다. 그러나 눈을 뜨고 자리에 앉아 아예 자리를 양보하지 않는 사람은 어딘가 문제가 있지 않나 판단된다.

많은 수의 이러한 학생들이 있지만 간혹 가다가 예절 바른 학생들도 있다. 노약자에게 자리를 양보하는 청년을 볼 때 정말 기특하다는 느낌을 받는다. 어떤 때는 그 학생의 부모가 누구인지를 알고 싶을 때가 있다. 요새 젊은 학생이라고 보기에는 특별한 가정교육을 받았을 것이라고 생각되기 때문이다.

우리는 항상 가난한 마음 속에서 살고 있다. 살아가면서 우리가 겪고 살아가야 할 한없는 모순과 우리가 보아온 모든 것들은 사실 따지고 보면 허무 그것인지도 모른다. 사람들이 그렇게 좋아하는 돈도 따지고 보면 거품이다. 사람은 죽으면 결국 한평 남짓한 땅 속에 묻히는 것은 당연하다. 또한 최근의 경향은 호화분묘도 제재를 받고 있는 입장이며 화장을 하는 사람이 점차 늘어가고 있다.

어떤 사람은 죽어서라도 다른 사람보다 더 나은 1억원을 훗가하는 황금 수의를 만들어 고인에게 드린다고 하는데 그것이 도대체 무슨 소용이 있을 것인가를 생각해 보아야 한다. 결국 사람은 죽음이라는 명제 앞에서는 모두가 같은 입장이라고 보아도 무방할 것으로 판단된다.

우리는 살아가면서 여러 가지 상황에 직면하여 고독한 느낌을 지우지 못하고 살아가고 있다. "마음이 가난한 자는 복이 있다."는 성경 속의 말을 음미해 보면 마음이 가난한 사람은 무엇인가 갈구하고 하나님의 말씀을 마음속에 아로새길 수 있는 마음의 자세가 되어 있다는 것을 말해 주는 것이라고 생각한다.

우리는 텅 빈 가슴을 안고 살아가는 한편 좀더 너그러운 마음, 풍요로운 생각을 하면서 살아가는 것이 바람직한 일이 아닌가 생각된다. 텅 빈 가슴은 여러 가지를 우리에게 시사해 준다. 때로는 속없는 사람처럼 세상을 살아가라는 의미도 있다. 마음이 가난한 사람에게는 무엇인가를 가슴에 채울 수 있는 공간을 제공할 수도 있다. 그래서 가난한 마음에는 항상 무엇인가를 추구하고 진지한 삶을 살겠다는 자세를 가다듬게 된다.

금남로 거리에 서 있는 저 조각상처럼 우리는 텅 빈 가슴으로 누구에게나 친구가 될 수 있는 열린 마음으로 살아가는 것이 때로는 필요한 것으로 보인다. 꽉 채워진 가슴에는 다른 사람과 친구가 될 수도 없고 남이 기대고 싶을 때 기댈 수도 없는 여유로운 공간이 없기 때문이다.

교토삼굴

토끼라는 동물을 상상할 때 우리들의 머릿속에 가장 먼저 떠오르는 것은 귀가 유난히 길다는 점일 것이다. 토끼를 잡아 올릴 때는 귀를 잡고 들어야 쉽다. 또한 '토끼와 거북이의 경주'라는 우화에서 보여 주듯이 유난히 잘 달리는 동물로 묘사되어 있다.

거북이보다 훨씬 앞서 가던 토끼가 뒤를 돌아보았더니 거북이가 보이지 않자 낮잠이나 한숨 돌리고 가기 위해 길가에서 잠을 자고 있었는데 비록 거북이는 느리지만 쉬지 않고 기어서 먼저 목적지에 도착한다. 잠에서 깨어난 토끼가 깜짝 놀라 목적지를 향하여 힘차게 달려가지만 거북이가 이미 승리한 뒤였다는 재미있는 이야기다. 비록 자기에게 처한 환경이나 신체적 조건은 좋지 않다 하더라도 누구나 쉬지 않고 노력하면 결국에는 좋은 성과를 얻을 수 있음을 가르쳐 주는 교훈적인 내용이다.

이 우화에서 보듯이 토끼는 매우 잘 달리는 것으로 평가되고 있다. 그러나 이는 다소 과장된 점도 있으며, 치타나 다른 동물에 비교할 때 상위 그룹에 속한다고 보기는 어려울 것이다. 토끼는 연약한 동물의 표상이라고 볼 수 있을 것이다. 토끼는 흰쥐 다음으로 실험대상으로 가장 많이 이용하는 동물 중의 하나일 것이다. 토끼의 귀를 잡고 가슴을 만져 보면 어찌나 가슴이 빨리 뛰는지 모른다. 가슴이 벌렁벌렁 뛰는 것을 보면 항상 두려워하고 경계하고 있는 것 같은 느낌을 받는다.

또한 우리 나라 국악에서 빼놓을 수 없는 수궁가에서 토끼와 관련된 재미있는 우화가 있다.

남해의 용왕인 광리왕(廣理王)이 죽을 병에 들어 백약을 다 써 보았으나 아무런 효험이 없던차 토끼의 간이 영약(靈藥)이라고 하는 말을 듣고 자라에게 토끼의 간을 구하도록 육지로 내보낸다. 토끼의 그림을 들고 수소문 하던 중 겨우 산중에서 토끼를 만나 "수궁 훈련대장을 시켜 주겠다."고 꾀어 토끼를 등에 업고 수궁으로 데려온다.

자라에게 속아 영락없이 죽게 될 처지에 있음을 깨달은 토끼가 도망가야 하겠다는 기지로써 용왕에게 "간을 볕에 말리려고 꺼내 놓고 왔다."는 말로 속이고 다시 육지로 돌아오게 된다. 육지로 돌아온 토끼는 자라에게 욕을 퍼부으며 도망가면서 자라의 어리석음을 비웃는다.

토끼를 놓친 자라가 자살하려던 찰나, 도인(道人)의 도움으로 선약(仙藥)을 얻을 수 있었다는 이야기로, 자라와 토끼의 행동을 통하여 인간성을 풍자하고 있는데 이 내용에도 토끼가 꽤가 많은 것으로 그려지고 있다.

또한 교토삼굴(狡兎三窟)이라는 말이 있다. 문자 그대로 해석하면 '교활한 토끼가 세 개의 구멍을 판다.' 는 뜻이지만 이는 너무 문어(文語)에 치우친 해석이다. 이 말의 본디의 뜻은 "슬기로운 토끼는 세 개의 굴을 준비한다는 뜻이다." 즉 사람도 위험이 닥칠 때를 대비하여 미리 준비를 해야 한다는 교훈이다. 왜 토끼가 세 개의 구멍을 파지 않을 수 없었을까에 대해 생각해 본 사람은 드물 것이다.

그러나 우리는 토끼의 입장에서 생각해 보아야 한다. 토끼는 힘도 없고 사나운 점도 없어서 다른 육식동물에게 잡혀 먹힐 수밖에 없는 동물이다. 토끼는 비교적 빨리 달릴 수 있지만 숲이 많고 단거리일 경우에는 가능한 일이지만 드넓은 평야에서는 상대방의 밥이 될 수밖에 없다. 호랑이와 같은 동물이 추격해 오면 토끼는 이리저리 재빨리 몸을 움직이면서 몸을 피하다가 굴 속으로 도망간다. 토끼의 굴이 하나라면 토끼는 쉽게 잡혀 먹힐 수밖에 없다. 그러나 세 개의 굴을 파 놓으면 추격자가 굴에 들어간 토끼를 쉽게 찾을 수 없을 것이다. 그래서 구멍을 세 개를 파 놓음으로써 자기의 몸을 보호할 수 있는 것이다.

어렸을 적에 고향에서 토끼 사냥을 하였다. 토끼 사냥은 겨울철에 한다. 평상시에는 맨손으로 산에서 토끼를 잡을 수 없다. 영광 홍농 지역에는 칠산 앞바다가 있어 유난히 습기가 많아 눈이 엄청나게 내린다. 많을 때는 60센티미터 이상 내릴 때도 있었다.

눈이 많이 내리는 겨울에는 토끼가 잘 뛸 수 없기 때문에 동네 사람들과 함께 몽둥이를 들고 토끼 사냥을 한다. 토끼를 잡아 산에서 구워 먹기도 하였다. 그때만 해도 노루나 사슴도 많이 있었으나 세월이 흐른 뒤 노루나 사슴도 자취를 감추고 토끼 사냥도 옛날 이야기처럼 되었다.

토끼는 뒷발이 길고 앞다리가 짧기 때문에 산 위로 달려 올라갈 때는 잘 뛰어 올라갈 수 있지만 산 아래쪽으로 달릴 때는 매우 부자유스럽다. 그래서 겨울철에 토끼 사냥을 할 때는 산 위에서 산 밑으로 토끼를 몰았다. 교토삼굴(狡兎三窟)과 관련된 재미있는 고사가 있어 소개드리고자 한다.

전국시대 제(齊)나라에 맹상군이라는 정승이 있었다. 맹상군은 인재를 가까이 두기를 매우 좋아하여 그의 곁에는 3천여 명의 식객이 있었으며 이가운데 풍훤이라는 사람이 있었다.

어느날 맹상군은 풍훤에게 자기의 영지인 설(薛)에 가서 그곳 사람들에게 빌려준 돈을 받아 오라는 심부름을 시켰다. 설에 도착한 풍훤은 빚진 사람들을 모두 한자리에 모았다. 그들이 신고한 빚과 차용증서에 기재된 금액을 대조해 보았더니 모두 일치했다. 문서를 받은 풍훤은 모든 증서를 그 자리에서 불태워버렸다. 어리둥절하는 사람들에게 그는 말했다.

"맹상군은 여러분이 부채를 상환하기 위해 열심히 노력한다는 것을 알고 채무를 면제해 주라고 내게 분부하셨소." 설의 백성들은 만세를 부르며 좋아했다. 설땅에서 돌아온 풍훤은 맹상군에게 이 사실을 보고하였으며 이 말을 들은 맹상군은 어이없어 할 말을 잊었다. 난감해 하고 있는 맹상군에게 풍훤은 이렇게 말했다. "정승님, 빚을 탕감해 주는 대신 정승님께서 부족하다고 생각되는 은의(恩義)를 얻어왔습니다."

그로부터 1년 뒤 제나라 왕의 미움을 산 맹상군은 재상자리에서 밀려나 설(薛) 땅에 가게 되었다. 맹상군이 설에 왔다는 소식을 접한 그곳 백성들은 무리를 지어 몰려나와 환호하며 맞이했다. 맹상군은 풍훤을 돌아보며 말했다. "그대가 얻어왔다는 은의라는 걸 이제야 알게 되었소." 그 말을 받아 풍훤이 말했다. "교활한 토끼는 굴이 셋이나 있다(狡兎有三窟)고 합니다. 나리에게는 지금 하나밖에 없으니 안심할 수가 없습니다. 앞으로 제가 두 개를 더 만들어 드리지요."

과연 풍훤은 뒤에 맹상군을 위해 굴 두개를 더 파 주었는데 하나는 제나라 임금으로 하여금 맹상군을 다시 재상으로 불러 재임용하도록 한 것이고, 다른 하나는 맹상군의 봉지인 설에 제나라 선대의 종묘를 세우게 함으로써 맹상군의 입지를 확고하게 한 것이었다.

정치가들의 말을 들어보면 대개 알 듯 모를 듯한 말을 자주한다. 사람들은 그 말을 듣고 자기 나름대로 해석하기 일쑤다. 한 정치인이 서울의 봄이라는 정치현상을 설명하면서 춘래불사춘(春來不似春)이라는 용어를 구사하기도 하였는데 이 말은 "봄이 왔으되 봄 같지 않다."는 말이다.

민주화 바람이 불고 있으나 어쩐지 봄 같지 않다는 말이다. 서울의 봄을 두고 그동안 민주화 운동에 헌신하였던 정치가들이 이를 반기고 있었지만 전두환 장군을 비롯한 신군부에서는 이러한 기회를 정치 일선에 등장할 기회로 생각하고 준비하고 있었던 것이다.

김종필 전 국무총리가 외국에 외유를 하게 된 배경을 설명하면서 자의반 타의반(自意半 他意半)이라는 말로 대신하였다. 내 뜻도 반이 있고 다른 사람의 뜻도 반쯤 있다는 뜻이다. 정치인 특유의 재치있는 말씀이라고 생각한다. 3김 시대라는 유행어가 만들어 낸 우리 나라 정치사상사에서 싫건 좋건간에 세 분이 이 나라의 정치 일선에서 영향력을 행사하며 사셨다는 것을 부정하는 사람은 아무도 없을 것이다. 이러한 3김 시대에 식상한 젊은 세대들은 우회적으로 표현하는 것에 대해 무척 식상할 수도 있다. 그러나 꼭 직선적으로 표현하는 것이 모두 옳은 것은 아니다.

정치가는 말을 할 때 항상 뒤에 나타날 수 있는 상황을 염두에 두면서 말을 해야 한다. 너무 직선으로 표현하면 이를 선의로 해석하는 사람도 있으나 이를 악의적으로 몰아갈 수도 있기 때문이다. 따라서 여러 가지 상황에 대처할 수 있는 길을 열어두고 말을 함으로써 뒤에 나타날 수 있는 문제점에 대한 보완책이 될 것이다. 경우에 따라서는 외교적 화법을 구사해야 할 때도 있어야 할 것이다. 그래야만 자기가 한 말에 대한 방패막이 될 수 있을 것이다. 생각난 대로 말을 했다가는 얻는 것보다는 잃는 것이 많은 것이 우리네 실정이다.

근검절약

근검절약(勤儉節約)이라는 말은 무엇일까? '부지런히 일하되 검소하고 절약하면서 살아가는 것을 의미하는 것' 일 것이다. 동서고금을 막론하고 이러한 근검절약의 필요성에 대하여 말하지 않은 사람은 없을 것이다. "큰 부자는 하늘이 주는 것이지만 작은 부자는 근면에서 온다."는 말도 있다.

재물을 축적하는데 있어서 사람마다 독특한 방법을 가지고 접근하고 있다. 어떤 사람은 복권에 기대하고 어떤 사람은 주식에 손을 댄다. 다른 사람은 모두 망하는데 그 어려운 속에서도 주식으로 돈을 번 사람은 대단히 머리가 좋은 사람일 것이다.

우선 사람이 돈을 모으기 위해서는 들어오는 것을 많게 하고 나가는 것을 적게 하면 될 것이다. 월급을 받아 어느 세월에 집을 사고 저축할 것인가에 대해 많은 고민을 할 것이다. 젊은 세대들의 생각은 50~60대의 생각과 전혀 다르다. 구세대의 생각은 우선 집을 장만하고 경제적 여유가 있으면 자동차를 사려고 한다. 자동차 한 대를 사서 굴리게 되면 여러 가지 부대 비용이 들어간다.

첫째, 매월 휘발유나 경유대 등이 들어갈 것이다.

둘째는 세금도 무시할 수 없는 여건이다. 또 자동차가 고장나면 수리도 해야 한다. 한 달에 50만원의 비용이 지출된다고 가정하면 1년이면 600만원이 그냥 날아간다. 부모의 유산이 넉넉한 사람은 모르겠으나 부모의 유산도 없이 살아가는 사람에게는 적은 돈이 아니다.

또한 공무원의 봉급체계상 6급 고참이 되거나 5급 공무원 정도 되어야 월급을 쪼개 저축할 수 있는 여건이 되지만 그것도 저축을 하는 데는 빠듯할 수밖에 없다. 맞벌이 부부가 아니고서는 저축을 해서 집을 사고 자동차를 굴리기에는 여러 가지로 제약조건이 많다. 그래서 자기 집이 없어 어린 자녀들의 손을 잡고 이집 저집으로 이사 다니면서 눈물 깨나 흘렸던 사람들은 자동차보다 먼저 집을 장만하는 것이 급선무였을 것이다.

자동차도 한 번 사서 굴리기 시작하면 나중에는 자동차 없이 움직일 수가 없다. 자동차가 필요했던 시기는 명절이 되어 시골 고향에 갈 때였다. 물론 생활하면서 전혀 불편이 없는 것은 아니지만 그 정도는 참을 만하다. 우리 나라 남북한을 합친 면적의 44배가 되는 미국과 같은 큰 나라에서는 자동차가 없으면 도저히 움직일 수가 없다. 그래서 자동차가 필요하다.

사무실은 시내에 있고 집은 시 외곽에 위치하고 있어서 자동차가 없으면 이동할 수 없다. 또 하나의 이유는 우리 나라처럼 버스나 택시가 많은 나라도 없을 것이다. 미국의 뉴욕시에 갔더니 자가용이 많기 때문인지 모르겠으나 우리 나라처럼 노선버스가 많지 않았다. 대부분 시영버스가 배차되어 움직이고 있었으며 배차간격도 매우 길었다. 뉴욕은 물론 워싱턴과 로스앤젤레스도 마찬가지였다. 이런 대도시에서 이런 실정이므로 일반 소도시도 별반 다르지 않을 것이다.

자본주의 사회에서는 돈이 없으면 천대 받는 것은 당연한 일이다. 옛날처럼 지붕이나 나무가 썩어서 물이 줄줄 흐르는 것을 존경할 사람은 거의 없을 것이다. 근검절약하는 것은 바람직한 일이지만 너무 가난해도 자식들을 고생시키기 마련이다. 잠시 경기도 광명초등학교에 소개된 경기도 출신 이원익 대감의 근검절약 정신을 살펴보자.

'이원익 정승을 알게 되면 될수록 우리가 이원익 정승에게 친근감을 갖게 되는 것은 단지 역사를 빛낸 인물로서 우리 고장의 인물이라는 사실 때문만은 아니다. 영의정까지 지내신 분임에도 불구하고 오히려 일반 서민보다 더 평범한 생활을 하신 면이 더욱 따뜻한 느낌과 친근감을 느끼게 하는 것은 아닐까?

이원익 정승은 근검절약을 생활화하시면서 일관된 삶을 사셨다. 우리가 알고 있는 이야기로 집을 지은 나무가 썩어 비가 샐 정도의 집에서 사셨다 하니 정말 이 분이 벼슬을 하고 계셨던 분이었던가 하는 의문마저 들게 한다. 이원익 정승이 좌의정으로 선조 임금을 모시던 때 추위가 한창인 엄동설한에 궁궐에서 회의가 열렸는데 모든 사람들이 의연한 자세로 회의에 임하는 반면 유독 이원익 정승만이 죄인이라도 되는 양 머리를 조아리고 파랗게 질린 모습으로 부들부들 떨고 있어 임금이 그 이유를 물었으나 묵묵부답이었다.

결국 회의가 끝나고 이원익 정승이 돌아서는 모습을 보며 선조 임금은 그 이유를 알았는데, 한겨울 추운 날씨에 관복 속에 입은 옷은 한여름 더위에나 입는 홑바지 저고리였고 게다가 종아리 뒤쪽의 천이 떨어져 옷 속으로 바람이 스며들었기 때문이었다. 광해군 시절 바른 말을 서슴치 않다가 귀양살이를 하고 여주에 옮겨와 있었을 때 정승은 재상의 몸임에도 불구하고 직접 돗자리를 만들어 팔았는데 자신이 머물던 마을 촌장의 부인이 죽게 되자, 직접 나서서 장례를 치러 주기도 했는데 자신의 검소한 생활을 통해서 주변의 백성을 보살피는 일을 게을리하지 않았다.

이원익 정승은 죽음을 앞두고 남긴 유서에서도 후손에게 검소함에 대한 당부를 잊지 않으셨으니, 돌아가신 지 400여 년이 지난 지금 이 시대에 사는 우리들에게 큰 가르침과 우리들의 지난 생활을 반성해 볼 기회를 마련해 주심은 물론이요, 나라가 부유해질 수 있는 방법을 제시해 주시는 듯싶다.'

이원익 정승의 청렴한 생활과 근검절약의 정신은 지금 이 시대를 살아가는 모든 사람의 귀감이 될 수 있을 것이다. 정년퇴직 후에 저축한 돈이 있어 친구들에게 막걸리라도 한 잔 사줄 수 있어야 사람 대접을 받을 수 있다. 그렇지 않으면 평생 동안 쓸쓸하게 지내게 될 것이다. 그러기 위해서는 벌어들인 월급과 저축해야 할 돈을 얼마나 써야 할 것인지에 대해 미리 계산을 하고 돈을 써야 한다. 정해진 월급으로 저축하기 위해서는 가능하면 나가는 것을 최소화해야 가능하다.

우리 조상들은 일찍부터 "돈이 있으면 땅에 묻으라."고 했다. 이는 대단히 중요한 말이다. 그러나 공무원이 부동산 투기를 할 수는 없겠지만 돈이 있으면 일정액은 부동산에도 투자해 두어야 한다. 경제가 좋을 때는 일부 주식을 보유하는 것도 바람직하다.

경제학자들은 이렇게 현금과 주식과 부동산 등에 고루 분산 투자하는 것이 바람직한 것으로 보고 있다. 물론 이 모든 일이 머리를 써야 하는 것이므로 많은 연구가 필요하다. 요즈음 시중 금리가 매우 낮아져서 은행금리로는 양이 차지 않아 저축율이 매우 낮아지고 있다는 것은 경제

상황에 대한 전반적인 여건을 반영하는 것으로 보인다.

과거 한국을 자주 방문하여 우리 나라 실정을 잘 알고 있는 일본인이 하는 말이 '일본인은 나가는 것을 절약하고, 한국인은 들어오는 돈을 더 크게 늘리려고 노력한다.'는 말을 했다고 한다. 이 말을 좀더 되새겨 보면 한국인은 과거에 은행금리도 높고 월급의 증가율도 일본인보다 훨씬 더 높았으므로 한국인은 부동산에도 투자하고 또 은행에 저축도 했다.

몇 년 전만 해도 은행의 정기예금 이율이 15% 정도 되었기 때문에 은행에 저축을 해도 그만한 소득이 창출되었다. 그러나 이제는 일본과 한국이 큰 차이가 없게 되었으므로 결국 지출을 적게 하는 것이 재산을 형성하는 지름길이 된다는 것을 알 수 있다.

카나다 등지에서는 나가는 것을 절약하기 위해 옷을 살 때도 새옷보다는 쓸만한 중고품을 사도록 하고, 비행기도 자국 비행기만 고집하지 않고 외국 비행기라 할지라도 더 싸면 그걸 타는 것으로 가계비용을 절감했다고 한다.

우리 나라에서도 같은 방법을 실천하고 있는 사람들도 있다. 예를 들어 구두를 살 때 20% 할인 해줄 때만 구두를 산다. 또 여름철에 겨울 옷을 사고 겨울에 여름옷을 사는 것도 돈을 절약할 수 있는 하나의 방법이다.

돈에 대한 교육은 어렸을 적부터 시키는 것이 대단히 중요하다. 돈의 소중함을 모른 채 재산을 물려주면 자손이 그 돈을 지킬 수 없다. 돈을 버는 것이 중요한 것처럼 돈을 어떻게 사용할 것인지에 대한 진솔한 교육을 시켜야 한다. 예를 들어 용돈을 주면서 일정액을 주고 그 돈의 명세를 기록하도록 하는 것도 하나의 방법이다. 그리고 조건을 붙인다.

책을 사는 데는 별도의 돈을 지불한다. 또 용돈에서 지출하지 않아야 할 돈은 반드시 부모가 준다는 식이다. 그리고 용돈이 떨어졌는지를 살피기 위해 통장은 부모가 관리한다. 그리고 가끔 용돈 외에 돈을 주어야 한다. 통장에서 돈만 빠져나가면 부모의 중요성을 모르기 때문이다. 그래도 부모가 용돈을 직접 손에 집어주어야 부모에게 고맙게 생각한다.

너무 많은 용돈을 주게 되면 돈을 탕진하기 쉽다. 돈을 버는 것이 얼마나 어려운 것인가를 스스로 깨달을 수 있도록 용돈을 줄 때 그만한 일을 시켜야 한다. 용돈을 줄 때 가능하면 통장에 넣어주되 한 달에 사용할 수 있는 예상액보다 약간 적게 주는 것이다. 그리고 통장은 부모가 갖고 있어서 수시로 통장을 살펴보고 돈이 떨어질 즈음 직접 용돈을 주는 것도 병행한다. 돈을 사용함에 있어서 도덕적으로 올바르게 사용했는지에 대한 교육은 끊임없이 하는 것이다.

자식에게도 너무 말을 많이 하면 안 된다. 말은 되도록 적게 해야 한다. 부모가 너무 잔소리가 심하면 처음에는 듣는 시늉을 하지만 세월이 흘러가면서 부모 말을 신임하지도 않고 말할 때만 "알았어요."하고 퉁명스럽게 내뱉는다. 그러므로 아버지는 말을 아꼈다가 가끔 한번씩 한다. 어머니가 꽹과리처럼 이야기한다면 아버지는 징을 치듯이 가끔씩 이야기 해야 말의 효과가 있다.

돈에 대한 중요성을 교육시키지 못하고 머리도 좋지 않은 아이를 미국에 유학 보내면 지난번 아버지를 살해한 바와 같은 그런 몰지각한 애가 될 수도 있다. 공부는 하지 않고 술집에 드나들거나 도박장에 가고, 마약에 손을 대서 평생 동안 신세를 망친 사례를 우리 주위에서 얼마든지 볼 수 있는 것이다.

한번 마약에 손을 대면 빠져 나올 수가 없다. 계속적이고 반복적으로 이에 대한 유혹에서 벗어날 수 없다. 성경에도 "일하지 않는 자는 먹지도 말라."고 하였다. 한국의 가나안 농군학교 설립자인 김용기 장로도 '일하기 싫으면 먹지도 말라.'고 했다. 이분은 평생 동안 땀흘려 일하셨으며 간단한 제복을 입고 농사꾼으로서 한국의 농군을 기르셨던 것이다.

서양 아이들은 18세가 되면 자연히 독립할 줄 안다. 18세가 되어 부모를 의지하는 것을 수치로 받아들인다고 한다. 그래서 접시도 닦고 일을 하면서 학비를 벌어 대학에 다니는 사람이 많다. 어렸을 때부터 부모와 방을 따로 쓰는 것도 독립심을 길러주는 데 큰 역할을 하는 것으로 보인다.

과거 우리네는 방 하나에 형제들까지 7~8명이 함께 기거했던 시절도 있었으나 점차 핵가족화하면서 이제는 선진국형을 따라가고는 있으나 아직도 어린애가 보채면 부모가 데려와 곁에 재우는 것이 우리네 실정이다. 이렇게 키운 자식이 30이 넘어도 부모에게 의지하면서 부끄러워할 줄도 모른다. 40이 다된 자식이 어머니에게 용돈을 주지 않는다며 행패를 부리며 어머니를 때려 상해를 입힌 사건은 우리에게 시사하는 바가 크다.

독립이라는 것은 대개 경제적 독립을 의미할 것이다. 좀더 정확히 표현하자면 "자기의 생계는 자기가 벌어들인 소득으로 살아간다."는 것을 말한다. 돈은 꼭 써야 할 곳에 적당히 써야 한다. 또한 형제가 많은 집에서 지켜야 할 일이 있다. 형제간에는 될 수 있으면 돈 거래를 해서는 안 된다. 형제가 어렵다고 돈을 주어서는 안 된다. 빌려주어서도 안된다. 야박한 이야기이지만 일단 어느 정도 기반을 닦을 때까지는 철저하게 이러한 생활태도를 갖는 것이 대단히 필요하다.

오늘은 근검절약의 필요성에 대해 몇 가지 언급하였다. 근검하게 사는 것은 우리 모두에게 필요하다. 그러나 벌어 들인 소득의 일정액은 소비해야 한다. 공장이 가동되려면 적절한 소비가 이루어져야 하기 때문이다. 균형있는 저축과 소비는 우리 사회를 건전한 바탕으로 이끌어 나갈 수 있는 기틀이 된다는 점을 모두 인식해야 한다는 점을 강조하면서 이 글을 맺고자 한다.

꿈보다 해몽

한국 속담에 "아 다르고 어 다르다."고 하는 말이 있다. 별 차이는 아니지만 그래도 차이가 난다는 의미이다. 이는 상대가 말을 정확하게 하지 않거나 오해가 될 만한 이야기를 해서 기분이 나쁠 때 쓰이는 말이다. 이 말이 격언이 되었음을 볼 때 우리 나라에서도 보다 정확한 발음과 언어 생활을 강조하고 있음에도 불구하고 실제는 그렇지 않다는 것을 보여주는 것이 아닌지 모르겠다. 우리는 같은 말을 할 때에도 상대에 따라 골라 써야 할 말이 있다. 특히 우리 나라처럼 존칭어가 발달된 나라에서는 그런 점이 더욱 두드러진 것 같다.

외국인이 우리 나라 말을 배울 때 제일 어려운 것은 존칭어를 어떻게 처리해야 할 것인가의 문제라고 한다. 중국에서 전라남도에 연수를 온 많은 연수생들은 마치 아랫사람에게 이야기하는 것처럼 반말을 해서 당황한 적이 있다. 나는 연수생에게 한국의 언어는 어른과 아이를 구분하는 존칭어가 발달되어 있음을 설명하고 이를 교정시켜 주었다. 외국인이 한국어를 배울 때 제일 어려운 점이 존칭어를 어떻게 사용하느냐이다.

무굴제국의 악바르 대제가 있었다. 어느 날 저녁 꿈을 꾸었는데 꿈속에서 자기의 이가 전부 빠져 버리고 단 한 개만 남았다. 악몽이라고 생각한 황제는 국내의 많은 점성술사를 왕궁으로 불러 이를 해몽하도록 명령했다. "내가 어젯밤 꿈을 꾸었더니 이가 하나만 남고 모두 빠져 버렸노라. 이 꿈이 뜻하는 바가 무엇이냐?"하고 물었다. 점성술사들은 한자리에 모여 숙의(熟議)에 숙의(熟議)를 거듭한 끝에 결론을 내려 황제에게 "그 꿈은 황제님만 살고 나머지 친척들은 모두 죽는다는 내용입니다."라고 고했다.

이 말을 들은 황제는 버럭 화를 내며 점성술사들을 모두 밖으로 내 보내버렸다. 물론 점성사들에게 수고비 한푼도 주지 않았다. 잠시후 머리가 명석하고 꿈에 관하여 상당한 경지에 올라있는 비르발 재상이 들어왔다. 왕은 비르발 재상에게 꿈 이야기를 하고 해몽하도록 했다.

비르발 재상은 "그 꿈은 황제께서 다른 친척들보다 더 오래 사신다는 내용입니다."라고 해몽해 드렸다. 이 말은 들을 황제는 매우 기뻐하였다. 우리는 위의 꿈 해몽에서 보는 바와 같이 같은 말이라도 상당한 뉘앙스가 있는 것을 알 수 있다. 대화를 할 때는 무슨 말을 어떻게 해야 할 것인지를 사전에 충분히 검토하여 상대방이 오해가 없도록 신중을 기해야 한다.

우리는 살아가면서 말 때문에 많은 곤욕을 치르고 산다. 말을 하지 않고 살 수는 없기 때문에 날마다 대화를 통해서 상대방의 의중을 파악하고 대화를 나누고 있다. 예로부터 말이 많은 사람은 실수를 많이 하기 마련이다. 상대방이 없는 곳에서 제3자를 비방하였을 경우 그 말을 들은 사람이 제3자에게 전하여 이것이 서로 오해가 되어 문제를 일으키기도 한다. 그래서 말을 할 때는 상대방에 따라 가려서 해야 하고 매우 신중한 언어를 구사해야 한다.

더구나 친구들에게 말할 때 말끝마다 욕을 섞어 하는 것이 마치 더 깊은 정이 있는 것처럼 착각하는 경향이 있으나 이는 매우 바람직하지 않은 행위라고 볼 수 있다. 따라서 친구와 대할 때에도 일정한 예의를 갖추어야 한다.

전라남도는 다른 지방 못지 않게 욕설이 발달되어 있어서 이에 대한 주의를 요한다. 예로부터 사람의 왕래가 빈번한 포구라든지 섬, 그리고 해변 지방에 사는 사람들은 전통적으로 생활력도 강하고 욕설도 잘한다. 그러므로 의식적으로라도 욕설을 자제하는 것이 바람직한 것으로 평가된다.

특히 장애인에 대한 이야기를 할 때는 더욱 더 신중해야 한다. 장애가 있는 친구나 친구의 부모에 대하여 편견을 갖고 이야기하게 되면 친구 사이가 멀어질 수 있다. 신체에 장애를 갖고 있는 사람은 마음 속에 깊은 상처를 안고 있어서 신체에 관한 조그마한 사실이라도 언급하게 되면 대단히 언짢게 생각한다. 더구나 우리 나라처럼 장애인에 대한 편견이 심한 곳에서는 더욱 조심해야 한다.

내 자신도 말을 할 때 매우 신중하게 하려고 노력하지만 때로는 인간이기 때문에 실수를 할 때가 많다. 아니꼬운 것을 보면 이를 참지 못하여 툭 쏘아버리는 성격인데 이를 교정하기 위해 무척 노력하지만 때로는 잘 통제되지 않을 경우도 있어서 무척 후회하기도 한다.

사람은 실수를 하면서 인격이 수양되는 것이라고 생각한다. 대화를 할 때는 상대방의 마음을 충분히 헤아리면서 대화하는 것이 바람직하다. 독단적으로 자기의 의견만 고집해서는 안 된다. 상대방의 의견도 존중하고 청취하면서 그 사람의 의견과 내 의견을 종합하여 그 중에서 공통분모를 찾아야 한다.

만약 그것이 불가능하면 최대 공약수가 무엇인지를 찾아야 한다. 성공적인 대화는 서로 양보하고 타협하는 가운데 이루어지기 때문이다. 양보하는 미덕은 복잡한 세상을 살아가는 데 있어서 필수 불가결하다. 특히 술을 마실 때 더욱 주의해야 한다.

술을 마시면 긴장이 풀어지고 취하기 때문에 판단력도 떨어져서 평소에 품었던 생각들이 여과없이 튀어나오기 마련이다. '취중진담(醉中眞談)'이라는 말이 있는데 술김에 하는 농담이 진담으로 받아들여져 상대방에게 오해를 불러일으킬 수도 있다. 가능하면 취중에는 말을 아끼도록 노력하는 마음가짐을 갖고 자기 자신의 인격을 다듬는 것이 필요하다.

그리고 요즘에는 인터넷이 발달하여 인터넷에 글을 올리는 것이 퍽 자유롭게 되었다. 글을 쓸 때에도 말할 때와 마찬가지로 조심해야 하며 인터넷 매체의 특성상 많은 사람이 보고 있으므로 인터넷에 올리기 전에 이 글을 읽는 사람의 마음을 상하게 하지나 않는지 심각하게 고려해야 한다. 그리고 오자나 탈자(脫字)가 있는지도 살필 뿐만 아니라 가능하면 한글의 참 뜻이 제대로 표현될 수 있도록 해야 한다. 너무 축약하여 말같지 않은 말을 만드는 것도 문제다.

인터넷 신문 등에 올라온 많은 글들을 살펴보면 우리가 상상하는 그 이상의 욕설이 난무할 때도 있으며, 말을 축약하여 본래의 뜻이 퇴색되어 버리는 경우도 있다. 이러한 문제점이 날로 심각해짐에 따라 정부에서도 실명(實名)제를 정착하기 위한 방안을 강구하고 있는 것 같다.

사람은 누구나 실수할 수 있다. 그러나 이를 시정하려고 노력하는 것이 우리가 해야 할 일이다. 똑같은 의미의 내용이라 하더라도 상대방에게 호감을 주는 말을 취사선택하여 모든 사람이 들어서 즐겁고 상대방에게도 기분 나쁘지 않은 방향으로 언어를 순화할 필요가 있다. 시정잡배처럼 생각나는 대로 표현하고 글로 옮기는 과정에서 자신도 모르게 오염되어 버리기 쉽다.

말과 글은 항상 상대방이 있다는 것을 염두에 두어야 한다. 혼자서 무슨 말을 하든지 그것을 탓할 사람은 없다. 그러나 우리가 하고 있는 말이 거짓이거나 사회를 현혹시키는 말일 경우에는 사회를 혼란스럽게 만든다. 진실되고 진지한 말을 통해서 우리가 무엇인가 느낄 수 있고 상대방이 들어서 도움이 될 수 있어야 한다. 부디 아름다운 말, 아름다운 글들이 우리들의 마음을 살찌울 수 있기를 간절히 희망한다.

놀라운 동물들의 지혜

동물의 세계에서도 참으로 놀라운 사실을 발견할 수 있다. 그들이 살아가면서 터득한 지혜는 인간 이상의 지혜가 있기 때문이다. 동물의 세계를 바라볼 때 우리가 간과하기 쉬운 위계 질서가 있고 그들 나름대로의 살아가는 방법을 터득하며 살아가고 있다. 들짐승이나 집에서 키우는 가축이나 모두 하나의 생명체요, 우리와 똑같은 동물이라는 점을 잊으며 살고 있다.

어렸을 때 내가 정성스레 길렀던 돼지를 팔게 되었는데 돼지가 죽게 되었다는 생각 때문에 얼마나 많이 울었는지 모른다. 너무 불쌍하다는 생각이 들었다. 아마 개를 길러서 팔았다면 더욱 그러한 감정이 두드러지게 나타났을 것이다.

우리가 소나 돼지를 잡아서 먹는 것이 어쩌면 옳지 못한 행동일지도 모른다. 실제로 인도 사람들은 소를 신성시하여 소고기를 먹지 않는다고 한다. 소가 길거리에서 활보하고 돌아다녀도 누가 이를 귀찮게 여기는 사람이 없다.

회교를 믿는 사람들은 돼지고기를 절대 먹지 않는다. 그래서 외국인이 우리 도를 방문할 때 제일 먼저 그 분이 어느 나라에서 오신 손님인지를 따져보고 다음으로는 회교를 믿고 있는지를 본다. 회교를 믿는 사람들은 돼지고기 뿐만 아니라 술도 마시지 않기 때문에 음식을 대접할 때 그 점에 특히 유의해서 메뉴를 정해야 한다.

"소가 도살장으로 끌려갈 때 운다."는 이야기를 많이 들어보았을 것이다. 이것이 사실이다. 그리고 도살장 앞에서는 미련하게 생긴 소이지만 자기가 죽는다는 것을 알고 있는 것 같다. 사람이나 짐승이나 죽고 사는 것은 다 같다. 태어나서 살다가 죽고 사는 모든 이치가 같고 새끼를 낳아 기르는 것이 같다.

화랑의 세속오계에서도 불교의 윤리에 따라 '살생유택(殺生有擇)' 이라는 구절이 들어 있는데 모두 같은 맥락이라고 생각된다. 오늘은 우리가 미처 생각하지 못했던 재미있는 동물들의 세계를 살펴보기로 하자. 특히 독수리, 수달, 사자, 코끼리 등이 살아 남기 위해 어떻게 행동하는지에 대해 살펴보는 것도 매우 흥미로운 일이라고 판단되어 간단히 적어보고자 한다.

독수리는 새끼가 날 때쯤에는 나무에서 떨어뜨린다고 한다. 이러한 행동에는 강자(強者)만이 살아 남을 수 있다는 특유의 본능인지 아니면 이제 날아다니는 연습을 할 때가 되었다는 것을 가르쳐 주고 어린 새끼에게 자신감을 주기 위한 것인지 알 수 없다.

실제 나무 위에 새끼와 함께 앉아 있는 어미 독수리가 새끼를 나무 밑으로 밀어내는 장면을 텔레비전을 통하여 볼 수 있었다. 새끼 독수리는 어미의 성화에 못이긴 듯 처음에는 날갯짓을 하며 날다가 나뭇가지에 걸치듯 내려앉았다. 잠시 후 새끼는 다시 날갯짓을 하더니 창공을 한 바퀴 돌았다. 그러나 나뭇가지에서 착지를 하는데 무척 힘이 드는 것 같았다. 이렇게 서너 차례 시도한 끝에 새끼 독수리는 하늘의 재왕답게 유유히 창공을 돌고 있었다.

성경에서도 '독수리 같은 사랑'으로 표현하기도 한다. 이 말은 하나님이 그 자녀를 사랑하지만 때로는 시련을 주는 것은 독수리가 자기 새끼를 땅에 떨어뜨리는 것처럼 시련을 주는 것을 말한다. 독수리 이야기가 나왔으니 독수리가 거북이를 잡아먹는 방법에 대해서 살펴보자.

독수리 중에는 거북이를 기가 막히게 잡아먹는데 이놈의 재주가 참 비상하다. 거북이는 적이 나타나면 목을 몸통 속에 넣어버리기 때문에 어떻게 공격할 수가 없다. 그래서 사자도 독수리를 가지고 장난은 쳐보지만 잡아먹지 못한다.

그러나 거북이를 전문적으로 사냥하는 독수리는 거북이를 날카로운 발톱으로 낚아 챈 다음 하늘 높이 올라간다. 상당히 높은 곳에 올라간 독수리는 바위가 있는 곳에 거북이를 떨어뜨린다. 그리고 나서 거북이가 떨어지는 장소를 놓치지 않기 위해 낙하하고 있는 거북이를 따라 독수리도 급강하한다. 높은 상공에서 바위 위에 떨어진 거북이는 충격을 받아 이곳 저곳이 깨지고 살이 튀어나올 수밖에 없다. 이 때 독수리는 맛있게 거북이 요리를 즐긴다.

코끼리는 어린 새끼를 보호하기 위해 무리의 한가운데 어린 새끼를 세우고 걸어간다. 사자가 백수의 왕이라고 하지만 이 코끼리를 당해낼 수는 없다. 앞장을 서서 길을 안내하는 코끼리는 할머니 코끼리이다.

가뭄이 들어 물웅덩이를 지키고 있는 사자도 코끼리 떼가 다가오면 모두 일어서서 다른 곳으로 피해버린다. 다 큰 코끼리가 그 큰 코로 한

번 휘저으면 살아날 사자가 없기 때문이다. 물을 마신 후 코끼리는 다시 유유히 사라진다. 코끼리가 길을 가다가 동료의 뼈 즉 코끼리의 뼈를 발견하면 알 수 없는 의식을 행한다. 코를 끙끙거리면서 한참을 이 뼈 주위를 맴돈다.

학자들은 이러한 의식을 바라보면서 코끼리가 동료의 뼈인지 아닌지를 분간하는 능력이 있다고 믿는다. 코끼리는 그 큰 덩치에 어울리지 않게 수킬로미터 떨어진 동료의 소리를 들을 수 있는 능력이 있는데 이는 저주파음을 들을 수 있다는 것을 의미한다.

인도나 태국의 코끼리들은 길을 잘 들여 물건을 운반하거나 여행객을 태우고 다닐 수 있는 것도 코끼리가 매우 영리한 동물임을 알 수 있다. 또 하나 사람이 없을 경우 어린이의 요람을 흔들면서 아이를 재운다든지 각종 쇼 행사에서 코끼리가 보여 주는 다양한 묘기는 코끼리가 매우 발달한 머리를 갖고 있는 동물이라는 걸 단적으로 입증하는 사례이다.

사자는 용감하게 살아 남는 새끼만 키운다고 한다. 사자의 행동 중에서 특이한 것을 발견할 수 있는데 수컷은 일정한 나이가 되면 무리에서 쫓겨난다. 엄마는 매정스럽게 수컷 새끼를 쫓아내는데 합세한다. 이는 동물의 세계에서도 근친결혼으로 인한 문제점을 알고 있는 듯하다.

쫓겨난 수사자는 같은 또래의 동료들과 함께 무리를 지어 생활하다가 덩치도 커지고 힘도 세어져 기회가 되면 다른 집단의 수사자와 싸워 일정한 영토를 확보하게 된다. 다행히 싸움에서 승리하면 패배한 수사자에게 딸린 암컷을 모두 차지하게 된다.

이때 새로운 집단의 사자 무리를 이끌게 된 수사자는 우리가 이해할 수 없는 특이한 행동을 한다. 즉 새로운 지배자가 된 수사자는 과거에 지배하던 수사자의 새끼들을 모조리 죽인다. 아마 핏줄이 다르기 때문이라고 생각한다. 이때 새끼의 어미는 몸부림치면서 안달하지만 며칠 후 다시 발정이 되어 새로운 수사자와 교미를 하여 새끼를 잉태하게 된다.

사자는 같은 먹이를 먹고 사는 고양이과 동물인 치타나 표범의 새끼를 보는 데로 죽인다. 그러나 고기는 먹지 않는다. 이는 자기 영역 내에서 동일한 먹이를 먹고 사는 경쟁자를 미리 제거하기 위한 것으로 보인다. 또 사자는 사냥을 하다가 몸이 다쳐 병이 든 사자가 자기의 가족에게 합류할 때 모든 사자 가족이 합세하여 그 병든 사자를 가족에게 돌아오지 못하도록 막는 것을 보았을 것이다.

우리의 상식으로 생각해 볼 때 너무 매정스러운 것처럼 보인다. 그러나 좀더 깊이 생각하면 그 뜻을 이해할 것도 같다. 병든 사자가 들어와 전염되면 그 한 마리의 사자 때문에 전체 사자가 모두 죽음을 면하기 어려울 것이다. 그래서 비록 말 못하는 짐승이지만 남은 가족들의 건강을 위해서 합세하여 병든 사자가 집에 들어오는 것을 막는 것으로 보인다.

일본 벳푸 지방의 원숭이는 온천에서 목욕을 즐긴다. 겨울이 되어 하얀눈이 내리는 날 따뜻한 온천에 들어가 몸을 녹이면서 털도 서로 만져 주면서 만족스러운 시간을 보낸다.

이 지방의 원숭이는 언제부터인가 고구마를 먹을 때 물로 깨끗이 씻어 먹는 습관이 붙었다. 원숭이의 서열은 매우 엄격하여 대장이었던 수컷이 새로운 수컷과 싸워 패하게 되면 새로운 수컷 지배자 밑에서 서열이 매겨지며 서열에 따라 측은할 정도의 행동 양상을 보이며, 밥을 먹을 때도 철저한 룰을 지키면서 생활한다.

동물의 세계에서는 대장 수컷만이 암컷을 거느릴 수 있다. 또 고릴라, 사자, 들개, 치타, 표범, 염소, 사슴 등 대부분이 그렇다. 간혹 가다가 대장이 없는 틈을 타서 서열이 낮은 수컷이 암컷과 눈이 맞을 때도 있다.

고릴라는 인간과 매우 흡사하게 닮았는데 그들 중에는 막대기를 사용하여 과일을 딸 정도로 지능이 발달한 고릴라도 있고 껍질이 딱딱한 것은 돌로 깨서 먹기도 하는 것이 발견되었다. 우리 인간이 살아가던 초기 방식이 아닐까 생각된다.

들개와 늑대는 단체행동을 하며, 단체로 사냥을 나간다. 어미 개는 특별한 경우가 아니면 사냥에 참가하지 않으나 사냥할 식구가 부족할 경우 새끼만을 떼어놓고 사냥을 나간다. 그러나 가족이 많을 경우에는 사냥에 나가지 않는다.

사냥할 때는 사냥감을 따라 한 마리의 개가 계속 따라가는 것이 아니라 교대하여 사냥감을 쫓기 때문에 지치지 않고 쉽게 사냥을 할 수가 있다. 집에서 기다리고 있는 새끼 딸린 어미와 새끼들을 위하여 사냥 갔다 온 동료들이 먹은 음식을 토해주게 되는데 이들은 이것을 받아먹고 산다. 또 하나 특이한 것은 대장 암컷만이 수태할 수 있으며 새끼를 낳아 기를 수 있다. 그러나 대장 암컷이 수태 능력이 떨어지면 서열 두 번째 암컷에게 그 자리를 물려주는데 다음에는 그 암컷이 새끼를 낳아 기르게 된다.

갈매기는 독수리와 같이 맹금류들이 쳐들어오면 이를 피하기 위해 수많은 갈매기 떼가 합세하여 독수리의 비행을 방해하거나 물어뜯는다. 이렇게 단합된 힘으로 독수리를 물리칠 수 있는 것이다. 사방에서 공격하는 사태가 벌어지면 독수리도 별 수 없이 도망가지 않을 수 없는 것이다.

또 뱁새와 같이 매우 작은 새들도 이러한 맹금류를 피하기 위해 빠른 속도로 종으로 횡으로 날아다니면서 동료의 피해가 없도록 사냥을 방해한다. 따라서 많은 새들 앞에서 사냥은 매우 힘들다.

코끼리와 사자들이 가끔 흙을 먹는 경우가 있다. 또 아무 흙이나 먹는 것이 아니라 특정 장소에서 이 흙을 먹는데 이는 이곳에 미네랄 등 광물질이 있거나 소금기가 있어서 동물들에게 필요한 영양소가 있기 때문인 것으로 보인다.

아마존강 유역에는 간혹 꼬리가 잘려 있는 악어가 발견된다고 한다. 이는 수달과 악어가 싸우다가 수달이 이겨 수달이 악어의 꼬리를 잘라먹은 흔적이라고 한다. 나는 텔레비전을 통하여 수달과 악어가 싸우는 장면을 보았는데 도저히 믿어지지 않았다.

누가 보아도 당연히 악어가 이길 것으로 생각할 것이다. 그러나 싸움의 결과는 수달이 승리하였다. 수달은 매우 빠르게 악어를 공격하였으며, 처음에는 악어가 금방이라도 수달을 잡아먹을 것처럼 기세등등하였다. 그러나 시간이 지나자 기진맥진하였다.

수달의 이러한 공격은 오랫동안 지속되었다. 악어는 결국 제풀에 지쳐버렸다. 힘이 소진된 악어는 이제 수달이 자기의 꼬리를 잘라먹어도 반항할 만한 힘이 없었다. 다만 수달은 악어의 전체를 먹지는 못하고 꼬리 쪽만 게걸스럽게 잘라먹고 있었다. 또 수달은 매우 영리하여 조개를 잡아먹기도 한다. 조개는 껍질이 두껍기 때문에 수달이 조개알을 꺼내 먹기란 그리 쉬운 것이 아니다. 그러나 수달은 바다에서 조개를 잡아다가 자기 배 위에 올려놓고 돌멩이로 힘차게 내리쳐서 조개를 깬 다음 그 안에 있는 조개알을 맛있게 먹는다. 이러한 행동은 어미로부터 새끼에게 교육되어진다.

뻐꾸기는 우리가 알 수 없는 이상한 행동을 한다. 어느 날 뱁새(붉은 눈 오목눈이)의 둥지에 알을 낳고 가 버린다. 뱁새는 자기 알인 줄 알고 열심히 품어서 부화시킨다. 이때 뻐꾸기 새끼가 제일 먼저 부화하는데 부화된 뻐꾸기 새끼도 몹시 얄궂은 행동을 한다.

눈도 제대로 보이지 않는 뻐꾸기 새끼가 뒷발로 뱁새의 알을 밖으로 밀어낸다. 뱁새의 어미는 이 광경을 지켜보면서도 아무런 제재도 하지 않는다. 결국 뱁새의 알은 땅으로 떨어져 깨져 버린다. 결국 남은 것은 뻐꾸기 새끼만 남게 되며 집을 독차지한다. 미련하기 짝이 없는 뱁새는 열심히 먹을 것을 물어다 키운다. 뱁새의 정성스러운 보살핌에 힘입어 뻐꾸기 새끼는 무럭무럭 자란다.

그러나 뻐꾸기가 어찌 뱁새가 되겠는가? 다 자란 뻐꾸기 새끼는 또 어미가 했던 그 방식대로 알을 낳고 그 알의 부화는 뱁새에게 맡기는 것이다. 이러한 행동이 무엇을 의미하는지는 알 수 없으나 인간의 시각으로 볼 때는 참으로 기이한 행동일 수밖에 없다.

동물 중에는 환경에 따라 변색을 하는 경우도 있고 마치 잎사귀 모양처럼 위장하거나 나무막대기 모양으로 변화하는 것도 있다. 박쥐는 전파탐지기가 있어서 전자파를 보내 거기서 반향되어 오는 전파를 탐지하여 다치지 않고 정확히 자리를 이동할 수 있다. 이밖에도 가지각색의 변장술과 몸체 부풀리기, 자기 자신의 독성 분비, 그리고 고압의 전기 방출 등 다양한 방법으로 자기 몸을 보호하면서 살아가고 있는 것이다.

모든 동물의 세계에서 공통적인 사항의 하나는 새끼를 번식하는 것은 필수적이다. 서로 암컷을 차지하기 위해 필사적으로 싸운다. 죽음을 각오하고 싸우기도 해서 보는 사람으로 하여금 측은한 느낌을 받을 정도로 싸운다. 그래서 진 쪽은 언제나 물러난다. 그리고 깨끗하게 포기한다. 때로는 격렬한 싸움 때문에 죽게 되는 사례도 얼마든지 볼 수 있다. 하마도 싸우다가 죽는다.

어떤 동물은 몇 차례 겨루어서 힘이 달린다고 생각하면 곧바로 물러나서 쉽게 싸움이 끝난다. 코브라도 격렬하게 싸우는데 서로 몸을 감고 비틀면서 싸운다. 그러다가 상대방의 힘이 더 세고 키가 더 크게 느껴지면 의외로 싸움이 쉽게 끝난다.

새끼에 대한 본능은 사람 못지 않게 강한 모성애를 가지고 있다. 자기 새끼에게 접근하면 사력을 다해 으르렁거리며 상대방과 일전을 한다. 얼룩말이나 누우들은 새 풀이 돋는 시기에 일시에 새끼를 낳는다. 아프리카의 세렝게티 들판에 150만 마리의 누우 떼가 모여들면 장관이다. 이때 일시에 새끼를 낳게 됨으로써 육식동물로부터 새끼를 보호할 수 있다. 왜냐하면 육식동물이 먹는 양은 한정되어 있는데 일시에 새끼를 낳게 되면 희생자가 있기는 하겠으나 띄엄띄엄 새끼를 낳는 것보다는 희생되는 확률이 적기 때문이다.

동물들도 산아제한 능력이 있어서 먹이가 풍부하면 많은 새끼를 낳지만 먹이가 부족할 때는 한 마리 정도로 제한하고 있는 것은 매우 흥미로운 일이다.

닳아버린 부처님의 코

세상이 많이 변하여 요즈음에는 아들 딸 구분하지 않고 하나만을 두어야 하겠다는 가정이 늘고 있다. 또한 출산율이 급격히 감소하여 출산을 장려하기 위한 각종 시책이 전개되고 있다. 지방자치단체 가운데서는 출산장려금을 제도적으로 지원하는 조례를 제정하여 시행하는 곳도 있으며 인구의 급격한 감소를 크게 우려하고 있다.

젊은 세대를 중심으로 "결혼은 하되 아이는 출산하지 않는다."는 놀라운 사고를 갖고 있는 사례도 있어서 구세대의 입장에서는 매우 충격적으로 받아들이고 있다. 머리에는 무스를 발라 앞머리를 곧추세우고 남성처럼 강한 인상을 주는 여성, 반짝반짝 빛나는 눈을 가졌으며 직장생활을 하는 발랄한 모습의 갓 결혼한 20대 여성이 한 텔레비전 토론회에 나와 당당한 모습으로 "결혼은 하되 아기는 갖지 않는다."는 자신의 입장을 피력하는 것을 보고 놀라지 않을 수 없었다.

직장생활을 하는 맞벌이 부부로서 수입은 두 배로 벌어들이고 아이는 갖지 않는 것을 딩크족(DINK, Double Income No Kid)이라고 한다. 이들이 아이를 갖지 않는 것은 여러 가지 이유가 있겠으나 아이가 직장생활을 하는데 있어서 걸림돌이 되고 또 하나는 자기들의 자유로운 생활에 방해가 된다는 논리인 것으로 보인다.

그러나 외아들만 두고 있는 시아버지나 시어머니의 입장에서 볼 때 가문을 이어갈 자손을 낳지 않겠다는 며느리를 맞아 들였다고 가정할 때 이와 같은 현상을 어떻게 받아들일 것인지에 대해 많은 생각을 하게 되었다. 이와는 반대로 "결혼은 원하지 않지만 필요할 때 아이만 갖는다."는 여성도 있다.

결혼으로 인하여 구속된 생활을 하지 않고 그때 그때 상황에 따라서 '인생을 즐기고 필요하면 아이도 낳아서 기르겠다.'는 뜻이라고 보여진다. 서양에서는 이러한 여성이 날로 늘어나고 있다고 한다. 이와 같이 시대는 급격히 변화하고 있으며 도덕적 기준이 달라지고 있음을 인식할 수 있게 되었다.

우리 나라는 전통적으로 아들 선호사상이 유별나고 뚜렷했다. 아들과 딸은 엄연히 구분되었으며 식사를 같이 할 수 없었다. 아버지와 아들이 사용하는 밥상과 어머니와 딸의 밥상은 엄연히 구분되어 있었다. 심지어 아버지와 오빠가 식사를 하고 난 뒤에 식사를 하는 엄한 가정도 있었다. 요즈음에는 모든 식구가 같은 상에서 식사를 할 뿐만 아니라 신세대 맞벌이 부부는 가정에서의 가사도 분담하여 처리하고 있다. 청소도 설거지도 마찬가지다.

젊은 부부들은 시장에도 같이 가서 식료품을 사 가지고 돌아온다. 옛날에는 상상도 할 수 없는 노릇이었으며 구세대와 확실히 다른 면모를 볼 수가 있다. 합리적인 사고로 생각하며 바람직스러운 일로 평가한다. 그러나 이러한 합리적인 사고가 지나치거나 때로는 인내심이 적어서 걸핏하면 싸우고 이혼하는 것은 바람직한 것이 아니다. 사람은 개개인이 장점과 단점을 가지고 있어서 서로 이해하지 못하면 가정생활도 원만하지 못하다. 가정에서는 무엇보다도 서로 인내하면서 상대방을 이해하려는 마음가짐이 가장 중요하다.

동양에서 여성이 가장 살기 좋은 곳으로 중국을 꼽는다. 중국은 공산주의가 시행하면서 남녀가 동등하게 생활하였다. 일도 함께 하고 직장에도 같이 다닌다. 시내버스를 몰고 다니는 기사 중에 여성이 많은 것도 다 같은 이유다. 남성이 하는 일을 여성이 한다. 공장에서도 남녀 가리지 않고 대등하게 일을 한다.

남편은 가정에서 요리를 하고 설거지도 한다. 남편이 부엌에서 일을 하고 있을 때 아내는 소파에 앉아 담배를 피운다. 어떤 의미에서는 너무한다는 생각도 든다. 중국의 어느 가정에 초대되어 직접 경험한 일이다. 이렇게 중국은 남녀평등이 이루어졌다. 그러나 옛날에는 중국 여성처럼 수난 받은 여성도 없다. 전족이 그것이다.

'여성의 발이 작아야 미인' 이라는 풍습도 있었지만 커야 할 발을 크지 못하도록 억지로 발을 묶어서 키웠다. 몸은 어른인데 발은 어린이 발처럼 작도록 키운다. 작은 신발에 맞춰 자란 발은 발뼈가 비정상적으로 되어 걸어다닐 때 뒤뚱뒤뚱 하는 모습을 많이 볼 수 있었다.

우리 나라에서의 아들은 가문을 이어가는 대들보로 생각하였다. 시집온 부인이 아들을 낳지 못하면 죄인처럼 생각했다. 그래도 남편은 이해를 해주지만 시아버지와 시어머니를 보기가 민망스러웠다. 특히 시집살이가 심한 가정에서는 더욱 그러한 면이 두드러지게 나타났다.

아이를 출산하고도 태어난 아이가 아들이냐, 딸이냐에 따라 대우가 달라졌다. 시어머니 자신도 여자이면서도 여자의 아픔을 이해하지 못하는 것은 참으로 이해할 수 없는 편견이라고 볼 수 있으며 아들을 낳고 딸을 낳는 것이 어디 며느리의 잘못일까마는 모든 잘못은 며느리가 뒤집어쓸 수밖에 없는 안타까운 현실이었다.

특히 독자 집안에서는 대를 이어갈 아들을 기다리고 있기 때문에 꼭 아들을 낳아야 하며 옛날에는 아들을 낳지 못하면 설령 남편이 바람을 피워 자식을 둔다 해도 이를 나무라지 않았다. 소위 씨받이라는 것도 아이가 없는 가정에서 남편이 처가 아닌 씨받이여자와 동침하여 아이를 출산해 주는 것을 말한다. 소위 남편이 다른 여성과 혼인 외 정사를 하여 자손을 출산하는 것인데 일반적으로 말하는 혼외정사와 씨받이의 차이점은 아내가 씨받이 여인과 남편이 동침하는 것을 묵인한다는 점이다.

씨받이가 된 여성은 대가를 받고 아이를 출산하게 되며 출산 후에는 자기의 임무를 마치게 된다. 결국 아이를 기르는 사람은 씨받이가 된 여성이 아니라 본 부인다. 그러나 어찌 되었건 자기가 난 자식에 대한 어머니로서의 모성애는 어쩔 수 없어서 자식에 대한 그리움은 무척이나 컸다는 것을 부정할 수 없다. 그래서 자기가 난 자식을 그리워하는 어머니도 있었다. 무남독녀(無男獨女)를 둔 가정에서는 사후에 제사를 지내줄 아들이 없다는 점을 매우 안타깝게 여긴다. 그래서 가능하면 아들을 낳을 때까지 출산을 계속한다.

중국은 56개의 소수민족과 한족으로 구성되어 있다. 인구정책에 있어서 한족은 아들이건 딸이건 하나만을 두는데 소수민족에게는 두 명의 자녀를 둘 수 있도록 함으로써 강력한 인구정책을 펼치고 있다. 우리 나라는 과거에는 10여 명의 자녀를 두기도 하였으며 평균 7~8명의 자녀를 두었다. 그러나 정부의 강력한 인구정책에 힘입어 이제는 두 명 정도의 자녀를 두고 있는 가정이 많다. 요즈음에는 출산율이 떨어져서 인구증가 대책에 고심하기도 하나 자녀를 많이 낳지 않으려는 경향이 있는 것 같다. 그렇지만 요즘에도 다섯 명 정도의 자녀를 두고 있는 가정도 있다.

2000년도의 통계에 따르면 우리 나라의 전국 평균의 성비는 110.2이고 가장 남자 출산비율이 높은 곳은 경상북도와 대구로서 113.6과 113.4로서 각각 1위와 2위를 차지하였다. 그런데 이 성비가 가져오는 문제점은 여러 가지가 있다. 가장 큰 문제점은 이러한 성비가 자연상태에서 이루어지는 것이 아니라는 점이다.

소위 성 감별이라하여 태아에 대한 성 감별을 한 후에 여자아이일 경우 이를 낙태를 하고 있는데 이 숫자가 자그마치 3만 명 정도가 된다고 한다. 이는 태어나기도 전에 희생되는 것이다. 이 숫자는 태어나는 전체 여자아이의 9% 정도가 된다고 하니 얼마나 많은 여아들이 태어나기도 전에 저 세상으로 가야 하는지에 대한 심각한 문제점이 있다.

이와 같은 현상은 남아를 선호하는 것이 얼마나 불합리하고 모순된 사상인가를 보여 주는 단적인 증거라고 생각한다. 또 하나는 이들이 결혼 적령기에 도달하였을 경우 배우자를 선택할 수 있는 폭이 좁아지게 되고 나중에는 딸을 가진 가정에서는 능력 있는 사윗감을 고를 수 있는 선택권이 주어진다는 점도 상상할 수 있을 것이다. 아무튼 많은 문제점이 있다고 본다.

여기서 이야기하고자 하는 것은 옛날 우리 나라 어른들의 코에 대한 생각이다. 코는 남자의 심볼을 상징했다. "언니는 좋겠네. 언니는 좋겠네. 아저씨 코가 커서 언니는 좋겠네."하는 우리 나라 민요에서 나오는 노래 가락은 곧 코가 즉 남성의 심벌을 상징하는 것이었던 것이다. 그리고 언제부터인가 부처님의 코를 갉아서 그것을 먹으면 아들을 낳는다는 속설이 있어서 아들을 낳지 못한 아주머니들이 산에 올라가 기도를 드린 다음 돌로 만들어진 부처님의 코를 갉아서 그 가루를 먹었다. 이런 까닭에 부처님의 코가 닳아 없어진 경우를 볼 수 있는데 이는 전래적인 풍습 때문에 기인하는 것이다.

또한 묘지 옆을 지나면서 관찰력이 있는 분들은 묘지 옆의 망주석을 보고 무엇인가를 느꼈을 것이다. 망주석의 모습을 보고 외국인들이 무엇이냐 묻는다면 여러분은 무엇이라고 설명하겠는가? 망주석은 여러 가지 의미가 있다. 그리고 각 부분의 명칭은 우리가 상상하는 이상의 대단한 의미를 담고 있으며 세세한 명칭을 다 열거하기도 어렵다.

원수(圓首), 연주, 운각(雲角), 염의(簾依), 세호(細虎), 주신(柱身), 상대(上臺), 중대(中臺), 하대(下臺), 앙련(仰蓮), 복련(伏蓮) 등 헤아릴 수 없는 명칭이 있다. 그러나 이 망주석에서 다른 특별한 의미를 갖고 있는 것이 있다. 그것은 자손의 번영을 상징하는 것이라는 점이다. 망주석의 모습은 무엇을 닮았는가를 유심히 살펴보면 그 답이 나온다. 그것은 남성의 심벌을 상징하는 것처럼 보인다. 물론 다른 뜻도 있다는 점은 이미 설명한 바와 같다.

남성의 심벌을 묘지 옆에 세우는 것은 자손이 번창하기를 기원하는 의미를 갖고 있다. 또한 남근상을 마을 앞에 세운 곳도 있다. 누가 보아도 쉽게 식별할 수 있으며 이는 모두 자손이 번창하기를 소망하는 뜻에서 세웠기 때문에 이를 나쁜 뜻으로 해석해서는 안 된다.

옛날 분들은 묘터를 잡을 때에도 크게 보아 세 가지 관점을 두고 묘터를 잡았던 것으로 보인다. 자세한 내용을 일일이 설명할 수 없으나 이를 요약하면 첫째, 망주석에서 보는 바와 같이 자손의 번창을 기원하였으며, 둘째 자손 중에 높은 벼슬을 하는 인물을 희망했고, 셋째, 재물을 겸비했다고 보는 자리에 묘지를 잡았다.

세상이 변하고 있다. 요즘 세대는 묘지를 잡는데 있어서도 명당자리를 굳이 고집하지 않는다. 시간이 날 때 조상의 묘소를 쉽게 찾을 수 있는 큰 길가에 묘소를 잡는 가정이 늘고 있다. 옛날에는 우마차가 지나가면 조상의 묘소가 흔들린다 하여 기피했는데 세월의 변모에 따라 묘터를 잡는 방법도 달라지고 있는 것 같다.

이에 대해서는 일장일단이 있는 만큼 더 이상 이야기하는 것은 옳지 않은 것으로 판단된다. 우리들의 조상들은 사후에서라도 후손들이 잘 되기를 기원했다는 점을 알아야 하며 깊은 뜻이 숨어 있다. 묘터를 좋은 자리에 잡으려고 하는 것도 효성의 발로이다.

지금까지 우리는 우리 나라 사람들이 유난히 아들을 선호한다는 점을 발견하고 이에 대한 문제점을 짚어 보았다. 이제는 남녀차별을 조장하는 과거 시대의 그릇된 사고를 버리고 아들이건 딸이건 평등하게 대해주는 마음가짐을 갖는 것이 매우 중요하다. 그래야만 공평한 세상이 될 수 있다. 또한 아직도 대학을 나온 여성이 전업주부로 가정에서만 생활하는 것은 국가적으로 볼 때 대단히 큰 낭비다. 전공을 살려 자기의 수입을 올리고 밖으로는 국가와 민족을 위해 봉사하는 시대가 열리기를 희망한다.

대머리 처녀

옛날 인도에 한 중년 남자가 살고 있었다. 그 남자는 두 아내가 있었는데 하나는 나이가 든 아내였으며, 둘째 아내는 젊은 여자였다. 한 남편을 두고 두 여인이 살게 됨으로써 만날 때마다 싸우곤 하였다.

두 여인이 싸우는 것을 보고 고민하던 남편은 궁리 끝에 각각 따로 따로 집을 마련하여 살게 하고 하루는 젊은 아내에게 가서 자고, 하루는 나이든 아내와 잠자리를 같이 하기로 제안하여 두 여인의 동의를 얻었다. 남편이 젊은 아내에게 가는 날에는 아내가 나이 들어 보인다하여 흰머리를 골라 뽑았다. 또 나이가 많은 아내는 자기처럼 나이가 들어 보이게 하기 위해 검은머리를 골라 뽑게 되었다. 이렇게 수년 동안 계속하다보니, 결국 머리카락이 남지 않게 되어 대머리가 되었다는 재미있는 이야기가 있다.

대머리가 된 사연에 대한 우스갯소리로 비현실적인 이야기이지만 퍽 재미있는 내용이다. 우리 주위에서 대머리가 된 사람들은 많은 고민이 있는 것 같다. 우선 다른 사람보다 나이가 더 들어 보인다는 점이다. 젊은 나이에 대머리가 된 사람도 마치 자기가 나이가 든 사람처럼 행동하게 된다. 대머리가 된 사람이 경거망동하게 행동하게 되면 '나이 값도 못 한다.'는 말을 듣기 싫다. 그러므로 비록 나이는 들지 않았지만 나이가 든 것처럼 행동하게 되는 것이다.

고대 그리스 철학자인 아리스토텔레스는 거세된 남성인 "내시는 대머리가 없다."는 이야기를 했는데 왜 내시가 대머리가 되지 않는지에 대해서는 정확히 설명하지 못했다. 아마 그가 내시를 관찰해 보았더니 그들로부터 대머리가 없다는 일반적인 사실을 발견하고 한 말일 것으로 보인다. 그런데 현대 과학자들이 연구한 결과 이러한 아리스토텔레스의 이야기가 옳다는 사실을 과학적으로 입증하기에 이르렀다. 대머리는 남성호르몬과 밀접한 관련이 있음을 알게 되었기 때문이다.

디하이드로테스토스테론(dihydrotestosterone)이라고 하는 물질이 남성형 탈모에 중요한 역할을 하고 있음을 밝혀냈다. 이런 점으로 볼 때 대머리는 가장 남성다움을 상징하는 것이므로 크게 상심하거나 신경 쓸 필요가 없다는 점을 말씀드리면서 이야기를 계속하고자 한다.

대머리가 되면 어떤 점이 좋지 않을까? 첫째는 나이에 비하여 더 늙어 보인다는 점일 것이다. 이마에는 주름살 하나 없는데 머리가 벗겨짐에 따라 훨씬 더 나이가 많아 보인다. 그래서 동창회에 나간다든지 할 경우 후배들과 함께 동창회를 하는 기분이 들것이다.

또 버스를 탔을 때 아직 결혼도 하지 않은 청년에게 중학생이 자리를 비켜주면서 "아저씨, 이쪽으로 앉으세요."하고 말했을 때 무척 씁쓸한 여운을 느끼게 될 것이다. 둘째, 햇볕이 날 때 무척 따갑다는 점이다. 셋째, 겨울철에는 머리털이 없으므로 더욱 춥게 느껴진다.

우리 동양사람에 비하여 서양사람들이 더 대머리가 많은 것 같다. 통계에 의하면 서양사람들의 50% 이상이 대머리의 가능성이 크다고 한다. 오늘날 대머리를 치료하기 위한 세계 각국의 노력은 계속되고 있으며, 앞으로도 지속될 것으로 보인다. 아마 대머리를 부작용 없이 치료할 수 있는 발모제가 발명된다면 그는 틀림없이 세계적인 부호가 될 수 있을 것이다.

우리 나라에서도 대머리 치료를 위해 특허를 받았다는 제품이 상당수 등장하고 있다. 그리고 대머리로 고생하는 사람을 위한 병원이나 치료제가 왜 그렇게 많은지 헤아릴 수 없을 정도이다. 또 대머리의 약점을 보완해 주기 위해서는 몇 가지 방법이 있는데 이를 크게 나누면 탈모억제제, 가발, 머리털 영양제, 모발이식 등으로 구분할 수 있을 것이다.

요새 젊은 청년들이 대머리의 유형에 따라 재미있는 유머를 만들어내고 있다. 머리 정수리만 빠진 경우에는 "소갈머리가 없다."고 하고 머리 주변만 머리가 빠진 경우에는 "주변머리가 없다."고 한다. 그러나 소갈머리와 주변머리가 동시에 빠진 경우에는 "소갈머리도 없고 주변머리도 없다."고들 한다.

대부분의 대머리는 유전이다. 유전양상은 보통 상염색체가 우성이라고 한다. 모든 사람은 쌍으로 유전자를 갖고 있다. 그러나 대머리 유전자를 갖고 있다고 해서 그 자녀 모두에게 나타나는 것이 아니다. 같은 형제라 해도 남자는 대머리가 많으나 여성은 대머리가 없는 것은 남성호르몬 때문이라고 한다. 또한 젊은 나이에는 대머리가 없는 것이 일반적이다.

세계적으로 유명한 대머리치료제 프로페시아는 merck사에서 개발하여 제조하는 탈모치료제로서 경구용이다. 이 물질은 남성의 호르몬인 테스토스테론과 만나면 탈모를 일으키는 히드로테스토스테론(DHT)을 억제하는 약리작용이 있다. 결국 남성호르몬의 억제를 통해서 탈모를 방지하는 것이다.

이와 같이 대개의 대머리 치료제는 이러한 남성호르몬을 억제하는 방법으로 대머리를 치료하고 있는데 이는 어느 정도 진행되고 있는 초기증상에는 효과가 있는지 알 수 없으나 나이가 든 사람에게는 전혀 도움이 될 것 같지 않다. 대머리가 원칙적으로는 유전적 원인에 기인하지만 스트레스로 인한 대머리도 있다. 이는 특히 주의를 요하는 바 머리털이 군데 군데 힘없이 한꺼번에 빠진다는 점이다. 그래서 회사원들 중에는 이 스트레스로 인한 대머리가 되지 않을까 걱정하는 사람이 많다고 한다.

백과사전에 따르면 대머리는 머리털이 빠져서 나지 않는 것이 아니고 점차 가늘어져 솜털로 되는 것이다. 모발은 한 번 나면 평생 자라는 것이 아니라 일정 기간 자라면 빠지고, 새로운 모발이 난다. 머리는 3년 자란 후 빠지고 다시 그 자리에서 3개월 후 새로 모발이 난다.

머리털의 경우 약 10만 개가 있으며 이 중 하루에 70개 정도가 빠지고 3개월 전에 빠진 70여 개의 머리털은 새로 자라난다. 따라서 정상적인 경우 항상 8만 개 정도의 머리털을 유지한다. 그러나 대머리가 진행되면 머리털의 굵기도 가늘어지며 동시에 모주기가 짧아진다. 새로 자라나온 털은 더욱 가늘어진다.

대머리가 계속 진행되면 머리털은 솜털로 변하며 모주기는 더욱 짧아져 조금 자란 후 빠진다. 여성의 경우도 소량의 남성호르몬이 존재하는데, 대머리 유전자를 갖고 있는 여성은 두정부 모근이 남성호르몬에 대해 과민하게 반응하여 머리숱이 적어지므로 엄밀히 이야기하여 여성에게도 대머리가 있다는 것이 의학계의 보고이다.

옛날에는 젊어서 대머리가 되는 확률이 지금보다 더 적었지만 요즘에는 20대 후반에서 30대 초반에 이르는 젊은이들이 대머리 때문에 고생이 많은 것 같다. 특히 결혼을 앞둔 청년에게는 이와 같은 고민이 많다고 한다.

소위 명문대학을 졸업한 한 청년이 심각한 고민에 빠졌다. 그것은 다름 아닌 대머리 때문이다. 그는 중매쟁이를 통하여 수차에 걸쳐 맞선을 보았지만 그때마다 퇴짜를 맞았다. 대머리라는 이유 때문이다. 중매쟁이는 이를 안타까이 생각하여 "대머리 때문에 나이가 들어 보이기 때문이라고 하면서 다음에 또 좋은 자리가 생길 것이라며 위로했다."고 한다. 그래서 그는 대머리를 좋아하는 사람이 나올 때까지 기다리느냐, 그렇지 않으면 머리 이식 수술을 받아야 하느냐에 대한 심각한 고민을 하고 있다고 한다.

이와 비슷한 실화 한 토막을 소개하고자 한다. 대머리 때문에 결혼이 취소된 가슴 아픈 사연이 있었다. 한 청년이 중매를 통하여 알게 된 중학교 여선생님과 결혼하기로 하고 결혼 날짜까지 정하였다. 외모로 보아서는 키도 크고 얼굴도 매우 준수하였다. 건강에도 아무런 이상이 없었다.

그래서 두 사람은 결혼하기로 하였다. 함을 보내고 며칠만 있으면 결혼일이 다가올 즈음 심각한 문제가 발생하였다. 어느 날 두 사람이 공원을 산책하고 있을 때 바람이 훼방을 놓았다. 바람이 휙 불었을 때 가발이 날아가 버린 것이다.

아직 젊은 나이에 훤하게 드러나는 대머리를 보고 신부가 될 사람은 너무나 충격이 커서 몸져 누워버렸다. 고민 끝에 결혼을 포기하기로 결정하였고 그동안 결혼하기로 하고 주고 받은 각종 패물은 다시 반환하기로 하였다. 아무튼 젊은 나이에 생긴 대머리는 결혼에도 많은 장애가 되는 것으로 보인다.

공자가 어느 날 한가로이 계실 때 증삼에게 물었다. "증삼아! 선왕들은 지극한 덕과 중요한 도가 있어 하늘의 뜻을 따라 사람들에게 선정을 베풀었으므로 백성들이 화목하여 상하간에 원망이 없었는데 너는 이것을 아느냐?" 이에 대하여 증삼이 자리를 피하면서 "제가 영민하지 못하니 어찌 그것을 알 수 있겠습니까?" 공자께서는 "효는 덕행의 근본이고, 교화는 이로 말미암아 나오는 바이다(德之本也요 敎之所由生이니라)." 라고 말씀하셨다

공자는 증삼을 불러 "자리에 돌아와 앉거라. 내가 너에게 말해 주겠다. 신체 발부는 부모에게서 받은 것이니, 감히 훼상(毁傷)하지 않는 것이 효의 처음이고, 입신하여 도를 행하여 후세에 이름을 날려 부모를 세상에 드러내는 것이 효의 끝이다. 효는 어버이를 섬김이 시작이고, 임금을 섬김이 중간이고 입신이 끝이다. (身體髮膚는 受之父母하니 不敢毁傷이 孝之始也요 立身行道하여 揚名於後世하여 以顯父母가 孝之終也니라 夫孝는 始於事親이요 中於事君이요 終於立身이니라."

아무튼 대머리는 나이가 더 들어보인다는 점일 뿐 건강의 상징이요, 결코 나쁜 것이 아니다. 또한 부모로부터 받은 바이므로 이에 너무 신경쓰지 말고 하고 있는 일에 최선을 다하면서 열심히 살아가는 것이 바람직하지 않나 생각된다. 대머리 때문에 고민하는 만큼 손해다. 다만, 대머리 때문에 결혼하는데 문제가 발생한다면 요즈음엔 날아가지 않는 가발도 많이 있다하므로 크게 문제될 것 같지는 않다.

등대

　육지에서 살고 있는 사람은 등대의 필요성을 크게 느끼지 않는다. 그
러나 바다에서 항해하는 사람이나 외딴 섬에서 살고 있는 사람에게는 없
어서는 안될 나침반 역할을 하는 것이 등대이다. 섬 사람들은 스스로를
지칭하여 '여름에는 뱃양반, 겨울에는 뱃놈' 이라는 말을 서슴치 않는다.
　겨울에는 섬 사람에게는 가혹하리만큼 서러운 계절이다. 그러나 여름
이 되면 섬처럼 살기 좋은 곳이 없다. 탁 트인 바닷가에 서서 한없이 펼
쳐지는 바다를 바라보고 있으면 마음이 한결 넓어지는 느낌을 지울 수
없다. 바람은 귓전을 스치며 속삭여 주고 송알송알 맺혀 있는 땀방울은
스쳐 지나가는 바람에 금방 말라버린다.
　그림처럼 펼쳐진 섬, 섬과 섬 사이를 오가는 배, 그리고 고깃배를 따
라 날아다니는 갈매기 떼를 벗삼아 바다낚시를 즐기면서 물고기를 잡아

올리는 낭만은 육지에서는 찾아볼 수 없다. 바다는 공기가 맑고 깨끗하여 도시에서 소주 한 병을 마실 수 있는 주량을 갖고 있는 사람은 바다에서는 두 병을 마셔도 전혀 술이 취하지 않는다. 그래서 사람들은 여름이 되면 바다를 찾게 되며 한 번 바다에 정을 붙이게 되면 매년 여름이면 바다를 찾아 심신을 달래고 간다.

섬 주변의 바닷가의 낭만과는 달리 밤이 되어 바다에서 항해하는 선박에게는 무척 고달프다. 선박을 아무 곳이나 정박할 수 없는 대형 선박에게는 더욱 그러할 것이다. 밤에 항해하는 선박은 고독할 수밖에 없으며 사나운 파도와 싸워야 한다.

섬 지역에서 살아본 사람은 잘 알겠지만 육지에서 조금만 바람이 불어도 바다에서는 매우 파도가 높다는 것을 알 수 있다. 바다는 막힘이 없기 때문에 바람의 영향 때문에 파도는 순식간에 높은 파도로 이어진다. 그렇기 때문에 바다에서 고기를 잡는 어부들에게는 많은 경험이 필요하다. 더구나 밤에 항해하는 선박은 잠시라도 파도를 소홀히 할 수 없으며, 각종 암초를 조심하여 항해를 해야 한다.

칠흑같이 어두운 곳에서는 별과 달이 나침반의 역할을 하지만 섬 지역이나 연근해에서는 등대가 대단히 큰 역할을 한다. 등대는 항해용 일반 등대와 항공기용 항공 등대가 있다. 야간에 강렬한 등불빛을 발하여 선박 또는 항공기에 육지의 소재, 원근(遠近), 위험한 곳 등을 명시해 주는 역할을 한다.

오늘은 섬 지역에 대해 이야기하고 있으므로 항해용 등대에 대해 이야기하고자 한다. 섬 지역의 등대는 섬과 암초, 여울, 항만의 출입구 등에 설치되며, 주간에도 쉽게 발견할 수 있도록 탑 모양으로 건조되고 흰색과 주황색, 검은색으로 채색되어 있다.

등대관리인의 유무에 따라 유인등대와 무인등대로 나뉘며, 또 암초와 같은 곳에 설치되는 소규모의 것을 등표(燈標), 기둥 모양의 것을 등주(燈柱)라 한다. 안개가 많은 곳에 있는 등대에는 안개가 발생할 때 소리를 내는 안개 신호소가 부설된다. 등대를 밝히기 위해 전력이 가장 많이 사용되며, 이밖에 백열등, 아세틸렌가스등, 태양전지등도 사용된다.

등대의 불빛에는 흰색과 주황색, 녹색이 사용되며, 배나 육지의 등화와 혼돈되지 않도록 고려되며 대체적으로 빛의 변화가 큰 섬광등이 가장 많이 이용된다. 해도(海圖)에 기재된 등대의 광달거리(光達距離)란 등대에 접근하는 배에서 등대빛을 감지하기 시작하는 거리를 뜻하며 80km나 되는 등대도 있다한다.

등대의 역사는 길어서 BC 280년 지중해의 알렉산드리아항(港) 입구의 팔로스섬에 등대가 건설되었는데, 높이가 110m나 되는 탑 모양의 것이었으며, 나무나 송진을 태워 불을 밝혔다고 한다. 항해술의 발달과 더불어 등대의 성능도 개량되어 19세기에는 근대식 형태의 것이 나타나게 되었다.

한국도 옛날부터 항로변의 산이나 섬에서 봉화(烽火)를 올려 등대의 역할을 하였다는 기록이 있다. 한말에 인천항에 처음으로 양식등대가 건설되었는데, 그 후 많은 발전을 보여 1962년 국제등대협회에 가입하여 투표권이 있는 A멤버 회원국이다. 한국에서 가장 광달거리가 큰 등대는 오륙도, 죽도, 울기 등대이며, 광달 거리는 약 74km라고 한다.

등대는 크게 두 가지 기능을 하고 있다. 첫째는 방향을 안내해 주는 역할을 하는 것이고 둘째는 섬이 가까워졌을 때 충돌을 피할 수 있도록 도와 주는 역할을 하는 것이다. 섬 지역에는 유난히 등대와 관련된 많은 이야기들이 있다.

등대는 한편으로는 낭만적일 수 있지만 다른 한편으로는 매우 슬픈 이야기도 담겨 있다. 등대에서 처음으로 연인과 함께 하룻밤을 지낸 청년에게는 많은 추억을 남겨줄 수도 있다. 그러나 살아 있는 것이 너무나 고달파서 등대에서 죽음을 택한 사람에게는 그 자체가 비극일 수밖에 없다. 또 육지에서 사고를 치고 섬으로 도망나온 사람에게는 그 자체가 감옥일 수도 있어서 등대에 얽힌 사연은 많은 것 같다.

해마다 섬 사람들은 너도 나도 고향을 등지고 육지로 나온다. 자녀들의 교육에 대한 관심이 많을수록 그러한 생각을 하고 있으며, 어느 정도 돈이 모아지면 도시에 집을 장만하여 아이들의 교육을 시키려는 부모가 늘어남에 따라 섬 지역 인구는 매년 3~4%씩 감소하고 있는데 이런 추세라면 머지않아 텅 빈 섬이 더욱 늘어날 가능성도 없지 않다.

이렇게 섬을 빠져 나오는 원인 중에는 자녀들의 교육 문제가 가장 크다고 볼 수 있으며, 다음으로는 문화시설이 부족하고 각종 물품 공급의 어려움이 있으며 날로 고갈되는 어족자원의 부족으로 소득 수준이 낮아지는 것도 한 원인으로 꼽을 수 있을 것이다.

전라남도에는 유난히 섬이 많아서 전국의 62%에 달하는 1,969개의 섬이 있다. 지금은 비록 어려움을 겪고 있지만 언젠가는 이 섬이 효자 노릇할 날이 있을 것임을 확신하는 사람도 많다. 경제가 발전되고 레저산업이 발달되면 섬이 그 중심지가 될 가능성이 크기 때문이다.

여름철에 섬 지역 해수욕장을 갈 때 하나 주의할 점이 있다. 배를 타고 유람할 경우에는 그 지역 사람의 배를 타야 한다는 점이다. 왜냐하면 바닷물 속에는 각종 암초가 도사리고 있다. 그 지역에서 오랫동안 살았던 사람들은 어느 곳에 암초가 있는지를 훤히 잘 알고 있지만 여름한철 장사만 하려고 섬에 들어온 사람들은 섬 주변의 암초가 어디에 있는지를 잘 알지 못한다.

실제 위험한 암초에 대해서는 항해하는 배를 위해 암초 위치를 표시 설치해야 하지만 현실은 그렇지 않기 때문에 매우 주의를 요하는 것이다. 대개 외국의 유조선이 우리 나라 연근해에서 항해하다가 좌초하는 것은 태풍이나 폭풍의 영향도 있지만 제일 중요한 요인은 우리 나라 연근해의 항해노선을 잘 모르기 때문에 사고를 당하는 수도 있을 것이다.

우리는 지금까지 등대의 필요성에 대해서 이야기하였다. 그러나 사실은 그 안에서 등대지기를 하면서 생활하고 있는 등대지기의 설움에 대해서는 소홀하기 쉽다.

등대를 지키는 사람은 사명감이 남달라야 한다. 지금은 섬 지역에도 전기가 있어서 쉽게 불빛을 밝힐 수 있지만 옛날에 석유로 불을 밝힐 때는 여간 어려움이 많았다. 그리고 그 좁은 공간에서 적은 월급을 받고 하루 종일 근무하는 사람에게는 하루 하루가 지루할 수밖에 없을 것이다. 그러나 등대지기가 있기 때문에 항해하는 선박은 방향을 설정하여 올바른 항해를 할 수 있다는 자부심을 갖고 등대지기를 하고 있다.

등대가 망망대해를 항해하는 선박에게 방향을 제시하여 주듯이 우리 사회의 어두움을 밝혀 주는 등대도 있다. 우리가 독재정권 하에서 어려운 시절을 보냈던 암울한 시기에 이 어두운 사회를 밝혀주는 등대가 있었기 때문에 오늘날 우리 나라의 민주주의가 이만한 정도로 성장한 것이다. 이 나라의 민주주의 발전을 위해 초개와 같이 목숨을 바친 이나라의 젊은이들도 있다.

민주주의 척도는 언론의 자유가 얼마나 보장되었느냐에 따라 정해진다. 이제 언론이 대통령을 공격하고 네티즌이 욕설을 해도 잡아가지 않는다. 언론이 쓰고 싶은 대로 글을 써도 별로 탓하는 사람은 없다. 스스로의 가치판단에 따라 정부를 비판하는 강도를 정하고 있을 뿐이다. 그러나 독재정권 시절에는 언론은 검열의 대상이었으며, 해당 언론기관에 파견 나온 검열관의 확인 절차가 있어서 마음 놓고 쓸 수 없었던 시절도 있었다.

정부를 비판하여 미움 받은 신문은 광고도 제대로 낼 수 없었다. 기업가가 광고를 내고 싶어도 정부의 눈치를 보아야 했기 때문이다. 그래서 뜻 있는 독자들이 광고를 내줌으로써 어렵게 신문사를 운영하면서 살았던 시대가 있었다. 그러므로 우리는 독재정권과 싸웠던 분들에 대해서 항상 감사하는 마음을 잊지 않아야 한다.

세상 모든 일은 그냥 얻어지는 것이 아니다. "민주주의라는 나무는 피를 먹고 자란다."는 말이 있듯이 민주주의를 위해 고귀한 피를 흘린 우리 사회의 등대지기를 마음 속에 기리면서 살아야 한다.

항상 주장하는 바이지만 우리 나라 사람은 너무나 잘 잊어버린다. 기억해야 할 것은 잘 잊어버리고 기억하지 않아야 할 것은 잘도 기억한다. 전자는 민주주의를 위해 희생한 것이라면, 후자는 지역감정의 틀일 것이다.

로마는 목욕탕 때문에 망했다

현대인들은 살아가면서 목욕탕과 밀접한 관련을 갖고 살아가고 있다. 몸이 피곤하면 제일 먼저 찾는 것이 목욕탕이다. 아침에 일어나 정신이 몽롱한 상태일 때 목욕탕에 들어가 따뜻한 물에 몸을 담그면 정신이 드는 경우가 많다. 더구나 전날 밤에 술을 마신 분들은 반드시 목욕탕에 들어가 알콜 기운을 털어내고 출근해야 제정신이 든다.

목욕탕을 이용하면서 주의할 것은 술이 취한 상태에서 한증탕에 들어가면 혈압이 오르거나 심장마비가 올 수도 있기 때문에 혈압이 높은 사람은 매우 주의를 요한다.

한증탕을 이용할 때는 언제나 자기의 건강상태를 잘 알고 2분이나 3분 정도 앉아 있다 나오는 지혜가 필요하다. 그런데 대중목욕탕에서 지켜야 할 윤리도 많고 건강상 유의할 점도 많다. 최근에는 광주에도 최신

식 시설을 갖춘 목욕탕이 점차 늘어나고 있는 추세이다. 냉 · 온탕, 사우나실, 찜질방, 그리고 스포츠 시설까지 구비하고 손님을 부르고 있다.

일본에 출장 갔을 때의 일이다. 일본에는 온천이 많고 습기가 많은 지역이어서 유달리 목욕탕이 많다. 우리 일행은 국제회의를 마치고 호텔에 있는 대중목욕탕에 갔다. 술도 한 잔 하고 해서 목욕도 하고 도대체 일본의 목욕탕이 어떻게 생겼는지 보고 싶었기 때문이다.

일본의 목욕탕은 우리와 크게 다르지 않았다. 다만 벽면에 부착된 수압펌프가 상당히 고압이어서 어깨의 통증을 해소하는데 도움이 되는 것 같았다. 기분 좋게 목욕을 하고 잠을 청한 뒤 아침이 되어 다시 목욕탕에 가기 위해 어젯밤에 갔던 남탕 쪽으로 가고 있었다. 그런데 이상한 일이 벌어졌다. 한 일본 여성이 어젯밤의 남탕쪽에서 나오면서 웃음을 띠고 이쪽은 여성 목욕탕이라고 하는 것이 아닌가? 그리고 반대 방향으로 가라는 것이었다.

나는 눈을 의심하고 다시 확인해 보았지만 분명 어제 밤에 갔던 남자 목욕탕 방향이 맞았다. 그런데 계속하여 그 남탕 쪽에서 여성들이 목욕을 마치고 나오는 것이 아닌가? 하는 수 없이 일본 여성이 일러준 대로 갔다. 그곳에 남성목욕탕이 있었다. 조심스럽게 들어갔더니 어젯밤에 사용하던 그 목욕탕이 아니었다. 나중에 안 사실이지만 일본은 목욕탕이 고정되어 있지 않고 하루는 남자, 하루는 여성이 사용한다고 한다. 나도 일본에 12번 갔다 와서 이제 어느 정도 알고 있지만 그 당시에는 초행이어서 일본의 풍습에 대해 전혀 아는 바가 없어 실수할 뻔했다.

사람은 본래 이성에 대한 호기심 때문인지 남자는 여성의 목욕탕에 가보고 싶어하고 여성은 또 남자 목욕탕을 가보고 싶어하는 것 같다. 차라리 독일처럼 남녀혼탕을 사용한다면 그러한 문제점은 없어질 것으로 보인다. 한국의 유명 여가수가 독일에 갔다.

두 여가수의 말에 따르면 두 자매 가수는 독일에 있는 대중 목욕탕에 갔다고 한다. 그런데 이상스럽게도 여자 목욕탕이라고 알고 들어간 목욕탕에 남자가 있어서 이상스럽게 느꼈다는 것이다. 그래서 잘못 찾은 것으로 생각하고 다시 주인에게 물었더니 방금 갔던 그 목욕탕으로 들어가라고 하는 것이 아닌가?

남녀 혼탕이었던 것이다. 목욕탕 안에 남자가 들어 있었는데 동양사람도 있었다. 한 남자가 자기들을 보더니 "아무개 가수 아닙니까?" 하고 인사를 해서 무척 당황했다는 이야기였다. 이와 같이 목욕탕 문화도 나라마다 각기 다르고 남녀관계도 각기 다른 것 같다. 일본에서도 남녀혼탕이 있으나 그것은 독일과는 다르다고 한다.

독일은 완전히 벗고 목욕탕에 들어가지만 일본의 남녀혼탕은 아랫도리를 가리고 탕에 들어가기 때문에 독일과는 다르다. 또 일본 야마구치현의 한 목욕탕에 들렀을 때의 일이다. 남자 목욕탕 한쪽 구석에 웬 여성이 앉아 있었다. 놀란 것은 그 여성이 아니라 우리 일행이었다. 그 여성은 우리를 힐끔힐끔 쳐다보고 있었다. 알고 보니 때밀이를 하는 여성이었는데 일본에서는 남탕의 때밀이를 여성이 한다고 한다. 아마 여성 목욕탕은 남자 때밀이를 쓰는 것이 아닌지 모르겠다.

일본에 가면 목욕탕에 들어갈 때 가이드가 무척 신경 써서 주의시키는 것이 있는데 그것은 목욕탕 예절이다. 수건을 아무렇게나 사용한다든지 수건을 탕 속에 가지고 들어가는 일을 삼가라는 것이다. 물론 요즘에는 해외 여행을 자주 다니기 때문에 국제 예절에 밝아서 문제가 없지만 고령자들의 해외 여행이 늘어나면서 이러한 국제 매너를 모르기 때문에 많은 실수를 하고 있는 것 같다.

큰소리로 이야기하는 것, 또 사람들이 많은 휴게실에서 함부로 담배를 피우는 것, 그리고 가래침을 길 아무데나 뱉는다든지 담배꽁초를 무심코 버리는 사람도 있어서 여러 가지로 주의시켜야 할 대목이 많다고 한다.

꽤 오래 전에 광주에서 있었던 목욕탕 엿보기 사건을 소개하고자 한다. 목욕탕 옆집에 살고 있는 총각이 여성 목욕탕에 관심이 너무 많아 목욕탕을 엿보기 시작했다. 자기가 살고 있는 집과 목욕탕 옥상과는 가까워서 사람이 보지 않는 새벽이나 밤에 여성들이 목욕을 할 때 엿보는 버릇이 생겼다. 그런데 이 친구가 잘못하여 지붕에서 떨어졌다. 다행히 높지 않아서 크게 다치지는 않았지만 퍽 재미있는 사건이어서 신문에 보도된 적이 있었다. 또한 목욕탕은 많은 물을 데워야 하기 때문에 기름을 사용한다. 그런데 이러한 기름 보일러 등의 과열로 인해 심심찮게 화재가 발생하여 많은 인명피해를 가져왔다.

대개의 사람들은 대단히 얄궂은 생각을 하고 있다. 인명피해에 못지않게 목욕탕 화재시 발가벗은 사람들이 우왕좌왕하는 모습을 상상하고 있는 것이다. 만일 목욕탕에서 화재가 난다면 여러분은 어떻게 할 것인가? 목숨이 우선이기 때문에 먼저 옷을 입어야 한다는 생각보다는 손에 물수건이라도 들고 밖으로 뛰어나오는 것이 상책이 아닐까 생각한다. 화재시 우리가 알아야 할 것은 따뜻한 공기는 상층으로 올라가기 때문에 물수건으로 코를 막고 땅바닥 쪽으로 머리를 숙이고 움직이는 것이 바람직하다.

로마의 멸망 원인 중에 목욕탕 문화를 드는 사람도 있는데 이는 목욕탕으로 인한 향락과 타락이 로마를 멸망하게 된 배경이라는 뜻일 것이다. 로마의 목욕탕은 테르마라고 불렀는데 입욕과 마사지 설비만 아니라 운동장과 도서관, 게임을 즐길 수 있는 오락장, 정원 등 모든 것이 갖추어져 있어서 여가 선용을 위한 종합시설이었다.

몸을 깨끗이 씻고 마사지로 혈액순환을 좋게 한 다음에는 각자의 기호에 따라 장기, 공놀이, 산책을 즐겼다고 한다. 목욕탕은 원로원 의원부터 노예에 이르기까지 모든 사람에게 개방되어 있었으며 특별한 축하행사가 있는 날에는 모든 사람에게 무료 입장의 혜택을 주었다고 한다.

목욕탕은 성과 밀접한 관련을 갖고 있다. 이미 2세기초 욕탕에서 불미스런 행위를 일삼는 로마인들의 타락상을 보다 못한 하드리아누스 황제가 대욕장(大浴場)을 남자에게만 허용한다는 혼욕금지령을 내렸을 정도다.

꽃잎에 서린 이슬

마음을 다스리는 글

눈을 조심하여
남의 그릇됨을 보지 말고
입을 조심하여
남의 결점을 말하지 말며
몸을 조심하여
나쁜 친구를 사귀지 말고
어질고 착한 자를 사귀도록 하라.

유익하지 않는 말은
실없이 하지 말고
나와 상관없는 일은

부질없이 시비하지 말라.

어른을 공경하고
덕 있는 자를 받들며
지혜로운 자와 미개한 자를
밝게 분별하여
미개한 자는 너그럽게 용서하라.

오는 사람은 따뜻하게 대하고
가는 사람을 잡지 말며
나를 대우해주기를
바라지 말고
일이 잘못 되었을 때
남을 원망하지 말라.

남에게 손해를 끼치면
그것이 자기에게 돌아오고
나쁜 세력에게 의지하면
도리어 재앙이 따른다.

복은 검소함에서 생기고
덕은 겸양에서 생기며
근심은 욕심에서 생기고
화는 탐심에서 생기며,
허물은 경솔함에서 오고

죄는 참지 못함에서 생긴다.

그러므로
검소하게 생활하고
욕심과 탐내는 마음을 접으며,
경솔한 행동을 삼가하고
인내심을 길러라.

마음 속엔 언제나
좋은 생각을 품고
미래에 대한 걱정을 하지 말며
긍정적인 사고와
적극적인 마음가짐을 가지면
미래는 보장되리라.

※ 본 자료는 저자의 독창적인 창작이 아니라 선인들의 가르침을 종합 정리한 것
으로서 많은 분들이 이를 소중하게 생각하여 책상 앞에 붙여두고 좌우명으로 삼
고 있습니다.

모란꽃과 나비

옛날 우리 나라의 봉건 시대에는 양반들이 기방(妓房) 출입을 하고 집에는 첩을 두고 살았던 시대가 있었다. 이때 기방이나 술집을 총칭하여 화류계(花柳界)라고 하였다. 중국에서는 화가(花街) 또는 화류원(花柳苑)이라고도 부른 것으로 보아 상당한 역사를 갖고 있으며, 이 말 속에는 기방에 종사하는 여성들을 꽃으로 비유한 것 같으며, 이 말은 지금까지도 흔히 사용되고 있다. 이 말을 깊이 음미해 보면 다분히 여성을 비하하는 듯한 느낌을 받게 된다.

기생집 등에서 가장 흔하게 쓰이는 이름을 살펴보면 ‘매화’, ‘옥매’, ‘옥매향’, ‘춘향’, ‘향단’, ‘개월향’, ‘만향’ 등 유난히 매(梅)자와 향(香)자가 많이 들어 있다. 이름만 들어도 직업이 연상되는 것 같다. 그래서 요즘에도 작명가들이 여자 어린이의 이름을 지을 때 매(梅)자, 향(香)자를 피하는 경향이 있다.

　기왕에 기방에 대해 이야기가 나왔으므로 기녀란 무엇인지 살펴보자. 기녀는 관아에 예속된 노예로서 세습되었고, 일단 기적에 오르면 딸이나 조카를 대신 기생으로 들여보내거나 신분이 해방되지 않고서는 평생 빠져 나올 수 없었던 것이다.

　기생이 나이가 들거나 병이 들어 기생의 역할을 제대로 할 수 없을 경우에 그 딸이나 조카딸을 대신 관아에 들여보내는 것을 대비정속(代婢定屬)이라 했다. 비록 천민이었지만 일반 부녀자들과 다른 점이 있다면 사대부들과 자유롭게 연애를 할 수 있었다는 점이고 고관들의 첩으로 들어가 생활할 수도 있다는 점이다. 이러한 제도는 우리 나라에서는 고려시대부터 있어왔다.

　기녀들은 젊고 미모가 아름다웠으나 남녀간의 관계가 엄격한 유교사회에서도 남성들이 쉽게 접근할 수 있는 곳이었으므로 술을 마시기도 하고 기녀들이 불러 주는 노래 장단에 맞춰 흥을 돋우기도 하였다. 그들은 비록 신분은 낮았지만 예절을 중시하면서 기품을 떨어뜨리지 않도록 엄격한 교육을 받았다고 한다.

　이름난 기녀로서는 개월향, 학식과 미모가 뛰어난 황진이, 지식이 뛰어나거나 효성이 지극해 기적을 면한 홍랑과 만향 등이 있다. 특히 황진이는 자존심이 대단하였으며, 여성을 산으로 표현하고 남자는 물로 표현하면서 산은 언제나 변함없으되 항상 변하며 지조 없는 것은 남자들이라고 보았다.

　모란꽃을 보면 생각나는 분이 선덕여왕이다. 신라 제 27대 왕이며 진평왕의 딸로서 우리 나라 역사상 최초의 여왕이다. 그녀는 아버지의 뒤를 이어 서기 632년에 즉위하였다.

　여왕은 15년 동안 재임하는 동안 놀라운 지혜로 사람들을 놀라게 했다. 한번은 당나라 태종이 홍색, 자색, 백색의 세 가지 종류의 모란꽃을 그린 그림과 그 씨앗 석 되를 보내 왔다. 선덕여왕은 모란꽃 그림을 보고 말했다. "이 꽃은 틀림없이 향기가 없을 것이다."라고 말하였다. 과연 그 씨앗을 궁전 뜰에 심어 꽃이 피었으나 향기가 전혀 없었다. 신하들은 선덕여왕의 예지력에 놀랐지만 그 이유를 알 수 없었다.

선덕여왕이 말하길 "향기가 있는 꽃에는 반드시 나비가 있어야 하는데 이 그림에는 나비가 없으므로 분명 향기가 없을 것이라고 판단하였다. 모란꽃은 나를 풍자한 것이다. 모란꽃은 화왕(花王)이요, 꽃에 나비가 없는 것은 내가 독신으로 살고 있음을 은연 중에 암시하는 것이다."라고 하였다. 여성이지만 왕이 될 만한 자질을 갖춘 분이라고 생각한다.

어느 추운 겨울날이었다. 영묘사의 옥문지에 난데없는 개구리 떼가 모여들어 삼사 일을 두고 울어댔으므로 해괴한 일이라 생각하여 왕에게 보고하였다. 여왕은 옥문지에 개구리가 모여 울어댄다는 애기를 듣고서 급히 각간 알천과 필탄 등에게 명해군사 2천 명을 뽑아 서울의 서쪽 교외로 달려가도록 했다. 가서 여근곡이란 골을 물어 찾아가 보면 거기에 반드시 적병이 잠복해 있을 테니 습격해 죽이도록 명령했다.

왕명을 받은 두 신하는 각각 군사 1천 명을 거느리고 서쪽 교외로 달려가 찾아본 결과 그곳 부산 기슭에 과연 여근곡이란 골이 있고, 거기에 백제 군사 5백여 명이 잠복해 있어 모두 잡아 죽였다고 한다. 백제의 군사가 숨어 있는 것을 알게 된 배경에 대해 여왕은 이렇게 설명하였다.

"개구리는 그 눈이 불거져 나와 성난 형상이므로 그것은 병사의 상징이다. 옥문이란 곧 여근(여자 생식기)이요 여자는 음과 양 중에 음에 속하고, 그 빛깔은 흰 것이고, 흰 빛깔은 서쪽을 상징한다. 그래서 적의 병사가 서쪽에 있음을 알았고, 남근이 여근 속에 들어가면 반드시 죽는 법이라 그러므로 그들을 쉽게 잡을 수 있음을 알았다."

　마지막으로 여왕은 자기가 죽을 때를 알았다는 것이다. 아주 건강할 때인데 그 신하들에게 "나는 아무 해, 아무 달, 아무 날에 죽게 되었으니 장사를 도리천 안에 하라."고 당부하였다. 도리천이 어디 있는지를 몰라 신하들이 물었더니 왕은 '낭산의 남쪽 비탈'이라고 하였는데 왕이 예언한데로 사망하게 되자 도리천에 장사 지내주었다고 한다.

내시

중국에서는 3천여 년 전부터 내시 제도가 도입되었고 우리 나라는 신라시대에 환수라는 제도가 있었던 것으로 보아 이 시대까지 거슬러 올라간다. 고려시대와 조선시대에는 상당수의 내시가 존재하였다.

중국에는 궁형(宮刑)이라는 거세의 형벌이 있었는데 이는 사형 다음으로 무서운 벌이었다. 궁형을 당하는 사람 가운데는 차라리 죽기를 택하는 사람도 있었다고 한다.

사기(史記)를 지은 한나라의 사마천도 중죄를 범하여 거세를 당하는 수모를 겪었다. 그는 흉노의 포위 속에서 부득이 투항하지 않을 수 없었던 벗 이릉(李陵) 장군을 변호하다 황제의 노여움을 사서, BC 99년 남자로서 가장 치욕스러운 형벌을 받은 것이다. 인생의 황금기인 38세의 나이에 남자의 심벌이 잘리는 궁형을 받은 것이다.

죽기보다 고통스러웠던 그는 자기가 착수했던 역사 저술을 완성하기 위하여 갖는 수모와 역경을 딛고 일어섰으며 이 책은 전 130편, 52만 5,600자에 달하는 방대한 내용으로서 중국 최고의 역사서로 손꼽히고 있다. 그가 궁형에 처해졌을 때 차라리 죽음을 선택하고 싶었다고 한다. 그의 이러한 고통과 일념에 따라 완성된 사기는 후세 사람에게 가장 사랑 받는 역사책이 되었으며 그는 역사에 길이 남을 위인이 되었던 것이다.

내시는 환관(宦官)이라고도 하며 남자이지만 거세를 했기 때문에 남자의 구실을 하지 못했다. 내시로 간택이 되면 궁중에서의 부정(不貞)한 정사를 사전에 철저히 차단하기 위해 고환을 없앴다.

고려시대나 조선시대 때 궁중 벼슬 중 권력의 끝발이 좋았던 관직이다. 임금과 왕족을 가까이서 모시는 직책인데 수라상을 감식하거나 궁중을 경호하기도 하고 어명을 관가에 전달, 하명하며 어전의 청소일까지 맡아서 했다. 또 학문이 높은 사람은 왕자들을 지도하기도 하였는데 요즈음으로 보면 청와대 비서실, 경호실의 직무와 유사하다.

중국의 자금성을 여행해 본 사람은 잘 알겠지만 자금성의 성 주위엔 군사나 병력이 쉽게 쳐들어 올 수 없도록 깊은 연못을 파 두었다. 접근할 수 있는 통로는 군사들이 성문을 지키는 것이다.

그리고 자금성 안 뜰에는 나무가 보이지 않는다. 나무를 심지 않았기 때문이다. 나무가 울창하게 서 있다면 자객들이 몸을 숨기고 궁안에 들어오기가 쉬웠을 것이다. 그렇기 때문에 이러한 일을 미연에 방지하기 위해 나무를 심지 않은 것이다. 내시는 저녁 시간에도 궁 안에서 생활해야 한다.

만약에 거세를 하지 않는다면 궁 안에 있는 궁녀들과 문제가 생기게 될 것이다. 궁녀와 잠자리를 같이 하여 아기가 생기면 그 아이가 황제의 아이인지 내시의 아이인지 구분할 수 없었을 것이다. 궁 안에 황제의 자식과 내시의 자식이 혼재한다면 변고가 발생할 가능성이 크다. 그래서 거세하는 것이다.

동양에서 가장 궁녀가 많은 사람은 당 현종인데 약 4만 명의 궁녀가 있었다. 황제가 하룻밤에 한 사람씩을 거쳐간다 해도 109년이란 세월이 걸린다. 말이 궁녀이지 황제의 손목 한 번 잡아 보지 못하고 늙어 죽어간 궁녀가 대부분이었다.

당 현종은 그 많은 궁녀를 두고도 마음에 차지 않아 자기의 18번째 아들 수의 비였던 양옥환을 총애하여 왕비에 앉혀 평생을 해로하였는데 그가 양귀비라는 것은 역사적 사실이다.

당 현종 때의 내시 고력사에 대한 고사가 많다. 고력사는 비서실장이었는데 그는 당 현종을 그림자처럼 따라다니면서 모셨다. 평생 동안 현종을 모시고 다녔으니 그 권한은 실제적으로 정승보다 더 높았을 것이다. 황제를 뵙기 위해서는 반드시 고력사의 사전 재가를 얻어야 되었다.

하루는 어떤 대감이 비꼬는 소리를 했다. "불알도 없는 것이 너무 설쳐댄다."고 하였다. 이 말을 들은 고력사가 그냥 있을 리 없었다. 더구나 자기의 가장 아픈 약점을 찌른 것이다. 그래서 이렇게 대답하였다. "불알 있는 놈이나 없는 놈이나 다 내 소관이다."라고 받아 넘겼다.

내시에게는 원칙적으로 정치를 할 수 없도록 했다. 만약 내시가 정치를 하게 되면 엄청난 권세를 갖게 될 것이며 궁중의 관원과 마찰이 끊임없이 일어날 것이다. 그래서 내시들에게 정치를 할 수 없도록 하였다. 그들은 왕을 가까이 모시고 있기 때문에 궁중 내의 많은 비밀을 독점할 수 있어, 정치적 혼란기에는 이들이 관여될 여지가 많았으며, 정책, 첩보 등을 거의 독점하였다.

또한 왕실의 재산관리, 각종 공사 등을 이들이 맡아서 했기 때문에 재산을 축적할 수 있는 기회가 많았다. 심지어 궁녀들 가운데 임금과 하룻밤 동침을 하기 위해 내시에게 부탁을 하는 경우도 있었다. 그들의 폐해는 커서 고려 의종 때에 내시가 된 환관 정성(鄭誠)과 백선연(白善淵)은 왕의 총애를 받아 횡포를 부리기도 하였다.

충렬왕비 제국대장공주(齊國大長公主)가 환관 수명을 그의 친정인 원나라의 세조(世祖)에게 바친 이후로는 환관의 진공(進貢) 요구가 빈번하였다. 따라서 그전에는 거세를 수술에 의하지 않고 흔히 갓난아이 때 개가 물게 하는 극히 위험하고 원시적인 방법으로 하였으나, 나중에 수술 방법을 사용하게 되었다.

원나라에 들어간 환관들은 대개 그곳 황실의 총애를 받아 원나라의 사신(使臣)으로 본국에 오는 등 영향력을 행사하여 고려로부터 군(君)에 봉작(封爵)되고 가족까지도 혜택을 입게 되자 환관이 되는 것을 출세의 첩경으로 여겼다. 환관 가운데는 본국을 중상하고 악질적인 불법행위를 자행하는 자도 있었는데, 충선왕 때의 백안독고사(伯顔禿古思), 방신우(方臣祐), 이대순(李大順), 충혜왕 때의 고용진(高龍晋) 등이 가장 심하였다고 한다.

조선시대에도 내시부에 환관을 두고 있었는데 그 수는 240명에 이르고, 그 중 59명이 종2품의 상선(尚膳)을 비롯해 종9품의 상원(尚苑)에 이르기까지 관계(官階)를 가졌으나 관제상 일반관직과 구별하고 엄히 규제하여 고려와 같은 큰 폐단은 없었다. 재미있는 것은 환관에게 처첩을 거느리게 하였고 양자를 둘 때 이성(異姓) 양자를 할 수 있도록 한 점이다.

세종 7년, 궁중에서는 하나의 큰 사건이 일어났는데 그것이 바로 환관(宦官)의 난이다. 그들은 궁궐에서의 자신들의 부당한 대우를 개선과 자신들의 정치적 입지를 확고히 하고자 세종에게 이러한 뜻을 담은 장계(狀啓)를 올렸다. 하지만 세종은 내시들은 정치에 참여할 수 없다며 이것을 기각해 버렸다.

내시는 "사정인(司正人)이 없는 게 첫 번째 이유이며, 둘째, 정관(定款)이 없어 정사에 관여할 능력이 안 된다. 셋째, 난관(難關)에 부딪혔을 때 그것을 헤쳐나갈 수 없다."는 이유가 그것이다. 그런데 내시와 관련하여 약간의 성적인 묘사가 될 수 있는 용어가 있어 농담을 섞어 말하는데 그것은 사정(射精), 정관(精管), 난관(卵管)이라는 말이 그것이다

그러나 내시가 꼭 나쁜 일에만 관여한 것이 아니다. 내시 김계한은 임진왜란 당시 목숨을 걸고 선조를 구해냈다. 그 공을 인정하여 공신에 봉하자 이에 반대하는 상소가 끊이지 않았다. 이처럼 분명한 공을 세웠는데도 내시라는 이유로 그들의 권리가 무시되었던 경우도 많았다. 역사는 그들을 비하하고, 분란을 일으킨 행적만을 부각시켰다.

그러나 조선시대에도 궁중의 사람으로 자기 직분에 충실했던 수많은 내시들이 있었다. 그들에 대한 평가는 객관적으로 재검토되어야 할 것이다. 내시는 천년의 역사 속으로 사라졌지만 그 역할은 변형된 형태로 현재도 여전히 남아 있다.

연산군은 궁안의 말을 지어내는 것을 못마땅하게 생각하였다. 이들이 내시라고 생각한 연산군은 내시들에게 말을 함부로 하지 못하도록 하고 내시들의 목에 나무패 하나씩을 걸어 주었는데 그 내용은 다음과 같은 것이었다.

口是禍之門 舌是斬身刀(구시화지문 설시참신도)
입은 화단의 문이요, 혀는 몸을 베는 칼이다.
閉口深藏舌 安心處處牢(폐구심장설 안심처처뢰)
입을 닫고 혀를 감추면 안심하고 가는 곳마다 편할 것이다.

마치 강아지에게 목걸이를 채우는 것과 같은 이러한 행위에 대하여 내시들의 분노는 이만 저만이 아니었을 것이다. 그때 김처선이라는 내시가 죽기를 각오하고 이를 시정하고자 노력하였으나 오히려 죽음을 당하는 신세가 되었다.

김처선은 가족을 모아 놓고 살아서 돌아올 수 없을 것이라는 말을 남기고 연산군에게 다음과 같이 말했다. "이 늙은 몸이 4대를 거쳐 임금을 모셨으나 이러한 처사가 없었습니다."하고 말하자 연산군은 활을 뽑아 김처선에게 쏘았다. 그래도 김처선은 "고자놈이 죽는 것을 어찌 두려워하겠습니까? 다만 원통한 것은 상감께서 임금 노릇을 오래 하지 못할까 두렵습니다."하였다. 화가 난 연산군은 김처선의 사지를 찢고 혀를 잘랐으나 숨이 끊어질 때까지 중얼거렸다.

김처선을 죽인 뒤 연산군은 양아들 이공신까지 죽이고 가산을 몰수한 후 그 집을 헐고 연못을 만들었다. 또한 처(處)자가 들어가는 말을 모두 없애서 처서(處暑)는 저서(沮暑)로 처용무는 풍두무(豊頭舞)라 하였다고 전한다.

이렇게 말썽 많던 환관제도는 1894년(고종 31)의 갑오개혁 때 폐지되었으며, 서울 효자동(孝子洞)의 명칭은 원래 환관인 화자가 많이 산다 해서 화자동이었는데 이후에 이 음과 비슷한 효자동으로 고쳤다고 한다.

오늘은 내시에 관하여 살펴보았다. 내시도 사람인 이상 그 공과에 대한 평가가 달라져야 할 것이다. 경우에 따라서는 내시에 대한 과소평가 사례가 많다고 한다. 최근에 역사에 대한 접근 방식이 많이 변화되었다.

과거의 왕조중심의 역사에서 이제는 일반 백성들이 어떻게 생활했는지에 대한 연구가 활발히 전개되고 있는 것으로 보인다. 역사는 궁 안에서만 일어나는 것이 아니다. 또한 궁 안의 임금이나 귀족이 얼마나 잘 살았는지가 중요한 것이 아니라 백성들이 얼마나 잘 살았는지가 중요하다.

　어느 시대 어느 국가를 막론하고 백성을 편안하게 했던 정권은 오래
갔지만 백성들에게 피눈물을 흘리게 했던 정권은 단명했다. 진나라와 수
나라와 같은 대 통일국가가 단명했다는 것은 우리가 잘 아는 사실이다.
우리는 과거의 역사를 통하여 현실을 비추어 보는 지혜가 필요하다고 생
각한다.

노벨상

2003년 6월 스웨덴을 방문하여 스웨덴의 법률과 의회제도를 시찰하는 가운데 유서 깊은 노벨상을 시상하는 현지를 들러 이곳 저곳을 살펴보고 많은 감회를 느꼈다.

우리 일행은 스웨덴 시 청사와 의회를 시찰한 후 노벨상을 시상하는 행사장을 둘러보았다. 노벨이 스웨덴 사람이었던 원인도 있지만 스웨덴 출신의 노벨상 수상자가 31명이 되었다는 사실을 알고 깜짝 놀랐다.

스웨덴에서 노벨상 수상자를 배출한 대학이 웁살라 대학이었으며 웁살라 대학 출신이 7명이나 배출되었다. 스톡홀롬에서 차로 약 2시간 정도 달려가면 웁살라시가 있는데 인구는 20만 명 가량 된다. 비교적 작은 소도시의 대학에서 이렇게 많은 인재를 배출했다는 사실은 흥미를 자아내기에 충분했다.

수상자 중에는 유명한 식물학자인 린네도 이 웁살라대학 출신이라는 것을 알았다. 1477년에 설립되었으니 527년의 역사를 갖고 있는 북유럽에서는 가장 오래되고 유명한 대학이다.

설립은 당시 덴마크 지배하의 연합왕국이던 스웨덴의 문화적 독립을 상징한다는 의미를 가지고 있었다. 설립 후 얼마 동안 재정빈곤과 학교 내외의 분쟁으로 자주 운영이 침체되었으나, 1624년 구스타브 2세의 토지 기증과 1626년의 대학헌장에 의하여 그 기초가 확립됨으로써, 코펜하겐대학과 함께 북유럽의 학문적 중심이 되었다. 신학, 법학, 의학, 문학, 사회과학, 과학, 약학 등의 학부가 있고, 국제적으로 알려진 지진연구소가 있다.

13전 14기의 노벨상이란 김대중 대통령이 노벨상을 수상하게 될 때까지 있었던 어려운 과정을 말한다. 무려 14번의 추천이 있은 뒤에 수상을 하였으로 그 가치는 더욱 빛나는 일이었다. 그가 살아온 인생의 역정만큼이나 노벨상 수상을 하기가 참으로 어려웠다는 것을 반증한다.

김 대통령이 처음 노벨 평화상에 추천된 것은 독일 사민당(SPD) 의원들이 중심이 돼 추천장을 낸 1987년이었는데 이는 빌리브란트 전 총리가 숨은 공이 컸다고 한다. 그 해부터 시작하여 연이어 14번 추천됐다. 노벨 평화상 추천 자격은 노벨위원회 전 현직 위원과 노벨 연구소 자문위원, 현직 각료와 의원 및 국제의회연맹 소속 의원, 국제사법재판소 및 국제중재재판소 재판관, 국제영구평화사무국 집행위원, 국제법 연구소 연구위원, 정치학, 법학, 철학, 역사학 전공 학자, 노벨 평화상 수상자 등으로 제한돼 있다.

노벨상은 다이너마이트의 발명자이며 이것을 기업화하여 거부가 된 A.B. 노벨은 1895년 11월 27일 유언장을 남겨, 인류복지에 가장 구체적으로 공헌한 사람들에게 나누어주도록 그의 유산 약 3,100만 크로네를 스웨덴의 왕립과학아카데미에 기부하였다. 이에 따라 아카데미에서는 이 유산을 기금으로 하여 노벨재단을 설립하고, 기금에서 나오는 이자를 해마다 상금에 충당하는 방식을 택하여 1901년부터 노벨상을 수여하였다.

이 상은 스웨덴 왕립과학아카데미, 노르웨이 노벨위원회가 공동주최하며 스웨덴의 스톡홀롬과 노르웨이 오슬로에서 개최되는데 매년 12월 10일(노벨의 사망일)에 시상한다.

시상 분야는 물리학, 화학, 생리, 의학, 문학, 평화, 경제학, 평화상이 있다. 경제학상은 1969년부터 추가된 상이다. 노르웨이에서는 평화상만을 수여하는데 이는 역사적인 것과 밀접한 관련이 있다.

과거에 노르웨이는 스웨덴에 속해 있었다. 그후 독립하였으며 노벨이 노르웨이에서 살았던 적이 있어서 평화상은 노르웨이에서 시상한다고 한다. 시상금은 약 백만 달러라고 한다.

노벨상 수상자의 숫자는 국력과 밀접한 관련이 있는 것으로 보인다. 노벨상 수상국 중에서 미국이 266명, 영국이 96명, 독일 73명, 프랑스가 50명,스웨덴이 31명, 스위스가 21명, 러시아가 17명 순이다.

동양권에서는 일본이 12명으로 가장 많고 인도가 4명, 중국이 2명, 한국이 1명이다. 우리 나라에서는 최초로 김대중 전 대통령이 노벨 평화상을 수상한 바 있다. 세계 각국은 저마다 노벨상 수상자를 내기 위해 노력하고 있다.

노벨상 수상자 수가 많고 적음에 따라 그 나라의 경제, 과학, 문학 등의 수준의 척도로 삼는 마당에 우리 나라에서 한 사람만이 노벨상 수상자가 나왔다는 것은 한편으로는 기쁜 일이지만 다른 한편으로는 부끄럽게 생각해야 한다. 다른 선진국에 비하여 현저히 적은 숫자이기 때문이다.

우리 나라에서도 하루 속히 노벨상 수상자가 배출되기를 간절히 희망한다. 그래야만 우리 나라도 인재양성을 위해 노력한 보람이 외부 세계에 보여줄 수 있는 것이다.

우리 속담에 "사돈집 논 사면 배가 아프다."는 말이 있다. 김대중 전 대통령의 수상을 못마땅하게 생각한 사람들이 이를 폄하하기 위래 로비설을 퍼뜨려 세상을 시끄럽게 하였던 기억이 새롭다. 김대중 전 대통령의 노벨상 수상을 두고 시기, 모략, 질투하는 것은 대단히 못마땅한 행동이다. 노벨상 수상자로서 손색이 없음은 그동안 14차례나 세계 각국의 저명 인사들이 노벨상 후보자로서 추천했음이 이를 입증하는 것이다.

수상을 기뻐하지는 못할망정 이를 왜곡하는 것은 잘못이며 속셈이 무엇인지 짐작이 가지만 국제적인 일에 대하여 갑론을박(甲論乙駁)하는 것은 소인배의 행동이다. 이를 보고 한없는 비애를 느꼈다.

노벨상 하나 받기가 하늘의 별 따기 만큼 어려운 여건에서 로비설을 흘리는 것은 참으로 안타까운 일이다. 오죽했으면 노벨상 위원회에서 공식적으로 로비설을 일축했을까? 이로 인하여 나라 망신당하는 꼴이 되었다. 노벨상은 로비나 해서 받는 상이 아니다. 각 국마다 노벨상 수상자를 국가의 영예로 생각하고 있는 것은 그만한 이유가 있을 것이며, 노벨상 자체의 권위와 그에 따른 부수적인 면도 고려의 대상일 것이다.

노벨상 수상자 중에서 가장 많은 민족은 유태인이라고 하며 히틀러가 등장하기 전 독일의 노벨상 수상자는 30%에 이르렀다고 한다. 전체 노벨상 수상자의 약 12% 이상을 차지한 것은 확실한 것으로 보인다. 또한 미국 경제의 30% 이상을 유태인이 쥐고 있으므로 세계 경제의 약 10%는 유태인이 조종하고 있다고 해도 과언이 아니다.

우리 나라 젊은이들 중에는 김대중 전 대통령 이야기만 나오면 싫어하는 사람이 있는 것 같다. 김대중 전 대통령에게 인터넷을 통하여 욕지

거리를 하고 인터넷상에서 대통령을 서슴없이 비판하는 것을 보면 우리 나라도 확실히 민주주의가 정착된 것으로 보인다. 누가 뭐래도 우리 나라의 민주주의 발전을 위해 김대중 전 대통령만큼 노력했던 사람은 없다.

과거에 우리는 식당이나 다방에서 정치에 관한 이야기를 함부로 할 수가 없었다. 두려웠기 때문이다. 누가 언제 고발할지도 모른다는 강박관념에 사로잡혀 있었다. 그렇게 서슬 퍼런 시절에 민주주의를 위해 발 벗고 나선 분 중에 한 분이 김대중 전 대통령이다.

우리 나라는 동방예의지국이다. 아무리 밉다 해도 나이가 80이 넘은 할아버지 뻘되는 분에게 입에 담지 못할 욕을 한다는 것은 있을 수 없는 일이다. 이는 자기의 할아버지에게 욕하는 것과 별반 다르지 않다.

사실 옛날의 민주화운동은 목숨을 걸고 하는 운동이었다. 걸핏하면 감옥에 가고 때로는 사상범으로 몰려 갖은 고초를 당했다. 그 역사적 사건 가운데 가장 우뚝 서 있는 것이 광주 민주화운동일 것이다. 5.18 재단의 공식 자료에 의하면 사망 207명, 부상 2,392명, 기타 987명 등 총 3,586명이 희생되거나 부상, 또는 정신질환 등을 앓는 사건이 발생하였다.

남이 잘되는 것을 시기하지 말고 다른 나라와 같이 많은 노벨상 수상자가 나와서 우리 나라를 세계에 빛낼 수 있기를 진심으로 기원한다.

제2장 뿌리를 찾아서

물은 낮은 곳으로 흐른다

성철 스님의 말씀 중에 "산은 산이고 물은 물이다."라고 하여 화제가 된 적이 있다. 사물을 있는 그대로 받아들이라는 뜻인 것 같기도 하고 물에 대한 깊은 뜻이 들어 있는 것 같기도 하다. 사람들이 생각하기를 성철 스님과 같이 덕이 높은 고승(高僧)이 그래도 깊은 의미를 갖고 말씀하시지 않았을까를 생각하면서 필시 깊은 뜻이 함축되어 있을 것으로 믿고 있다.

많은 사람들은 이 화두(話頭)가 무엇을 상징하고 있는지에 대해 퍽 관심을 갖고 이에 대하여 자기 나름대로 해답을 찾고 있는 것 같다. 모든 사물은 보는 사람에 따라 각기 다르게 보인다. 성철 스님은 성철 스님의 세계가 있다. 농사를 짓는 사람은 물이 농사를 짓는데 유용하게 활용되는 물로 보일 것이다.

가뭄이 들면 농부는 애타게 물을 기다린다. 가뭄이 계속 이어지면 동네 사람들과 함께 높은 산에 올라가 불을 지피기도 하고 신령님께 제사를 지내기도 하였다. 물을 공급하는 물장수는 물이 상품으로 보일 것이다. 산도 마찬가지다. 미술가는 하나의 그림의 소재로 산을 바라볼 수 있다. 등산가는 산이 있어 거기에 오르는 것이다. 산이나 물은 모두 보는 사람의 각도에 따라 다르다. 그래서 결국 해답은 누구나 아는 산이요, 물이지만 그 내면에 흐르는 철학적 의미는 사람마다 각기 다른 해석을 하고 있는 것이다.

사실 성철 스님의 선문답 같은 이야기를 재음미해 보았으나 짧은 지식으로는 쉽게 해결될 것 같지 않다. 이리 생각하고 저리 생각해도 도무지 답이 나오지 않았다. 최종적으로 판단한 것은 스스로 판단하여 결론을 내리는 것이 가장 좋을 것 같다는 생각을 하게 되었다.

불교신자들 중에는 성철 스님의 말씀을 되새기면서 많은 고민을 하신 분도 있을 것으로 판단된다. 결국 그에 대한 해답은 스스로 내릴 수밖에 없겠으나 한 가지 분명하게 말할 수 있는 것은 "물은 낮은 곳으로 흐른다."는 점일 것이다. 높은 곳에서 낮은 곳으로 흐르는 것은 물이 갖고 있는 속성이다. 철학자가 아닌 바에야 사물을 있는 그대로 바라보는 것도 좋다.

물은 담겨지는 그릇의 형태에 따라 다양하게 변한다. 높은 계곡에서 물이 내려올 때 바위를 만나면 바위에 부딪치기는 하지만 유연하게 빠져나간다. 산골짜기, 개울, 강과 바다 어느 곳이든 주어진 환경에 어울리며 살아 움직인다. 이렇게 주어진 여건에 맞추어가며 그 생명력을 이어가기 때문에 옛 선인들은 모든 사람을 포용하고 공평하게 대하는 '물과 같은 삶'을 바람직하고 좋은 삶이라고 생각하였다. 순리(順理)라는 한자어도 따지고 보면 '이치에 맞게 사는 것'을 말하는데 순(順)자에는 내천(川)자가 들어 있음을 알 수 있다. 이는 물이 흐르듯 해야 한다는 것을 의미한다.

그러나 물은 언제나 너그럽고 호수처럼 잔잔한 것이 아니다. 때로는 노도와 같이 무서운 힘을 발휘하기도 한다. 그래서 옛 선인들은 물을 백성으로 비유하기도 하였다. 평상시에 백성들은 고분고분하다. 군주나 고관대작(高官大爵)들이 이야기하면 땅에 머리를 대고 고개도 들지 못한다.

비가 내려 개울물이 한곳으로 모아져서 홍수가 나면 겉잡을 수 없다. 물이 불어나면서 집을 삼키고 들을 삼켜버린다. 강둑이 무너지기 시작하면 인간의 힘으로 도저히 감당하기 어려운 지경에 이르며 속수무책이다. 이와 같이 평상시에는 조용히 지켜보고 있던 백성들도 한번 화가 나서 노도와 같이 일어서기 시작하면 겉잡을 수 없는 상황으로 치닫게 되는 것이다. 프랑스 대혁명이나 한국의 4.19혁명, 그리고 5.18 광주 민주화운동이 그것이다. 대부분의 혁명은 정권을 퇴진시켰으며 그러한 집권자에 대한 심판을 내렸다는 것은 역사가 증명하고 있다.

우리가 잘 알고 있는 진시황(秦始皇)은 오랫동안 통치를 한 황제가 아니다. 진시황이라는 말 중에 처음시(始)자가 들어 있는데 이는 중국 최초의 황제라는 의미이다. 통일된 국가로서 진나라는 BC 221년에 나라를 세워 BC 207년에 나라가 망했으므로 15년 동안 지속된 국가이다.

그러나 진나라 15년 동안 축조되거나 만들어진 유적지와 유물이 두 가지가 세계 8대 불가사의의 반열에 들어가 있으니 참으로 놀라운 일이다. 모두 진시황 때 이루어진 일이다. 하나는 만리장성이요 또 하나는 서안에 있는 병마용이다.

만리장성(萬里長城)은 동쪽 산하이관에서 자위관에 이르는 대장성이다. 지도상에 나와 있는 길이는 2,700킬로미터이나 실제 길이는 지선까지 합하여 6,400여 킬로미터가 된다고 한다. 물론 그가 처음 축조한 만리장성은 오늘날의 그것이 아니다. 진시황 이후 역대 황제들의 필요에 의하여 더욱 보강되었다. 그러나 그가 처음 만리장성을 쌓으면서 백성들에게 얼마나 가혹하였으며, 많은 피를 흘리게 하였을까를 생각하는 것은 어려운 일이 아니다. 만리장성을 기행하고 온 사람들은 잘 알 수 있을 것이다.

만리장성 위에 올라 끝없이 이어지는 장성을 바라보면서 그저 감탄만 하고 있는 사람은 공무원이 아니다. 그 성을 축조하면서 피 흘리며 강제 노역에 시달리면서 관원들의 채찍에 쓰러졌을 저 수많은 백성들의 신음 소리가 귓전에 울리는 사람이라야 공무원이 될 자격이 있다.

진시황은 그 짧은 기간 동안 만리장성을 축조하였을 뿐만 아니라 병마용도 축조하였다. 서안에 있는 병마용에서 보면 땅 속에 인간의 상식으로는 도저히 상상할 수 없는 많은 유물이 출토되었는데 그 출토된 유물에는 관료와 군사, 말 등의 조각과 그 당시 사용하였던 많은 유물이 출토되었다. 하나 하나의 얼굴 표정은 각기 다르다. 이 조각을 만들어 불가마에 넣어 구워내야 했을 텐데 얼마나 많은 예술인과 인력이 동원되었을까? 생각만 해도 끔찍스러운 일이다.

그는 백성들을 효과적으로 통제하기 위해 법가사상을 도입하였다. 아무튼 그는 짧은 재위 기간 동안 진나라를 통치하면서 수많은 문화적 업적을 남겼지만 그가 백성을 혹독하게 다스림으로 인하여 얼마 못가 망하게 되는 결과를 초래했던 것이다.

어느 시대 어느 국가를 막론하고 독재자의 수명은 얼마가지 못했다. 수나라가 오래 지탱하지 못한 것도 북경에서 항주에 이르는 대운하(大運河) 공사였다는 것이 많은 학자들의 주장이다. 1,782킬로미터에 달하는 운하를 축조함으로서 많은 백성들의 원성(怨聲)을 샀을 것이다.

이 운하는 폭이 좁은 곳은 30미터에서 넓은 곳은 50미터에 이른다. 이 운하를 축조하면서 많은 백성들은 노예처럼 끌려가 강제 노역을 강요당했을 것이다. 물론 이 운하의 개발로 훗날의 백성들은 많은 도움을 받았을 것이다. 그러나 백성들의 원성이 하늘 같이 높아지고 내우 외환에 시달린 수나라는 건국한 지 37년만에 망하였다. 그러한 역사의 아이러니에도 불구하고 만리장성, 병마용, 대운하 등이 있기 때문에 오늘날 중국이 문화국가로서 인정받는 것이며, 관광대국으로서 입지를 지키고 있는 것이라고 생각한다.

아전인수(我田引水)라는 말이 있다. '내 논에 물대기' 라는 뜻이다. 이 말을 보면서 왜 아답인수(我畓引水)라고 하지 않았을까 생각하신 분은 없는지 모르겠다. 전(田)은 밭을 상징하고 답(畓)은 논을 상징하기 때문에 아전인수라는 말의 정확한 해석은 '내 밭에 물대기' 라고 해야 하지만 모든 고사성어 해설이 '내 논에 물대기' 라고 해설하고 있는 것이다. 나는 이에 대해 많은 의문을 가지고 있는데 아마 옛날에는 벼를 밭에 심었을 것으로 보인다. 시골에서 살아본 사람은 알 수 있겠지만 자기 논에 물을 대기 위해서는 논두렁을 이리저리 꼬불꼬불하게 흙으로 도랑을 만들어가면서 자기 논에 물이 들어오도록 유도한다. 아전인수라는 말에는 '자기에게 유리한 방향으로 생각하거나 해석하는 것' 을 말할 때도 쓴다.

요즈음 젊은이들은 이를 유머러스하게 표현하여 '옛날 고위층이 뇌물을 받을 때 아전을 시켜 돈을 받는 것' 이라는 말로 재미를 더하게 해준다. 이 말은 아전(我田)이라는 말을 옛날 하위직의 벼슬아치의 아전으로 해석하였고 인수(引水)를 돈을 받는다는 인수(引受)로 해석하였는데 젊은이다운 기지요 퍽 재미있는 해석이다. 결국 어느 것이나 자기에게 유리하도록 끌어온 것임에 틀림없어서 그럴싸한 해석으로 생각되어 웃은 적이 있다.

　광주 무등산 골짜기에서 발원(發源)하여 흐르고 있는 광주천을 유심히 살펴보면 방림동에 자리잡고 있는 하천내의 저수조에서 일정량의 물을 계속 방류해 줌으로써 하천을 정화시키는 작용을 하고 있다. 그러나 여름이 되어 비가 내리지 않아 하천수가 고이기 시작하면 물은 금세 더러워지고 썩어 고약한 냄새를 발산한다.

　물은 한 곳에 오랫 동안 고이면 썩는 것은 자연의 이치이다. 또한 사람도 한 곳에 오랫 동안 머물러 있으면 물과 마찬가지로 썩는다. 그러므로 쉬지 않고 움직이고 변화해야 한다. 그래야 썩지 않는다. "낮은 곳으로 흐른다."라는 말을 음미해보면 참 재미있다. 이는 계급이 높은 사람은 낮은 사람에게 잘 대해 주어야 하고, 잘 사는 사람은 못사는 사람에게 나누어주어야 한다는 의미도 담고 있다.

　돈을 잘 벌고 있는 사람은 가난한 사람을 위해 세금을 많이 내야 한다. 이는 특정한 사회나 개인만이 해당되는 일이 아니다. 국가와 국가사이에서도 잘사는 나라는 못사는 국가에 대해 원조를 해주어야 한다. 우리 나라의 재벌은 대체적으로 국민들로부터 존경을 받지 못하고 있는 것 같다. 그 이유는 돈만 벌줄 알았지 국민을 위해 사회에 환원하려는 의지가 없었기 때문이다.

　선진국에서는 재벌의 총수가 사망하였을 경우에는 상속세를 제대로 낸다. 워낙 상속세율이 높아서 각종 재단을 만들어 사회에 기부하는 형태로 남기고 간다. 재단에는 세금이 부과되지 않기 때문이다. 록펠러 재단과 카네기 재단이 그렇다. 또 세계적 석유재벌 폴게티 재단도 마찬가지다. 아마 사람들은 록펠러는 알아도 록펠러보다 더 부유했던 폴게티에 대해 잘 아는 사람은 많지 않을 것이다.

　록펠러는 어머니의 뜻에 따라 돈을 벌어서 불우한 이웃을 위해 돈을 썼고 폴게티는 록펠러보다 돈을 덜 써서 그렇지 않은지 알 수 없다. 폴게티는 직원이 사무실에서 사적인 목적으로 전화를 사용하는 것을 엄격히 통제할 만큼 무서운 사람이었다.

그는 사적으로 전화를 했다는 이유로 중역사원을 해고시켰던 일도 있었으며, 유괴범이 손자를 유괴하여 손자의 귀를 잘라 보낼 때까지 한푼의 돈도 주지 않았던 것은 유명한 일화이다. 물론 폴게티는 그 이유를 설명하면서 "만일 유괴범에게 돈을 주면 두 번, 세 번의 유괴가 이어질 수 있다."는 말로 자기의 정당성을 대변하고 있다. 일리 있는 말인 것 같기도 하다. 그렇게 돈에 집착했던 사람도 사후에는 폴게티 재단을 만들었다. 이는 상속세는 제대로 내되 사회에 환원하는 기부금이나 재단을 설립하는 경우에는 세금을 면세해 주기 때문이다.

그러나 우리 나라는 다르다. 어떤 방법으로든 세금을 포탈하기 위해 노력한다. 기업 자체를 개인 재산으로 생각하는데서 비롯된 것이다. 주식을 불법 양도하는 방법으로 상속세를 피해 나간다. 그래서 돌도 지나지 않은 애들이 수십억원의 주식을 소유하고 있는 것이다.

이제 우리 나라도 달라져야 한다. 기업은 개인의 기업이 아니라 국민들의 기업이 되어야 하고 소유와 경영은 분리되어야 한다. 그래서 기업이 정치가들의 자금을 대는 돈줄이 되어서는 안 된다. 정치가와 돈 거래를 하는 것은 결국 정경유착으로 이어지기 때문이다. 그리고 기업을 세습하여 대대손손 이어지는 것은 불행한 일이다.

월트디즈니사와 같은 큰 기업도 사람의 능력에 따라 우체국 배달부를 사장으로 채용하여 회사를 더욱 발전시킨 사례도 있다. 사람의 능력은 우체국 배달부라고 하여 능력이 부족하다는 평가는 어림없는 이야기이다. 따지고 보면 월트디즈니도 젊은 시절에는 알아주지 않는 그림쟁이에 불과했다.

방 한 칸도 제대로 없어서 다른 집의 헛간에서 생활하면서 저녁이면

헛간에 드나드는 생쥐와 친구를 했다. 그리고 열심히 생쥐를 그렸다. 그래서 월트디즈니의 작품에는 유달리 생쥐가 많이 등장한다. ‘코디와 생쥐구조대’가 대표적인 애니메이션일 것이다.

크리스마스를 전후하여 사회복지시설에는 많은 사람이 찾는다. 정치가들을 필두로 하여 거의 대부분의 사람들이 연말 연시에만 찾는다. 그리고 봄이 되면 뚝 그쳐버린다. 사회복지시설을 찾아 불우한 노인이나 어린이를 찾는 것은 사시사철 이루어져야 할 일이지 겨울에만 찾아갈 일이 아니다.

특히 예산을 편성하여 어려운 이웃을 돕는 경우에는 연중 균형 있게 찾아보는 것이 좋을 것이다. 사람의 인정도 물과 같다. 그래서 우리말에 “인정이 메말랐다.”는 표현을 쓴다. 메말랐다는 말은 물기가 없어졌다는 말이다. 인정(人情)을 물처럼 본 것이다.

물은 흘러야 썩지 않는 것처럼 갖고 있는 재산도 가난한 사람을 위하여 베풀 줄 알아야 썩지 않고 사회에 생기를 북돋아준다. 그러나 손에 쥐고 놓지 않으면 썩기 마련이다. 재벌에 대한 상속세 포탈이 어제 오늘의 일이 아니기 때문에 특정 재벌을 이야기할 필요는 없다고 본다.

그러나 우리 나라에서도 상속세에 대한 강력한 통제를 함으로써 재벌이 세습되는 것을 방지해야 한다. 재벌의 소유 재산은 재벌이 스스로 축재한 것이 아니라 소유자와 노동자가 함께 노력하여 만들어낸 결과의 산물(産物)이다. 그래서 노동자들은 정당하게 대우받기를 희망하면서 임금 협상을 하고 있는 것이다.

재벌은 소유주식을 가지고 회사를 지배하고 있는 것이다. 엄밀하게 따지면 개인 재산이 아니다. 그러나 기업가는 회사의 재산이 모두 개인 자산으로 생각하고 있기 때문에 항상 갈등을 겪는다.

주식회사라는 말은 주주가 주인이라는 말이다. 또한 회사의 사정에 따라 형편이 어려운 회사는 적은 월급을 주고 그해 이익이 많이 발생한 기업은 그만큼의 보너스를 주고 있다. 근로기준법상에 최저 임금제도가 있는데 이 제도는 "인간으로서의 존엄과 가치를 가지며 살아갈 수 있는 최저 임금이 어느 정도 보장되어야 한다는." 가이드 라인을 정해 놓고 있다.

물이 낮은 곳으로 흐르듯이 우리는 항상 어려운 이웃을 생각해야 되지 않을까 생각한다. 사람이 돈을 모을 때까지는 억척스럽게 모아야 한다. 다른 사람이 볼 때 구두쇠라고 할 정도로 돈에 대한 애착이 있어야 돈을 모을 수 있다.

돈은 물과 같아서 조그만 구멍이라도 생기면 쉽게 빠져 나간다. 그래서 세는 곳이 없는지를 늘 점검해 보아야 한다. 술을 좋아하는 사람은 술을 너무 과음하여 돈을 너무 많이 쓰고 있는지를 생각해야 한다. 그러나 어느 정도 재산이 모아졌다고 판단되면 어려운 사람을 위해 돈을 사용해야 된다.

죽을 때 돈을 짊어지고 가는 것이 아니다. 하기야 옛날 사람들은 죽은 사람의 무덤 속에 일정액의 동전을 넣었다. 아마 저승에 갈 때 노자 돈으로 사용하라는 뜻일 것이다. 따뜻하고 정이 넘치는 사회가 되기 위해서 다같이 노력해야 되지 않을까 생각된다.

미인을 보고 욕심을 품지 말라

　사람들은 미인에 대해 관심이 많다. 그래서 끊임없이 미를 추구하고자 노력하고 있다. 아름다워지기를 원하지 않는 사람은 아무도 없을 것이다. 좋은 화장품을 골라 쓰고, 날씬해지려고 다이어트도 하고, 미장원에 가서 머리도 아름답게 손질하고, 귀에 귀고리도 하고, 필요하다면 성형수술을 해서라도 예뻐지기 위해 최선을 다하고 있다.

　최근 우리 나라에는 각 지역마다 미인 선발대회가 열리며 약 200여 개의 대회가 있다고 한다. 미스코리아 선발대회를 비롯하여 각 지역예선, 충청북도의 고추아가씨, 전라북도에 춘향아가씨, 전라남도에는 나주 배아가씨, 영광 굴비아가씨 등 셀 수 없이 많으며 이는 민선자치 시대가 도래하면서 갑자기 늘어났다. 시장, 군수들이 이러한 축제를 통해서 지역민과 자연스럽게 접촉할 수 있는 기회를 만들고 있는 것으로 보인다.

대개 미인들의 선발 기준을 보면 천편일률(千篇一律)적으로 170㎝의 키에 가슴, 허리, 히프 사이즈가 34-24-34인치가 되어야 하고 몸무게는 대개 50㎏ 이내가 되어야 하는 것 같다. 얼굴에 대한 기준은 명확하지 않지만 현대적 기준으로 볼 때 눈망울은 좀 커서 서글서글하여야 하고 얼굴은 계란형이 많은 것 같다.

미스코리아의 평균 신장이 174센티미터라고 하니 매우 큰 것으로 보인다. 미스코리아는 미스 유니버스대회라는 세계대회도 출전해야 하기 때문에 세계적 기준에 맞춘 것으로 보인다. 아마 세계미인대회에 출전하지 않고 순수하게 한국 내에서 선발하는 미인대회라면 키가 그렇게 커야 할 이유가 없을 것이다.

아름다움을 추구하는 것은 인간의 본능이지만 미의 기준은 시대나 문화권에 따라 제각각이다. 고대 서양에서는 풍만하고 관능적인 여성이, 중세에는 호리호리한 몸통과 크지 않은 가슴이 미인의 표준이었다. 반면 중국 당나라 때는 통통한 얼굴, 작은 몸과 발을 가져야 미인으로 대접받았다.

우리 나라에서는 얼굴은 보름달 같이 둥글고 희며, 뺨은 통통하고 눈은 작고 가늘며 입술은 앵두처럼 붉고 탐스러워야 하고 버들가지처럼 휘청거리는 가는 허리에 연적 같은 젖무덤을 가져야 미인으로 보았다. 좀 더 자세히 우리의 전통사회에서는 미인의 기준을 어떻게 보았는지 살펴보자. 요즈음 미인 선발기준보다 한층 더 상세하고 깊이 있는 안목을 가진 것으로 보인다. 비록 과거에는 미인 선발대회가 없었지만 미인을 바라보는 기준은 정말 놀라울 정도로 자세하고 정확했다고 보여진다. 옛 선인들이 본 미인의 기준을 보자.

삼백, 삼흑, 삼홍, 삼장, 삼단, 삼광, 삼협, 삼세, 삼소, 삼태라는 것이 그것인데 "살결, 치아, 손은 희어야 하고(三白), 눈, 머리카락, 눈썹은 검어야 하고(三黑), 입술, 뺨, 손톱은 붉어야 하며(三紅), 몸과 머리와 팔 다리는 길어야 하고(三長), 치아, 귀, 발은 짧아야 한다(三短). 가슴, 이마, 미간은 넓찍해야 하며(三廣), 입, 허리, 발목은 가늘어야 하고(三狹), 손가락, 목, 콧날은 가늘어야 하고(三細), 젖꼭지, 코, 머리는 작아야 한다(三小). 엉덩이, 허벅지, 젖은 두터워야 한다(三太)."는 것이었다.

총 30가지의 기준에 적합하면 미인이라고 하였는데 이러한 완벽한 조건을 충족하는 미인은 없을 것으로 보인다. 여기서 키에 대한 언급이 없는 것처럼 보이지만 사실은 그렇지 않다. 팔과 다리가 긴 사람은 당연히 키가 큰 법이다. 옛날에도 그 시대에 적합한 평균키 이상이 되어야 미인으로 대접 받았던 것으로 평가된다.

미인은 객관적으로 보아 얼굴, 키 등 외형상 미인이라고 볼만한 조건을 갖추어야 하는 것은 당연한 일이다. 그러나 여성이 몸매도 균형 잡혀 있고 너무 잘생겨 빈틈없이 세련되어 있고 날카롭게 생긴 콧날, 남의 속까지 들여다 볼 것 같은 시선, 그리고 미국의 아이비리그에 속하는 세칭 일류대학을 졸업한 최고의 인텔리 여성이라고 하여 꼭 그 여성을 미인이라고 말할 사람은 많지 않을 것이다.

미인이란 얼굴만 잘생겨야 되는 것이 아니다. 물론 얼굴이나 몸매가 잘생겨야 하지만 어딘가 모르게 정이 있어 보이고, 약간 열려 있는 듯한 입술과 다소 멍청하게 보이는 시선을 갖추고 있는 사람이 미인이다. 구체적으로 말하면 소피아로렌처럼 생겨야 진짜 미인이라고 할 수 있다.

그러나 너무 남자를 쉽게 믿어 버리고 너무 헤프면 안 된다. 대개 남자를 쉽게 믿어 버리는 여성은 손해가 많은 법이다. 남자란 생리상 잘 돌아서는 경향이 많다. 비록 멍청하게 보일지라도 당차게 생겨야 하고 처세에 있어서도 당찬 모습을 보여 주어야 한다. 그러면서도 부드러운 이미지를 풍기면 좋을 것이다.

가수 심수봉의 가요 중에 '남자는 배 여자는 항구'가 있다. 이 가요에는 매우 깊은 뜻이 있다. 항구는 변함이 없는 사물을 말한다. 그러나 배는 언제나 떠돌아다닐 수 있는 동산이다. 항구는 여성이요, 배는 남자이다. 항구인 여성은 언제나 변함이 없는데, 언제나 배처럼 변덕스럽게 훌쩍 떠나는 것이 남자이다.

이 노래 가사를 보자. "언제나 찾아오는 부두의 이별이 아쉬워 두 손을 꼭 잡았나. 눈 앞에 바다를 핑계로 헤어지나 남자는 배 여자는 항구. 보내 주는 사람은 말이 없는데 떠나가는 남자가 무슨 말을 해. 뱃고동 소리도 울리지 마세요 하루하루 바다만 바라보다 눈물 지으며 힘없이 돌아오네 남자는 남자는 다, 모두가 그렇게 다, 아~아 아~아 이별의 눈물 보이고 돌아서면 잊어버리는 남잔 다 그래."라고 표현하고 있다.

조선시대 황진이도 비슷한 생각을 갖고 있었다. 황진이는 여성은 산으로 비유하였고 남성은 물로 비유했다. 산은 언제나 변함없이 옛날이나 지금이나 다름없는데 남자란 물과 같이 흘러가는 것을 안타깝게 여겼다.

남자나 여자나 너무 완벽한 사람에게는 본래 사람이 따르지도 않고 친구도 없다. 굳게 닫힌 입과 머리는 기름을 발라 파리가 낙상할 것 같으며, 말씨는 조리가 있어 토씨 하나 틀리지 않는 정확한 발음으로 완벽하게 이야기하고, 남의 잘못에 대해 용서할 줄 모르는 사람은 친구가 없는 법이다. 술을 마시고는 다소 취하는 사람, 남이 취해도 용서해 줄 수 있는 사람, 술을 사면서 대가가 돌아오기를 바라지 않고 순수한 마음으로 자기 호주머니에서 지갑을 꺼내 술값을 계산할 줄 아는 사람에게 친구가 모이게 되는 것이다.

말로는 어벌쩡하게 돈이 많다고 큰소리 치면서 자기 호주머니에서 술값이라곤 한 푼도 내지 않는 사람은 친구가 없다. 처음엔 이해할 수 있을지 모르지만 세월이 가면 다 알게 마련이다. 열린 마음과 따뜻한 가슴을 갖고 있어야 한다.

너무 맑은 곳에는 물고기가 살지 않는다. 약간 흙탕물이 섞여 있는 곳에 물고기가 많이 서식한다. 그 이유는 알 수 없으나 그런 장소에 물고기의 밥이 되는 프랑크톤이 더 많이 살고 있을 가능성도 있다. 다른 또 하나의 이유는 흙탕물이 천적으로부터 자기 몸을 보호할 수 있는 장점이 될 수 있기 때문일 수도 있다.

우리는 주변에서 "여성은 날씬하고 예뻐야 한다."는 말을 자주 듣게 되며 여성 잡지는 어떻게 하면 예뻐지고 또 사랑 받는 여성이 될 수 있는지에 대해 많은 광고를 퍼붓고 있다.

부모로부터 선천적으로 이어 받은 모습이 볼품이 없다면 성형외과에 가서라도 뜯어 고치겠다는 여성이 참으로 많다. 그래서 돈이 좀 생기면 코도 세우고 쌍꺼풀 수술도 하게 되는데 아마 쌍꺼풀 수술은 기본이다. 더 나아가서 유방 확대 수술을 받기도 한다. 그런데 이러한 수술비용이 장난이 아니어서 꽤 많은 비용이 들어가게 되므로 돌팔이 의사에게 시술을 받아 부작용을 호소하는 사람이 증가하고 있다.

한때 잘나가던 해외 유명 실리콘 회사가 이 부작용 때문에 소송이 걸려 부도가 났다는 이야기도 들린다. 비단 여성만이 아니다. 취직을 앞둔 남자들 사이에도 외모가 매우 중요하다고 하여 성형외과에 가서 수술을 받는 사람이 부쩍 늘어났다. 이래저래 성형외과 의사들이 상한가를 치고 있는 것이다.

우리 사회에 만연되고 있는 것 중에 하나가 다이어트 열풍이다. 미국에 살고 있는 한 교포 한의사가 다이어트 한약을 제조하여 인기를 끌고 있다고 했다. 그 분을 만나 대화를 나누면서 그 약으로 "본인의 체중이나 먼저 빼고 남의 다이어트를 하셨으면 좋겠다."는 생각을 한 적이 있다. 꽤 뚱뚱하였기 때문이다.

또 다른 광고시장도 마찬가지다. 다이어트 광고를 하면서 자기가 직접 개발했다고 선전하는 다이어트 회사의 사장도 일반 사람과 비교하여 결코 날씬한 모습은 아니었다. 다이어트 약품을 개발하고 있는 사람이 남의 살은 빼기 위해 노력하면서 정작 자신의 다이어트에 무관심한 것은 분명 그 정도의 체중은 건강에도 지장이 없을 뿐만 아니라 비만이라고 보지 않는 철학이 있기 때문일 것이다.

다이어트 식품이나 약품도 가지각색이다. 한방으로 제조하여 특허를 받은 제품도 있고, 대통령상을 수상한 제품도 있다. 그런데 지난번 중국에서 제조한 다이어트 약품이 부작용이 생겨서 사망하는 사고가 한국과 일본에서 발생하였다. 대개 다이어트 식품의 갈래는 크게 두 가지이다.

하나는 식욕을 억제하는 약이고 하나는 섬유질 성분이어서 식사하기 30분 전에 복용하면 포만감을 갖기 때문에 식사량을 줄일 수 있는 것이다. 결국 두 가지 모두 식사량을 제한하자는 틀에서 크게 벗어나지 못했다고 생각한다. 이를 종합하면 음식물의 섭취량을 감량시키는 것이다.

다시 말하면 음식물 섭취량을 줄여 칼로리를 낮추면 몸무게를 줄일 수 있다는 것을 의미한다. 칼로리를 태우는 것은 운동요법 밖에 없다. 적게 먹고 열심히 운동하면 몸이 빠지는 것은 당연한 일이다.

내 생각으로는 앞서 설명한 두 가지 방법보다 더 효과적인 것은 칼로리를 태우는 약품이 개발되어야 한다는 것이다. 이미 개발되어 시판하고 있는지는 알 수 없으나 아무튼 몸 속의 칼로리를 빨리 태운다면 같은 양의 음식을 섭취하고도 몸에 지방이 축적되지 않아 비만이 되지 않을 것이다.

물론 다이어트에도 사람마다 유전적인 소질이 달라서 물만 먹어도 살로 가는 체질도 있는 것 같다. 학자들은 "물만 먹어도 살이 찌는 사람은 프로스타글라딘이라는 물질이 생성되지 않는다."고 말한다. 다시 말하면 다른 사람과 비교하여 칼로리를 태울 수 있는 능력이 현저히 떨어지는 사람이 비만 체질이다. 저녁에 술도 마시고 먹고 싶은 것 다 먹어도 살이 찌지 않는 유형은 신진대사가 매우 빠른데 그 이유는 프로스타글라딘이라는 물질이 다량으로 분비되어 칼로리를 빨리 연소시키기 때문이다.

비만이란 무엇인가? 우리 주위에선 비만으로 보이지 않는데도 불구하고 지나치게 체중을 줄이려는 시도가 눈에 띄게 늘고 있는데 이는 비만의 위험성에 대해 너무 강조하고 있는 다이어트 업계의 광고도 크게 한몫 하고 있다. 실제 비만인 사람을 제외하고는 너무 지나치게 비만에 대해 신경을 쓸 필요가 없는 것으로 보인다.

비만에 대한 정의에 대하여 최근 여러 가지 학설이 있으나 대체적으로 용인되고 있는 비만 측정 방법을 보기로 하자. 우선 표준 체중은 (신장-100)×0.9로 계산하여 산출한다. 기준치를 20% 이상 상회하면 과체중, 30%를 상회하면 비만이다.

이웃집에 살고 있는 한 여고생이 비만을 우려하여 아침 식사를 거르고 학교에 등교하더니 어느날 아침 영양실조로 쓰러진 일까지 발생하였다. 우리 나라 사람은 유행에 매우 민감하여 2002년도에 제니칼이라는 다이어트 약품 소동이 일어났다. 과거 우리 나라는 약국에서 이런 약을 마음대로 살 수 있었으나 지금은 의사의 처방을 받아야 구입할 수 있기 때문이다.

이 약은 미국 FDA에서 부작용이 적은 약으로 평가되어 시판을 허용하였는데 허가 조건은 정상 체중보다 20%가 상회하는 과체중자 또는 30%가 초과하는 비만인에게 팔 수 있도록 했다. 그러나 우리 나라는 다이어트에 대한 강박관념에 사로잡혀 의사의 처방을 받을 수 없는 사람들이 이 약품을 사기 위해 야단을 떠는 통에 값이 치솟고 의사의 처방전도 없이 판매하는 불법적인 현상이 벌어지기도 하였다.

초등학교 애들 중 상당수는 이미 비만학생들로 보이며 이 숫자는 날로 증가하고 있다. 남자 어린이들 중에는 마치 여성처럼 유방이 튀어나오는 현상을 볼 수 있다. 그러나 미국에 가본 사람은 알겠지만 아직도 우리 나라는 미국에 비하면 아무 것도 아니라는 생각이 든다. 미국에 가 보았더니 다리통이 내 배보다 더 큰 사람이 수없이 많았다. 내 자신은 비만이라기보다는 지극히 정상이라는 생각마저 들었다.

30대 후반의 여성은 대부분 비만으로 보였다. 영화 속에 나오는 그런 날씬한 여성은 찾아보기 힘들었다고 해도 과언이 아니다. 그러나 젊은 여성들은 날씬하고 예쁘게 보였다. 공원마다 수많은 사람들이 조깅을 하느라 비지땀을 흘리고 있었다. 건강하게 살기 위한 노력인 셈이다.

이밖에도 미인이 되기 위한 인간의 노력은 끊임없이 계속되고 있다. 화장품과 비누의 개발은 그 중의 하나이다. 옛날 우리들의 부모님들은 백색처럼 하얀 럭스비누 한번 써보는 것이 소원이었던 시절이 있었다. 나는 럭스비누를 볼 때마다 우리 어머니가 이 비누를 소중하게 생각하시던 어린 시절을 기억한다.

이제 우리 나라에서도 럭스비누보다 훨씬 더 질이 좋은 비누도 생산하고 화장품도 개발하여 해외로 널리 수출하고 있다. 우리 나라에서는 태평양 화학의 아모레 화장품이 가장 인기가 있었다. 비누는 애경유지에서 만드는 비누가 있었고 치약은 럭키치약이 있었다. 그래서 치약하면 럭키치약만 있는 줄 알았으나 최근에는 가지각색의 좋은 치약이 등장했다. 지금까지 사용하던 화장품은 기본이고 기능성 화장품이 등장하고 한방으로 만든 화장품도 등장하는 등 다양하게 개발되고 있다. 비누도 마찬가지다.

일본에 갔더니 숯으로 만든 비누가 한 개에 우리 돈으로 8천원 가량

했는데 이렇게 비싼 비누를 얼굴이 예뻐진다고 하니 너도 나도 사는 여성들이 있었다.

전라남도 신안에서 개펄로 만든 화장품과 비누, 그리고 보성에서 녹차로 만든 비누 등이 선보이고 있다. 이렇게 로션과 파운데이션, 크림, 화장수, 그리고 향수에 이르기까지 그 이름도 알 수 없는 가지가지의 화장품이 시판되고 있다.

최근에는 미스코리아 선발대회를 본 딴 '꽃미남 선발대회'도 열리고 있다. 과거에는 미스터 코리아 선발대회라고 하여 육체미 운동하는 남자를 뽑는 대회는 있었으나 꽃미남 대회는 다소 생소한 이야기일 것이다. 꽃미남은 여자 못지 않게 날씬하고 긴 다리, 가늘고 호리호리한 몸매, 투명한 피부와 뚜렷한 이목구비를 자랑하는 사람을 말한다.

여성들에게 뒤지지 않는 미적 감각으로 압구정동이나 청담동을 누비고 다닌다. 시대 조류에 맞추어 이러한 대회도 꽤 인기가 높아가는 것으로 보인다. 보브스족이 의식과 소유의 형태를 강조한 말이라면 꽃미남은 외형적인 면을 강조한 말이라고 해도 과언이 아니다.

앞서 우리는 미인의 조건과 미인이 되기 위해 노력하는 모습을 살펴보았다. 미인이 되기 위한 노력은 인간의 욕망이므로 나무랄 일은 아닌 것 같다. 그러나 얼굴만 예쁘다고 미인은 아니다. 따뜻한 마음, 착한 마음씨, 포근하고 이해심 많은 여성은 비록 얼굴이 예쁘지 않아도 미인이다.

톡톡 튀는 슬기와 깜찍한 태도, 호감이 가는 미소를 머금은 여성은 어딜 가나 환영 받을 것이다. 사무실에서 여성이 차를 따르는 것은 옳지 못할지 모르지만 그래도 손님이 오면 따뜻한 차라도 한 잔 스스로 내놓을 수 있는 여유와 마음가짐을 갖는 여성은 분명 미인이라고 할 수 있을 것이다.

보릿고개

보릿고개라고 하는 매우 힘든 시기가 있었다. 이는 우리 나라 사계절 중 보리가 패서 익어 갈 때까지의 시기로서 그 절정기는 대개 5~6월이다. 지난 가을에 수확한 양식은 바닥이 나고 보리는 미처 여물지 않은 시기였기 때문에 식량사정이 매우 어려운 시기로서 굶는 가정이 많이 발생하였다. 춘궁기(春窮期), 또는 맥령기(麥嶺期)라고도 한다.

최근 경제성장과 함께 농가소득도 늘어나고 우리 나라도 경제적으로 잘살게 되었고 쌀이 떨어지면 외국에서 수입도 할 수 있게 되었으며, 자체적으로 생산하고 있는 쌀의 재고가 넘쳐나는 입장에서는 보릿고개라는 말이 실감이 나지 않는다.

그러나, 일제강점기에서는 두말할 나위도 없고 8·15 광복 후 1950년대까지만 하더라도 연례행사처럼 되어버린 농촌의 빈곤상(貧困相)을 나타내는 말이었다. 과거에는 우선 먹고 사는 것부터가 매우 힘들었다. 그때는 겨울에 보관하였던 쌀과 보리 등이 모두 떨어지고 어떤 집에서는 굶어야 하는 가정도 많이 발생하였다. 쌀이 떨어진 가정에서는 고리채를 얻어서 비싼 식료품을 구입하였고 보리나 쌀이 생산된 후에 비싼 이자를 붙여서 갚아야 했기 때문에 가난은 계속적으로 순환되었던 것이다.

보릿고개를 무난히 넘었던 가정에서는 그래도 안도의 한숨을 쉬면서 기뻐한다. 어떤 가정에서는 피골이 상접하고 배는 올챙이배처럼 툭 튀어나오고 얼굴은 파리한 모습의 아이들을 많이 볼 수 있었다.

굶는 날이 많았던 시절, 그리고 의료기술이 부족하여 의사마저 없었던 시절은 정말 비참하기 이를 데 없었다. 그러한 나라가 우리 나라의 40년 전의 모습이었던 것이다. 한편으로는 영양실조로 다른 한편으로는 먹지 못해서 생긴 병 때문에 어린이들이 죽어갈 때 그 부모와 형제들이 죽은 자식을 붙들고 통곡하는 모습이 아직도 눈에 선하다.

배고픔은 어른도 견디기 힘든 일이지만 어린이들에게는 더욱 큰 고통이었다. 젖 달라고 보채는 젖먹이 어린이를 두고 있는 어머니는 자기도 먹지 못해서 젖이 나오지 않는 것을 뻔히 알면서도 보채는 아이를 달래기 위해 마지못해 젖꼭지를 어린아이의 입에 갖다 대면 아이는 처음에는 어머니의 젖을 열심히 빨다가 젖이 나오지 않음을 깨닫고 또다시 운다.

어머니의 자식에 대한 사랑과 배고픔에 시달리고 있는 어린이의 가련한 모습이 보이는 듯하다. 이렇게 보릿고개는 무섭게도 우리들에게 다가왔으며, 어떤 희망을 품고 산다는 것 자체가 기적이나 다를 바 없었다. 대학에 진학하고 청운의 꿈을 꾸며 사는 것은 극소수의 선택받은 가정의 자녀들이나 꿀 수 있는 꿈이요, 희망이었다.

대학생은 읍면 전체를 통해서 몇 사람에 지나지 않았던 것이다. 보릿고개는 매년 반복적으로 지속되었던 것이다. 보리가 익을 무렵에는 동네 아이들이 성냥을 준비하고 산이나 들에서 나무 불쏘시기를 마련하여 불을 붙인 다음 보리를 불 위에 익혀 먹었는데 동네 사람들은 이러한 어린이들의 행동에 대하여 매우 관대하였다.

보릿고개를 이해하는 것은 한국을 이해하는 첩경이다. 보릿고개는 누구나 넘어야 하는 고개였으며 그 고개는 왜 그리도 우리들에게 많은 고통을 주었는지 모른다.

가난한 가정에서 더구나 먹고 살기도 어려운 환경에서 많은 형제가 있다는 것은 그만큼 경제적으로 어려움을 가중시키게 되었다. 자녀들이 많다는 것은 여러 가지 이유가 있을 것이다. 의료기술이 발달되지 못한 것이 가장 큰 이유였을 것이다. 그때만 해도 병이 나면 갈 수 있는 병원이 없었다. 홍역이 한번 쓸고 지나가면 형제 중에 한두 명 죽는 것은 예사였다. 그래서 홍역이 끝날 때까지 아이들을 호적에 올리지 않는 부모도 있었으며 몇 년이 지난 후에 호적을 올리게 되었으므로 경우에 따라 실제 나이보다 3년 안팎이 늦은 사람도 있었다.

다른 이유 중의 하나는 "사람은 자기가 먹고 살 수 있는 복을 타고 난다."는 사상이 크게 작용하였으며 피임에 대한 무지가 빚어낸 비극이었다. 그래서 정부에서는 산아제한을 하기 위한 가지 가지의 방법을 동원하였다. 피임약의 보급과 피임시술, 그리고 낙태가 일반화되었으며 형법상의 규정에도 불구하고 낙태를 시술했다하여 의사가 구속되는 사례도 없었다.

여성에게는 복강경 시술이 있었고 남자에게는 정관을 묶는 시술이 있었다. 정관시술을 한 예비군에게는 향토예비군 훈련을 면제해 주면서까지 산아제한 시책을 펴는 등 가지 가지의 방법이 동원되었다. 이러한 정부의 노력으로 과거 7~8명에 이르던 아이들을 2명만 낳게 되었고 현재는 어린이의 출산을 장려하는 정책으로 변화하는 제도적 변화가 오게 된 것이다.

보리가 완전히 익으면 추수를 하기 시작하였다. 농촌에서는 초등학교 학생까지 노력봉사를 한다. 낫을 들고 보리베기를 하는 것이다. 날씨가 덥기 때문에 보리 베기란 매우 힘든 일이었다. 그때만 해도 설탕이 없었으므로 물통에 사카린 한두 봉지를 넣어 단물을 만들고 학생들에게 한 잔씩 나누어 주는데 그 맛은 꿀맛보다 더 달았다.

요즘 아이들이 꿀도 맛이 없다고 하는 배부른 소리를 할 때마다 어린 시절이 생각이 난다. 추수를 한 뒤에 제일 먼저 하는 일은 보리 이삭줍기였다. 이삭줍기를 할 때 학생들이 줄을 지어 골을 따라 보리 하나라도 주워 바구니에 담았으며, 이는 보리를 그만큼 소중하게 생각한다는 증거다. 보리 한 톨 쌀 한 톨이 소중한 것이었다.

타작하지 않은 보리는 보리 알맹이를 둘러싸고 있는 껍질 위에 매우 따가운 보리 까시락이 있어서 이것이 사람의 옷 속에 들어가면 빠져 나오지도 않아서 고통을 주었다. 보리타작은 매우 더운 시기에 하는 일이고 보리의 수염이 매우 따갑기 때문에 땀과 먼지와 보리 까시락이 함께 어우러져 타작을 한 번 하고 나면 얼굴이 말이 아니었다.

보리 까시락이 얼굴을 스치면 매우 쓰리다. 더구나 잘못하여 옷 속으로 들어가면 정말 아프기 때문에 옷을 벗어야 되는 경우도 있다. 옷 속에 보리가 들어가면 사람이 움직이면 움직일수록 점점 더 옷 속 깊이 들어가는데 이는 보리 껍질에 붙어 있는 가시가 바로 빠져나올 수 없도록 되어 있으며 발 역할을 하기 때문이다. 보리 타작은 1970년대 이전까지만 해도 손으로 타작을 하는 집이 많았다.

그러나 1970년대 이후에는 발동기와 탈곡기를 이용한 타작이 일반화되어갔다. 우리는 미국에서 트랙터라는 기계를 이용하여 밭에서 직접 탈곡을 한다는 이야기를 들었으나 이해되지 않았다. 세월이 흐른 뒤 텔레비전을 통해서 미국의 밀농사나 벼농사를 본 뒤 이해가 되었다. 그런데 손으로 하는 보리 타작은 대단히 힘든 일이었다. 타작을 하는데 쓰는 도구는 도리깨였다. 도리깨는 산에서 나는 매우 질긴 회초리 정도의 작은 나무를 3~4개 정도 엮어 만든다.

도리깨의 자루는 전라남도 지역에서는 대나무를 이용하였는데 대나무는 가벼워서 도리깨질을 하는 농부에게 많은 도움을 주었다. 도리깨를 오랫동안 사용하면 손때가 묻어 번들번들 빛이 나게 되는 것이다.

타작한 보리를 절구통에서 찧어서 먹었다. 다행히 방앗간이 가까운 지역에 있는 마을은 방앗간을 이용하였지만 거리가 멀리 떨어진 곳에서는 보리를 지게에 짊어지고 가는 일이 보통이 아니었기 때문이다. 절구통에서 찧은 보리쌀의 색깔은 제대로 찧어지지 않아서 색깔이 검었으며 방앗간에 찧은 보리쌀은 깨끗하였다.

집에서 찧은 보리쌀로 밥을 지을 경우에는 초벌로 삶은 뒤 두 번째 다시 삶아야만 딱딱하지 않았다. 이렇게 한 보리밥은 대나무로 만든 큰 그릇에 담아서 시원한 곳에 보관하였다. 그때만 해도 냉장고가 있지도 않았을 뿐만 아니라 냉장고가 나오리라고 생각하지도 못했다.

점심 시간이 되어 대나무 밥통에서 꺼낸 보리밥을 시원한 물에 말아서 텃밭에서 딴 고추 몇 개와 된장을 가지고 식사를 하는 맛은 정말 일품이었다. 흰 쌀밥에 고기 반찬으로 식사를 하는 것이 꿈이었다. 그것이 모든 행복을 가져다 주는 충분조건으로 믿었던 것이다.

사람이 살아가는 행복은 곧 먹는 즐거움이었으며, 이것만 해결되면 여한이 없을 것이라고 생각하였다. 명절이 되면 겨우 맛보는 돼지고기와 맛있는 음식, 그리고 한꺼번에 너무 많이 먹어 명절이면 으레 배탈이 나던 그 시절의 아픈 기억은 우리의 뇌리 속에서 쉽게 지워지지 않는다.

맛있는 진수성찬은 명절이 아니면 구경하기조차 힘들었다. 그래서 모처럼 맛있는 음식을 보고 과식하게 되는 것이다. 그러나 평소에 먹지 못하다가 갑자기 많은 음식을 먹게 되면 위장이 견디어낼 수 없다. 못 먹고 사는 사람은 위장기능이 현저히 떨어져 있기 때문이다.

세월이 흐른 뒤 우리가 그토록 원하는 꿈은 이루어졌으며 괄시 받고 천대 받던 우리 민족은 당당히 일어섰다. 배고픔은 모두 해결되었으나 사람의 행복은 결코 먹는 것으로만 해결되는 것이 아니라는 결론에 이르렀다.

행복은 결국 마음 속에서 우러나오는 것이며 문화적 생활과 가정의 화목이 행복을 가져다주는 첫째 조건이 되는 것이다. 그리고 더 나아가서 남보다 좀더 나은 생활을 하는 것이 매우 중요하였다. 과거에는 절대적 빈곤층이 많았으나 이제는 다른 사람과 자기의 생활을 비교하는 상대적 빈곤층이 많아졌다. 자기도 일정액의 소득이 있지만 다른 사람과 비교할 때 상대적으로 더 가난하다고 느끼는 박탈감 때문에 고통을 겪는 분들이 많다. 그러나 행복은 자기보다 더 어려운 사람이 많다는 인식을 갖고 눈높이를 낮게 하며 살아갈 때 느껴지는 것이다.

사람이 살아가는 사회는 상대적이어서 항상 잘 살고 더 높은 벼슬을 한 사람만 바라보게 되면 다른 사람은 행복한데 내 자신은 보잘 것 없는 인생이라는 생각을 떨칠 수 없게 되며 이로 인한 마음의 고통이 따르게 되는 것이다. 그러므로 자기보다 더 가난한 가정, 자기보다 벼슬이 낮은 사람도 있다는 점을 염두에 두고 살면 우리가 현재 처한 상황에 대한 비관적 사고는 사라진다.

행복 그것은 무엇보다 넓은 마음과 양보하는 마음 속에 우러나오는 것이다. 남을 시기하지 않고 현실에 만족하는 것도 행복의 지름길이다. 가능하다면 자기보다 더 가난한 이웃을 위해 살아가는 것이 더 큰 행복을 가져올 수 있을 것이다.

복탕은 알고 먹어야 한다

술을 마시고 속이 아플 때 우리가 즐겨 먹는 복탕은 많은 단백질이 함유되어 있는 저칼로리 식품으로서 술꾼들에게 특히 인기를 끌고 있다. 술 마신 다음날에는 으레 하는 말이 "속 풀러 복탕집에 가자."고 한다. 숙취해소에 좋은 것은 복탕의 영향인지 그 속에 넣은 콩나물의 영향인지는 알 수 없으나 복탕을 먹고 난 뒤에는 확실히 속이 시원해지는 것 같다.

콩나물 속에 다량 함유되어 있는 아스파라긴은 숙취해소에 특효가 있기 때문이다. 또 복어탕에 미나리를 넣어 끓이면 제독 작용이 있다고 한다. 술을 마신 뒤에 복탕을 즐겨 먹는 것은 그만한 이유가 있는 것으로 보인다.

중국의 시인이요 정치가인 소동파(蘇東坡)도 무척 복을 즐겨 먹었던 것으로 보인다. 그는 복을 좋아하여 정사를 게을리했다는 이야기도 있다. 그는 시인들이 모인 자리에서 복어를 찬미하며, '그 맛은 사람이 한 번 죽는 것과 맞먹는 맛'이라고 극찬하였다고 하는데 우리 나라 말 중에 '둘이 먹다 하나 죽어도 모른다.'는 말보다 더 맛이 좋다는 것을 강조한 말인 것처럼 들린다.

일본의 야마구치현에서도 이 복어가 많이 서식하고 있어서 그 현을 대표하는 물고기 즉 현어(縣魚)가 바로 복어이다. 야마구치현 시모노세키항에 최근에 개소된 수족관에는 연일 많은 관광객들이 붐비고 있었다. 그 수족관에는 이 여러 종류의 복어를 기르고 있었다. 복어가 현을 대표하는 물고기이기 때문일 것이다. 또한 흑돔, 적돔 등 수많은 종류의 물고기가 전시된 수족관이다.

상어를 비롯한 매우 다양한 물고기를 전시하고 수족관 밖에는 고래의 뼈를 전시하였다. 수족관은 과학적인 방법으로 물의 속도와 온도 등을 제어하고 있었다. 중간 중간에 돌고래 쇼를 보여줌으로써 관광객들을 즐겁게 해주고 있었다.

복어는 온대에서 열대에 걸쳐 널리 분포하는 연해성 해산어로 주로 꼬리지느러미를 좌우로 흔들면서 헤엄치며 몸이 둥글어서 속도는 느리다. 움직이는 눈까풀이 있다. 육식성으로 단단한 이가 있고 턱의 근육도 발달되어, 새우, 게, 불가사리, 작은 물고기 등을 잡아먹는다.

복어는 낚시 바늘을 끊어버릴 정도로 강한 턱과 이빨을 갖고 있다. 복어가 적으로부터 공격을 당하면 배를 공처럼 둥그렇게 부풀려 마치 죽은 것처럼 물 위에 둥둥 떠 있거나 배쪽의 가시를 세워 적으로부터 방어하며, 더 이상 괴롭히는 기색이 없으면 재빨리 배에 들어 있는 공기를 빼고 도망간다.

복어에는 자주복, 검복, 졸복, 까치복, 황복, 흰점복, 밀복, 꺼끌복, 별복, 흰복, 청복 등이 있다. 복어에는 청산가리의 13배나 되는 테트로톡신이라는 맹독 성분이 있으며 복어 한 마리가 사람을 죽일 수 있는 양은 최고 30여 명에 이른다고 하니 정말 놀라운 일이 아닐 수 없다. 요즘에는 복어 독으로 신경통약 등을 제조하고 있으며, 최근 북한에서도 이에 대한 연구가 활발히 이루어져 약품을 개발했다는 소식도 있다.

나는 이 복어에 대한 특별한 기억을 갖고 있다. 바닷가에 살았으므로 더욱 그렇다. 내 고향은 전라남도 영광군 홍농읍 계마리인데 어렸을 적에 배가 선착장에 들어와 고기를 잡은 어부들은 이 복어를 그물에서 떼내 버린다.

우리는 복어를 주워 그 복어의 입을 손가락으로 눌러 벌린 뒤 입에 바람을 불어넣어 배가 공처럼 부풀어오르면 이걸 가지고 공놀이를 하였다. 복어는 건드리는 동안에는 계속 공처럼 부풀어 있었다. 때로는 이놈을 모래 위에 놓고 발로 힘차게 내려 누르면 배가 터지면서 꽝! 소리가 난다. 아주머니들이 길을 가다가 놀랄 정도로 크다. 이 소리를 듣기 위해 애들이 장난을 하는 것이다. 또 공놀이를 마치고 이놈을 바닷물 속에 슬며시 넣어주면 한동안 물 위에 둥둥 떠 있다가 스스로 바람을 뺀 후 쏜살같이 도망가는 것을 볼 수 있었다. 또 낚시질을 하기 위해 친구들과 함께 바닷가에 나가 낚시질을 할 때 이 복어가 나타나는 날에는 다른 물고기를 잡을 수가 없다. 낚시를 하는데 많은 방해를 받기 때문이다.

복어는 생김새와는 달리 매우 영리하여 미끼를 조금씩 따먹을 뿐만 아니라 이빨의 힘이 어찌나 센지 낚시 바늘을 이빨로 끊어버릴 정도로 강하다. 나는 낚시를 하면서 여러 차례 이 복어가 나타나 낚시 바늘을 끊어버리고 도망가는 것을 경험하였다. 그래서 일단 복어가 나타나면 그 자리에서 일어나 다른 곳으로 옮기든지, 아니면 집에 돌아오곤 했다.

또 하나 복어에 대한 가장 아픈 기억은 시골에서 살 때 복어를 먹고 많은 사고가 발생하였는데 바닷가에 사는 사람들은 복어 알이 많은 독을 품고 있다는 것을 알고 있으면서도 다른 고기 알인 줄 알고 먹었다가 치명적인 사고를 당한다. 그러나 복어 알이 아닌 복어 고기를 먹고 사고가 발생한 경우에는 사람이 죽는 것을 본 적이 없다. 섬 지역이나 바닷가 사람들은 복어를 해먹을 때 비록 자격증이 없지만 특별한 요리 방법과 처방이 있었기 때문이다.

복어탕을 만들 때 반드시 칡덩굴을 넣었다. 아마 제독작용을 하기 위한 방법이었을 것이다. 어렸을 적 고향에서는 이 복어사고가 여러 차례 있었으나 사람이 죽는 사고는 한 번도 없었다. 모두 지혜로운 대처 때문이다. 이 복어는 여름에 잡아 말려서 겨울에 먹어도 사고가 난다. 특히 복어는 보리망종이라고 하는 6월경에 주로 발생하였는데 이때가 복어의 산란기로서 매우 독성이 강할 때이다. 나는 지금도 6월달에는 복어를 먹지 않는다.

복어를 먹고 쓰러졌다는 말이 전해지면 누구랄 것도 없이 모든 동네 사람들이 다 모인다. 심지어 어린이들까지도 모였다. 그 당시는 복어에 대한 전문치료사가 없었기 때문에 상당히 위험했다. 물론 지금도 시골벽지에는 의사가 없는 곳이 많다.

일단 복어에 중독이 되면 맨 처음 시도하는 것이 녹두를 갈아 환자의 입에 넣어 먹인 뒤 토하게 하는데 입이 벌어지지 않으면 숟가락에 천을 감아서 강제로 입을 벌린 뒤 녹두를 먹여 토하게 했다. 잘 되지 않으면 어린이 요람처럼 만들어 몸을 흔든 다음 위가 출렁거리게 하여 자연 반사적으로 토하게 하는 것이다.

그후 동네의 건장한 청년들이 환자의 어깨를 메고 마당 주위를 수없이 돌게 하는데 환자는 이미 마비가 되어 발을 제대로 움직일 수 있는 여건이 되지 않는다. 발이 땅에 이끌려 피가 나도 소용이 없다. 팔과 다리는 축 늘어져 있고 환자는 전혀 의식이 없어도 이에 개의치 않고 두 시간 이상 계속 마당 주위를 돌아다닌다.

이렇게 여러 바퀴를 돈 뒤 환자의 몸에서 땀이 나고 어느 정도 정신이 드는 것으로 판단하면 동네 어른 중 경험이 많은 분이 판단하여 환자를 따뜻한 이불 속에 들어가 쉬도록 하는데 방에 불을 넣어 따뜻하게 해 준다. 복어를 먹고 여러 번 중독환자가 발생하였으나 우리 동네에서는 사망자가 한 사람도 없었다.

현재 우리 나라에서 한 해 동안 복어를 먹고 사망하는 사람의 수가 100여 명에 이른다는 보고가 있는 것을 보았을 때 그 당시에는 훨씬 더 많은 사람이 복어로 인하여 사망했을 것으로 추정된다.

40여 년의 세월이 흐른 후 나는 세삼스럽게 백과사전을 통하여 과연 복어가 어떤 독이 있으며 복어에 중독되었을 경우 어떤 증상이 있는지를 살펴보았더니 옛날 어르신들의 복어에 대한 대처 능력이 현대과학으로 보아도 가장 적절한 조치를 취했다고 생각이 되어 놀라울 뿐이다. 우선 과거에 우리 동네 어른들이 취했던 조치를 현대과학과 대비시켜 보기 위해 백과사전에 소개된 내용을 살펴보기로 하자.

"복어의 독은 테트로도톡신으로서 신경독(神經毒)이며 운동신경과 지각신경의 말초를 마비시킴과 동시에 연수(延髓)의 중추신경에도 작용한다고 한다. 중독시의 증세로는 입술과 혀, 손발의 지각마비, 그리고 심해지면 전신의 근육이 마비되어 언어도 불분명하게 되며 호흡도 약해져서 청색증에 의하여 손발의 말단이나 안면 등에 자반병이 나타나서 의식은 명료하지만 드디어 호흡마비에 의하여 사망하게 된다. 중독시의 대책으로서는 즉시 토제(吐劑)·하제를 투여하고 혈압상승제를 써서 혈압을 유지하고 인공호흡을 실시한다. 테트로도톡신은 의약으로 쓰이는데, 신경통, 위경련, 피부의 가려움증, 야뇨증 등에 사용된다" 고 설명하고 있다.

요즈음 대도시에서 복어탕이나 복어찜 등을 조리하여 팔고 있는데 복어 전문점에서는 사고가 발생할 확률이 거의 없다. 제일 먼저 꼽을 수 있는 것은 복어 취급 자격증 소지자를 고용하기 때문이다. 두 번째는 상당수의 복어 전문점에서 이러한 사고를 미연에 방지하기 위해 복어의 알은 물론 피까지 완전 제거한 후 물 속에 24시간 이상 담가둔다. 이렇게 하면 고기의 맛은 떨어질지 모르겠으나 사고가 날 일은 전혀 없는 것이다. 간혹 가다가 이러한 전문 식당에서 사고가 나는 것은 식당의 과실보다는 환자 본인에 책임이 더 크다고 생각한다.

선배 한 분이 계시는데 그 분은 술을 즐겨하셔서 신장이 극도로 악화되어 서울대학교 병원에 가서 2주일에 한 번 신장 투석을 하시는 분이다. 옆구리에 주머니를 차고 계셨는데 신장에서 걸러진 노폐물을 스스로 걸러낼 자정작용이 없었으므로 서울대학교 병원에서 인위적으로 걸러주어야 했다.

나는 동료 직원들과 함께 그 선배님을 모시고 복어집에 갔다. 그 선배님은 복어를 참 맛있게 드셨다. 오히려 나보다 더 많이 드셨다. 그런데 그 다음날 출근을 하시지 않았는데 꼭 3일간 사무실에 나오시지 않았다.

4일째 되는 날 출근하셨는데 그 이유를 물었더니 복어를 먹은 날부터 손발이 마비되고 나중에는 입까지 마비되었으며 도무지 어떻게 해볼 도리가 없더라고 했다. 말은 하고 싶었으나 도무지 말이 나오질 않았다는 것이다. 가족들도 죽는 줄로만 알고 있었다고 한다. 물론 함께 복어를 먹은 동료 직원들은 전혀 이상 증세를 느끼지 못했다. 그러므로 개인의 건강상태에 따라 달라지는 것 같았다. 얼마 후 그 선배님은 신장병이 악화되어 돌아가셨다.

또 한 분은 복어를 먹은 후 3일간 깨어나지 못했다. 하는 수 없이 가족들은 장례식을 치르기 위해 관을 짜고 환자를 관 속에 넣으려고 준비하고 있었다. 그 분도 말을 하고 싶었으나 도무지 말은 할 수도 없고 밖에서는 우는 소리가 들리기는 하는데 무슨 영문인지 알 수 없었다. 그래서 있는 힘을 다해 소리쳤다. 거기에 모여 있는 가족들은 모두 놀랐다. 이렇게 하여 3일만에 깨어났다. 장례식을 준비하고 있던 가족과 친척들은 모두 놀랐으며 기뻐하였다. 그 뒤로는 복어를 일체 드시지 않으며, 깨어난 날을 생일처럼 생각하고 있다고 한다.

얼마 전 서울대학교병원 교수가 나와 복어에 대해 이야기하면서 동일한 이야기를 하셨다. 이와 같이 복어로 인하여 사고가 발생하면 죽었다고 곧바로 냉동실에 넣으면 정말 사람이 죽는다.

환자를 발견하면 즉시 병원으로 응급조치를 취해야 하지만 병원에서 조치를 취해도 한동안 마비 증세가 계속된다는 점을 감안하여 사망한 것으로 속단해서는 안 된다는 것이 의사들의 주장이다. 하나 재미있는 것은 아마존 유역의 원주민들이 복어의 독과 같은 테트로도톡신을 화살촉에 묻혀 사냥을 한다는 보고도 있으며, 마술사 중에는 이러한 복어의 독을 이용하여 사람을 마취시킨 뒤 3일만에 깨어나게 하는 마술을 펼치기도 한다는 이야기도 있다.

복어로 인한 마비 때문에 죽은 것처럼 보이지만 죽은 것이 아니라 가사 상태이므로 깨어날 때까지 기다려야 한다. 의사들의 말에 따르면 복어에 중독되어 8시간이 경과하면 일단 죽음은 면한 것으로 보아도 좋다고 한다. 그러나 그 마비가 정상적으로 돌아올 때까지는 3일 정도의 시일이 소요된다고 하니 복어의 맹독성은 가히 짐작할 만하다. 복어를 먹으면 가능하면 잠을 자지 말고 활동을 하되, 낮 시간에는 먹어도 저녁에는 먹지 않는 것이 좋을 것으로 판단된다.

봄볕은 며느리에게 쬐게 한다

우리 속담에 "봄볕은 며느리에게 쪼이고 가을 햇볕은 딸에게 쪼인다."는 말이 있다. 이 말의 뜻을 음미해 보면 딸은 가깝고 며느리는 멀다는 느낌을 지울 수가 없다.

우리 나라 전통사회에서 며느리를 얼마나 차별하였는지를 극명하게 대변하고 있는 것이다. 봄과 가을의 햇볕에 대해 과학적으로 설명하면 두 계절의 일조량은 비슷하다고 한다. 그러나 봄볕은 대기 환경과 계절적 요인 때문에 가을보다 훨씬 더 잘 그을린다. 봄볕이 더 강하게 느껴지고 얼굴이 쉽게 타는 것은 계절과 밀접한 관련이 있지 않을까 생각한다.

겨울엔 다른 계절과 비교하여 햇볕이 적은 환경에서 지내다가 봄이 되어 저항력이 없는 피부가 햇볕에 노출되면 자외선의 영향으로 검게 타는 것 같다. 피부는 처음엔 빨갛게 되었다가 구릿빛으로 변하게 된다. 이렇게 햇볕에 그을려 거칠어진 피부는 화장도 제대로 받지 않고 건강에도 별로 좋지 않기 때문에 봄볕은 며느리가 쬐도록 하고 가을이 되어 건강에 좋은 따뜻한 햇볕은 딸에게 쬐도록 한다는 속담이 생긴 것 같다.

며느리밑씻개라는 식물이 있는데 이름이 특이하다. 시어머니가 며느리를 미워하고 구박하는 모습을 보는 것 같으며 두 사람간의 갈등을 단적으로 표현하고 있다.

며느리밑씻개는 잎과 줄기에 모두 가시가 달려 있다. 만일 대변을 본 후 이 풀로 밑을 닦았다가는 피가 나고 상처를 입는 것은 자명하다. 오죽했으면 며느리밑씻개라는 이름이 생겼을까를 생각하면 끔찍하다. 이와 같이 우리 나라 전통사회에서는 시집살이가 대단하였으며, 며느리를 대하는 태도가 대단히 엄하였다는 것을 알 수 있다.

영어로는 딸을 daughter라고 한다. 며느리는 '법으로 정해진 딸'이라고 하여 'daughter-in- Law'라고 한다. 사실 며느리도 딸의 반열로 본 것이다. 그러나 며느리가 딸과 다른 것은 딸은 혈연관계이며, 며느리는 법으로 정해진 딸이기 때문에 "결국 법을 떠나게 되면 남이 된다."는 점이 다르다. 딸과 며느리를 차별한다는 것은 며느리의 시집살이를 의미한다.

옛날 우리네 어머니들은 왜 그렇게 며느리에 대한 구박이 심했는지 알 수 없다. 며느리가 하는 일마다 마음에 들지 않아 고부간의 갈등이 이만저만이 아니었다. 요즈음 사람들이 상상하는 그 이상이었다.

"고초 당초 맵다지만 시집살이 보다 더 매울까?"라는 말에서 보는 바와 같이 옛날의 시집살이는 이만저만이 아니었다. 더구나 시집에서 시누이가 있는 집에서는 올케와 시누이간에 서로 싸우게 되고 사소한 일까지 시어머니한테 일러바침으로써 며느리의 시집살이의 원인이 되기도 하였다.

시집온 며느리의 친정이 가난하여 시집올 때 인사치레 옷이나 이불, 장롱 등을 해 오지 않을 경우 두고 두고 시집살이를 했다. 대가족이 살고 있는 집안에 어린 나이에 시집 온 며느리는 아침 저녁으로 밥을 지어 어른들의 진지상을 올리기란 행사를 치르는 것과 같았다.

친정에서 살 때는 어머니가 해주는 밥만 먹다가 시집에 와서 밥을 지으며 이제나 밥이 될까, 저제나 밥이 될까 조마조마하며 솥뚜껑을 열고 밥이 잘 되었는지 확인하기 위해 솥뚜껑을 열고 주걱으로 밥알을 조금 떠서 맛을 보는 순간 언제 솥뚜껑 여는 소리를 들었는지 갑자기 부엌문을 열리며 "어른들한테 드릴 밥을 버릇없이 먼저 먹는 법이 어디 있느냐?"며 인정사정없이 면박을 주기 일쑤였다.

시골에서는 온 가족의 빨래를 손수 해야 하였으며 농사철에는 논에 나가 벼를 심었고 여름 뙤약볕에 들에 나가 김을 메기도 하였다. 그 뿐이 아니었다. 여자는 모름지기 길쌈을 잘해야 한다면서 목화를 따서 이것으로 실을 만들어 베를 짜곤 하였으며, 겨울철에는 가마니 짜는 것도 일과 중의 하나였다. 그러나 며느리가 하는 일마다 시어머니의 성에 차지 않았다.

더욱이 시집살이를 많이 한 시어머니일수록 며느리 구박하는데는 더욱 이골이 났다. 결국 자기의 딸도 시집가면 남의 집 며느리가 될 것을 왜 그렇게 며느리에게 심하게 시집살이를 시켰는지 알 수 없다.

시집온 지 3년 동안은 아침마다 일찍 일어나 깨끗하게 몸단장을 하고 시아버지와 시어머니께 인사를 드렸다. 시집에서는 그 집안의 법도를 따라야 한다며 아침 문안을 드리도록 주의시켜 시집을 보냈다. 이러한 인사치레를 잘하지 못하면 예절도 모르는 가문에서 자라서 가정교육을 제대로 받지 못했다며 그것 또한 흠이 되었다. 그러나 다소 융통성이 있는 시아버지와 시어머니를 만나면 처음 며칠간 인사를 받되 더 이상 아침 인사를 하지 않도록 중단시키곤 하였다. 아마 요즘 며느리들에게 이런 거추장스러운 일을 시킨다면 시집가서 살 사람이 과연 몇이나 될지 의심스럽다.

따지고 보면 딸은 자기가 낳았기 때문에 사랑스럽고 며느리는 사후에 제삿상을 차려줄 사람이기 때문에 매우 중요한 사람이다. 딸이 시집갈 때 사윗감을 고르는 기준으로 생활능력이 있고 머리가 명석하며, 건강한 사람이어야 할 것이다.

평생 동안 애지중지 키우던 딸을 좋은 배필을 골라 시집 보내는 것은 모든 부모님의 공통적인 심경일 것이다. 결국 자기 딸도 시집가면 남의 집에서 며느리가 된다. 내 딸도 시집가서 남의 집 며느리가 되어 시집살이를 한다는 것을 알고 있음직한데 왜 그렇게도 시집살이를 시켰는지 도무지 이해할 수 없다. 따라서 내 딸이 귀엽고 사랑스럽듯 며느리도 내 딸처럼 아끼고 사랑하는 마음가짐이 필요하다.

옛날에는 시집갈 때 정말 많이 울었다. 우선 적은 나이에 시집가는 것도 하나의 요인일 것이다. 그러나 그 중에 가장 큰 요인 중에는 시집살이에 대한 두려움도 작용했을 것이다. 그래서 시집가는 처녀가 친정집을 떠나기 위해 가마 위에 오를 때 처녀도 울고 친정어머니도 울었다.

요즈음엔 딸아이가 시집갈 때 우는 사람을 거의 본 적이 없다. 우선 철이 들고 고등교육 이상의 학력을 갖고 있을 뿐만 아니라 고된 시집살이도 없기 때문일 것이다. 그러나 애지중지 키우던 딸을 남의 집에 보내는 어머니와 아버지의 마음은 아플 수밖에 없다.

딸아이가 시집에 가서 제대로 적응할 것인지에 대한 깊은 시름에 겨워 괴로워하기도 한다. 시집에 보내는 어머니는 목이 메어 울지만 아버지는 눈물을 참으며 사람이 없는 조용한 곳에 가서 손수건으로 눈물을 훔치기 마련이다.

우리는 항상 역지사지(易地思之)의 심정으로 상대방을 이해하는 넓은 마음을 가져야 한다. 딸은 내 자식이지만 딸도 시집가면 남의 집 며느리가 된다는 점을 명심해야 한다. 그래서 며느리가 다소 마음에 들지 않는다 해도 이해하면서 새로운 가족의 일원으로 가르치면서 적응하도록 해야 한다. 사사건건 며느리의 발목을 잡아서는 안 된다.

이제 세상이 달라졌다. 더구나 이제 외동딸을 둔 가정이 많아졌으며 아들이건 딸이건 귀한 자식이 되었다. 따라서 며느리를 친자식처럼 여기는 마음의 자세가 필요하다. 따뜻한 정이 넘치는 집안은 번창할 것이다.

특히 요즈음에는 시어머니의 시집살이를 받아줄 며느리는 없다. 반대로 고학력의 며느리 등쌀에 시어머니가 구박을 받는 사례도 상정할 수 있다. 시어머니와 며느리가 서로 한발짝씩 양보하고 이해하면서 밝고 건전한 화목한 가정을 만드는데 노력한다면 그 집안은 날로 번영하게 될 것이다.

봄비 내리는 창가에 서서

봄비 내리는 봄이면 알 수 없는 최면에 걸린 듯 여러 가지 상념에 젖는다. 특히 도청 옥상 창가에 서서 금남로를 바라보고 있을 땐 흘러간 날들에 대한 추억 속에 빠져들게 된다. 오늘도 거리에는 자동차가 달리고 있으며, 민주화 운동이 한창일 때에도 버스나 택시들이 달리던 바로 그 거리였다.

오늘도 인도(人道)에는 저마다 바쁜 걸음으로 어딘가 목적지를 향하여 걸어가고 있다. 때로는 우산도 없이 지나가는 행인도 있다. 우산이 없어서일까? 아니면 봄비를 맞고 싶어서일까? 우리는 가끔 한없이 쏟아지는 비를 맞으며 미친 듯이 거리를 걷고 싶을 때가 있다.

금남로는 민주화의 상징적인 거리다. 눈을 감고 있으면 5.18의 드높은 함성이 귓전에 울려 퍼지는 것 같은 느낌을 지울 수 없다. 그 당시 나는 공무원 생활을 하기 전이었기 때문에 한때는 세상 돌아가는 꼴이 싫어서 데모대와 합류해 함성도 질러보던 때가 엊그제 같다.

1980년 금남로에는 유달리 시위가 많았다. 박정희 대통령이 돌아가시고 서울의 봄이라 하여 민주화를 위해 헌신하시던 김대중 선생과 김영삼 선생, 그리고 김종필 선생이 저마다 원대한 꿈을 안고 뛰고 있을 때 느닷없이 군부 세력이 정권을 잡기 위해 새로운 시나리오를 엮어가고 있었다.

이때 제일 먼저 구속된 사람이 김대중 선생이었다. 호남에 정치적 기반을 두고 있는 김대중 선생의 구속은 호남 사람들을 크게 자극하게 되었다. 호남의 심장부라고 하는 광주 시민들을 비롯하여 목포, 여수, 순천, 나주 등으로 급속히 확대되고 있었다. 데모가 점점 격렬하게 진행됨에 따라 경찰의 힘으로서는 이를 막을 수 없다고 판단했음인지 군부대를 투입하게 되었고 나중에는 공수부대까지 투입하여 무자비하게 구타했다.

광주민주화운동을 고정간첩과 손을 잡은 일부 불순세력이 일으킨 폭동으로 규정하여 닥치는 대로 젊은이를 끌어갔다. 금남로에는 곤봉을 차고 총을 든 군인들이 데모대와 대치하기에 이르렀다. 군인은 일반 시민들을 상대하는 것이 아니라 폭도를 진압하는 것이었다.

군인들이 총을 든 채 시위대 앞으로 진격하면 이에 놀란 시위대들은 혼비백산 도망가기에 이르렀다. 시위대가 떠난 금남로 텅 빈 거리에는 주인 없는 신발이 수북하게 쌓이고 가방, 빗 등 각종 소지품들이 즐비하게 떨어져 있었다. 미처 도망가지 못한 시민들은 무차별 가격하는 군인들에 의해 구타당했다.

이마가 찢어져 피가 흐르는 사람을 쉽게 볼 수 있었으며, 무장 군인에 의해 사망자가 발생하였다는 소문이 돌기 시작하였다. 이제 시민들도 무장을 해야 하는 것이 시급하게 되었다. 그래서 시민들은 자위적 차원에서 경찰서 예비군 초소에 보관된 총기를 탈취하기에 이르렀다.

무장한 시민 군중에는 고등학교 학생도 상당수 포함되어 있어서 오발 사고 등이 무척 걱정되었던 게 사실이다. 시위대가 지나가는 골목길에는 아주머니들이 밥을 만들어 주기도 하였다.

치안부재 상태에서도 광주에는 도둑 한 건 발생하지 않았다. 데모가 장기화됨에 따라 위기를 느낀 군부는 25,000여 명의 군 병력을 투입하여, 5.27 새벽을 기하여 도청 등에 집결되어 있던 시민들을 향하여 발포하였으며 정부 공식발표에 의하더라도 사망 191명, 부상 852명의 많은 희생자를 냈다. 광주는 눈물바다요, 피바다가 되었다.

결국 많은 희생자를 낸 뒤 광주 민주화 운동은 진압되었다. 광주는 외부와의 통화를 우려한 군부에 의하여 전화가 단절되었으며, 이에 따라 불안한 나날이 지속되었다. 저녁이면 더욱 불안했다. 군부를 이끌던 전두환씨는 정권을 잡게 되었고 "누구를 위한 폭도인가?"라는 홍보책자를 통하여 광주 진압의 당위성을 홍보하였다. 그러나 광주시민과 민주화운동에 참여했던 많은 사람들은 알고 있었다.

그 후 민주화운동을 하다가 돌아간 전국의 민주열사들은 모두 광주로 오게 되었다. 박종철, 이한열, 이철규, 박관현 열사 등 이제는 기억조차 희미한 많은 분들이 이 아름다운 금남로 거리에서 노제를 치렀다.

수만 명에서 10만 명이 넘는 인파가 금남로 거리를 가득 메웠으며, 군부 독재정권에 대한 규탄은 계속되었다. 민주화투쟁을 위한 고귀한 희생이 없었더라면 과연 한국이 오늘날 이런 정도의 민주화가 이루어질 수 있었을까?

이제 광주 망월동에는 조국의 민주화를 위해 투쟁하다가 산화한 많은 열사들이 아름다운 공원묘지에 안치되었다. 혹은 곤봉으로 맞아 숨지고 혹은 총기에 의하여 사망되었다. 어린이도 있었고 학생도 있었다. 촌에서 농사만 짓던 시골 사람도 있었다. 임신하여 출산을 앞둔 사람도 있었다.

아버지를 여의고 초롱초롱한 눈망울로 아버지의 영정을 손에 잡고 있던 어린이의 얼굴에서 나라를 지키기 위한 군인이 누구를 위하여 총을 겨누었는지 묻고 싶은 심정이었다. 이제 그때 폭도라는 누명 대신에 당당히 국가 유공자로서 명예를 회복하였다.

예나 지금이나 거리는 별로 달라진 게 없다. 다만 자동차가 늘었을 뿐이다. 올해도 5 · 18묘지에서는 추모행사가 열리고 금남로에서는 추모제가 열렸다. 해가 가고 달이 가도 자식을 잃은 어머니는 소복을 입고 통곡하고 눈물이 마를 날이 없다. 어머니는 죽는 그날까지 죽은 자식을 가슴 속에 묻고 살 것이다. 또한 부모 형제를 잃은 분들은 그들을 그리며 살게 될 것이다.

아직도 행방불명된 부모 형제를 찾지 못하고 애타는 분들도 많다. 그 아픈 마음을 어찌 다 글로 표현할 수 있을까마는 다행스러운 것은 폭도라는 누명을 벗고 민주화운동의 희생자로 거듭났다는 점일 것이다. 그들의 고귀한 희생이 있었기에 한국이 이만큼 민주화가 되었다는 점을 되새겨본다. 무심한 5월의 하늘은 푸르기만 하다.

뿌리를 찾아서

우리 나라는 유달리 가문을 중시하였다. 그래서 족보를 만들어 대대손손 기록하고 보관하였다. 그리고 명문세가에서는 종손을 중심으로 매년 제향을 올리고 있는데 아마 이것은 인류 역사상 드문 일이 아닌가 생각된다.

미국에서도 족보를 페밀리트리(Family tree)라고 하여 나무처럼 족보를 만들어 보관하고 있는 가정도 있는 것 같으나 우리 나라와 비교될 수 없다. 그들이 보관하는 것은 직계 몇 대 할아버지가 고작이지만 우리 나라는 방계까지를 총망라하여 수천년 동안 이어온 족보를 만들어 보관하고 같은 씨족끼리는 서로 결혼도 할 수 없도록 하고 있다.

민법 제809조 제1항은 "동성동본인 혈족 사이에는 결혼하지 못한다."고 규정하고 있다. 그러나 이는 헌법 재판소에서 헌법 불합치 결정을 하고 민법이 개정될 때까지 그 효력을 정지하고 있어서 사실상 효력이 정지된 상태이다. 또한 동조 제2항은 "남계 혈족의 배우자, 부의 혈족 및 기타 8촌 이내의 인척이거나 이러한 인척이었던 자 사이에는 결혼하지 못한다."고 규정하여 동족 사이의 혼인요건을 대폭 완화하였다. 다시 말하면 8촌이 넘으면 결혼할 수 있다는 말로 해석할 수 있다.

그러나 이 법의 적용 여부를 떠나서 사실상 동성동본이라는 걸 알고 결혼하는 사람은 거의 없을 것으로 판단된다. 동성동본인 줄 모르고 서로 사랑하다가 아이가 태어나 어쩔 수 없이 결혼하는 사람은 이 법에 따라 구제될 수 있을 것이다.

요즈음에는 옛날처럼 양반과 상놈을 구분하지 않는다. 그러나 현대판 양반제도라고 할 수 있는 것이 재벌들간에 서로 결혼을 시키거나 재벌이 고위층과 사돈 관계를 맺는 경향이 두드러지게 늘어나고 있다. 이들을 지칭하여 소위 로열패밀리(Royal Family)라고 하는데 이들간의 사돈 맺기는 어제 오늘의 일이 아니다.

대표적인 사례는 영남재벌 삼성과 호남재벌 대상그룹이 사돈을 맺은 것을 들 수 있다. 삼성그룹 이건희 회장의 장남 재용씨와 대상그룹 임창욱 명예회장의 장녀 세령씨가 용인 에버랜드내 호암미술관 앞 정원에서 결혼식을 올려서 화제가 된 바 있다. 또 삼성그룹과 대상그룹은 과거 조미료 전쟁이라고 하여 미풍과 미원으로 나뉘어 한판 승부를 낸 적이 있어서 더욱 의미가 깊은 것 같다. 또 정주영 전 현대 명예회장과 구자경 전 LG 명예회장도 사돈지간이다.

정 명예회장의 손자인 일선씨와 구(具) 명예회장의 작은 아버지인 구태회 LG그룹고문의 손녀인 은회씨가 결혼하였다. 또 대우그룹 김우중 회장과 금호그룹은 박정구 전 회장이 사돈관계인데 두 분은 연세대학교 동문이기도 하다. 또 노태우 전대통령과 선경그룹은 사돈관계인 것은 널리 알려진 사실이다. 이렇게 재벌과 재벌간에 재벌과 권력층간에 서로 서로 손을 잡음으로써 상호보완작용도 할 수 있을 것이며 신생 명문가를 탄생시키고 있는 것이다.

미국에도 소위 정치명문가라고 하면 케네디가를 들었다. 존 에프케네디, 로버트 케네디, 에드워드 케네디 등이 그들이었으며, 2세들도 부모님들의 후광을 얻어 승승장구하면서 커나갔으나 불행하게도 암살당하거나 스캔들이 있거나 비행기 사고로 사망하게 되어 케네디가의 명성은 서서히 사라지는 것이 아닌가 생각된다.

그러나 새로이 정치명문가로 등장한 것이 2대에 걸쳐 대통령이 배출된 부시의 가문(家門)이다. 한 집안에서 대통령이 두 사람이나 배출되었을 뿐만 아니라 플로리다 주지사가 부시 미국 대통령의 친동생이라는 점으로 볼 때 세계 역사상 보기 드문 일이며 대단한 가문임을 알 수 있다.

과거에 우리 나라 명문세가라고 하면 뭐니뭐니 해도 신라시대에는 박씨와 김씨였을 것이며, 고려시대에는 왕씨, 조선시대에는 이씨였을 것이다. 유교적 사상의 영향으로 효도를 중요시하던 조선시대에는 더욱 더 가문의 중요성과 부모님에 대한 효성이 대단히 중요하게 생각되었다.

그 때문에 전란이 일어났을 때 공교롭게도 부모상(父母喪)을 당한 장군이 출진(出陣)하였을 경우 그 충성심을 가상히 여길지는 몰라도 불효자로 배척을 받는 경우가 많았다. 뿐만 아니라 늙은 부모를 모셨을 경우 싸움터에 나가기 싫거나 또는 외직(外職)에 나가기 싫을 때에는 부모 핑계를 대고 나라의 요구에 불응하더라도 벌을 받지 않았다.

이와 같은 가문중시 사상이 당파싸움과 밀접하게 연결되어, 자기 가문의 명예를 지키기 위해서는 다른 가문의 파멸을 서슴지 않았으며, 이 때문에 위정 당국자들이 가문싸움으로 국력의 쇠약을 초래하기도 하였다. 유교사상에 입각하여 살아온 우리 나라 선비들은 자식이 출세하는 것을 큰 영광으로 생각하였으며, 아들이 과거에 급제하거나 고시에 합격하면 가문의 영광과 부모의 영예를 빛낸 사람으로서 효자로 생각하였다.

반대로 남과 싸움질이나 하고 돌아다니면 아버지의 명예를 더럽힌 자식으로 낙인찍히게 되는 것이다. 고시에 합격하면 비록 고시합격자의 아버지가 낫 놓고 기역자도 모르는 사람이라 하더라도 '주사' 라는 칭호를 붙여 주었다. 이것은 벼슬 이름이다. 그리고 과거에 함부로 대하던 사람들도 아들이 고시에 합격한 뒤부터는 깍듯하게 예를 갖추게 되는 것이다. 그래서 우리 나라 사람들은 아들을 공부시키고 공무원을 시키기 위해 피나는 노력을 하였던 것이다.

한국 사람들은 자기 자신을 자랑하는 것을 별로 좋지 않게 본다. 그러나 가문을 자랑하는 것은 크게 탓하고 있지 않은 것 같은데 이는 미국 사람들과는 정반대의 견해이다. 한국 사람은 가문을 자랑하면서 우리 할아버지나 아버지는 매우 부유하게 살았는데 가세가 기울어 어렵게 되었다는 이야기를 하는 사람이 많다. 그러나 미국에서는 어려운 역경을 딛고 일어선 것을 스스로 자랑스럽게 생각하며, 이를 좋은 뜻으로 받아들인다고 한다. 모든 사람은 현재의 자기 위치가 중요하다.

과거에 어떤 고난이 있었다해도 그것은 부끄러운 일이 아니다. 그 어려움을 딛고 일어서서 당당하게 살아가는 것이 매우 중요하다. 미국의 월트디즈니도 그랬고 록펠러도 처음에는 부자가 아니었다. 한국의 전 현대 그룹 회장 정주영 선생도 마찬가지다. 그들은 어려운 환경을 딛고 한국의 발전을 위해 기여한 사람들이다.

우리는 때로 남이 성공하였다는 이야기를 들을 때 거부감을 느낄 때가 있다. 그러나 너그러운 마음으로 이를 포용하는 자세도 필요하다. 그래야만 자기의 선조 이야기를 하지 않는다. 이제는 "내가 어떻게 살았다."를 이야기할 줄 알아야 한다. 선조를 파는 사람 치고 잘된 사람이 없다. 가령 어떤 사람이 "우리 몇 대조 할아버지가 이조판서를 지냈다."고 자랑하는 사람이 있다면 그는 그의 할아버지보다 못한 사람일 것이 분명하다. 또 족보를 따져 보면 왕족으로서 살았던 사람도 있으나 대개 높은 벼슬자리에 있었던 분들이 창씨를 했던 것을 알 수 있다.

수천 년을 이어오는 동안 시조 중에 높은 벼슬을 하신 분은 반드시 나오게 되어 있다. 그러므로 "우리 몇 대 선조는 무슨 벼슬을 하였다." 이야기는 별로 중요한 말이 아니다.

미국에서 출판되어 세계인의 가슴을 울렸던 뿌리라는 서적이 마침내 영화로 만들어져 또 한번의 감동을 준 일이 있었다. 이 영화는 1977년 에미상 8개 부문에 노미네이트 되어 최우수 남우조연상과 여우조연상, 감독상, 작곡상, 음향상 5개 부문을 수상한 미국 TV시리즈이다.

이 작품은 동년 퓰리처 특별상을 수상한 미국 흑인작가 알렉스 P. 헤일리의 세미다큐멘터리 소설을 원작으로 한 작품으로서 우리 나라에서도 엄청난 반향을 불러일으키며 방영되었다.

영화 뿌리는 아프리카에서 납치되어 노예로 팔려 미국에 건너온 쿤타킨테가 수없이 탈출을 꾀하지만 결국 모진 고문에 의해 불구가 된 후에야 자유로의 꿈을 접고 하녀 벨과 결혼해 딸 키지를 낳는다. 딸 키지도 노예로 팔려간 뒤 새주인에게 겁탈 당해 임신하게 되는 등 이들의 고난은 대를 이어 계속되는 과정을 그리고 있다.

지금도 미국은 유색인종 백인종으로 구분하여 차별하고 있음은 주지의 사실이다. 노예제도는 미국의 역사에 있어서 매우 불행한 일이었으며, 지금도 흑백갈등이 지속되고 있는 것이다. 백인들의 머릿속에는 과거 자기들의 노예로 팔려 미국에 건너온 흑인을 지금도 노예로 생각하고 있지는 않은지 모를 일이다.

쿤타킨테의 7대손인 헤일리는 자기의 조상을 찾아 끈질긴 노력 끝에 자기의 조상이 아프리카에서 끌려와 노예로 팔린 쿤타킨테라는 사실을 밝히게 된다. 미국이 독립된 것은 1776년 7월 4일이었다. 1800년대의 미국의 노예는 약 90만명이었으며, 1860년도에는 395만명으로 늘어날 만큼 노동에서 흑인이 차지했던 비중은 대단히 큰 것이었다.

흑인은 사람 취급을 받지 못했으며 물건처럼 사고 팔 수 있었다. 노예는 일종의 재산이었으며, 주인의 말에 복종해야 했다. 그들은 담배밭이나 면화밭에서 하루 종일 일해야 했으며 주인의 땅에서 한발짝도 움직일 수 없었다. 도망가게 되면 총으로 무장한 사람들이 추적하게 되어 멀리 가지 못하여 붙잡혀 오게 되었다.

쿤타킨테도 수차례에 걸쳐 도망을 시도했으나 그때마다 붙잡혀 오게 되었고 결국 발이 잘린 후에야 도망가는 것을 멈추었다. 그는 자존심이 매우 강한 사람이었으며, 결국 도망가는 것을 포기하고 하녀와 결혼하게 되었고 조지와 마틸다, 아이린으로 이어지는 자손이 번창하게 되었으며 결국 퓰리처상을 수상한 헤일리에까지 이어진다는 것을 기록한 일종의 가족사인 것이다.

이와 같은 기록은 미국이라는 사회로서는 일종의 큰 센세이션을 일으킨 것이다. 그러나 우리 나라의 족보를 보게 되면 미국인은 얼마나 더 놀랄는지 알 수 없다.

삶은 아름다운 것이다

사무실 책상 앞에 놓여진 난초(蘭草)가 어느새 봄기운을 알아차렸다. 아무것도 모를 것으로 보이는 어린 난(蘭)이 사람보다 더 정확하게 계절을 감지하는 것을 바라보면서 우리는 생명체의 경이로움에 저절로 감탄을 금할 수 없다. 뿌리도 새롭게 돋아나고 연두색의 어린잎 두 개가 인사를 하듯 뾰족하게 얼굴을 내밀고 있다.

우리가 모르는 사이에 저렇게 놀라운 일을 해내고 있는 것이다. 며칠이 지나자 새로 돋아난 새싹은 몰라보게 자랐다. 언제 저렇게 아름답게 자랐는지 알 수 없지만 어린 식물의 생명체는 새로운 삶에 대한 의지를 펼치며 하루가 다르게 변화하는 모습을 보여 주고 있다. 나는 작은 식물이 생의 의지를 갖고 무럭무럭 자라는 것을 바라보면서 많은 것을 깨닫고 있다.

식물은 정기적으로 물을 주면 잘 자란다. 물을 부정기적으로 주거나 물 주는 시기를 놓치게 되면 말라죽는다. 손으로 식물의 잎을 만져보면 물을 줄 시기를 짐작할 수 있다. 오랫동안 물을 주지 않은 식물과 최근에 물을 준 식물은 감촉이 다르다. 제때에 물을 준 식물은 싱싱한 느낌을 준다.

세상의 모든 생명체들은 자기가 살고 있는 환경에 따라 각기 다르게 성장하며 기후, 풍토 등 자연 조건에 적절하게 순응하며 살아간다. 사막에 사는 식물은 아주 적은 수분에도 견디며 살아갈 수 있도록 땅 속 깊이 뿌리를 내리거나 잎이 수분을 많이 함유할 수 있도록 진화하였다.

난(蘭)도 집에서 기르는 난과 야생에서 자라는 난(蘭)은 사뭇 다르다. 집에서 기르는 난은 정기적, 지속적으로 물을 주기 때문에 잔뿌리가 있을 필요가 없다. 그러나 야생에서 자라는 난은 오랫동안 수분을 함유하고 있어야 하고 스스로 자생하여야 하므로 잔뿌리가 많다. 그래야만 오랫동안 버틸 수 있고 척박한 토양에서도 강한 생명력을 유지할 수 있다. 그러나 집에서 기르는 난은 사람이 잘 돌봐주어야만 정상적으로 자랄 수 있다.

살고자 하는 의지는 식물과 동물이 다르지 않다. 그러나 어린 생명들은 돌보는 사람에 따라 잘 자랄 수도 있고 그렇지 않을 수도 있다. 물을 주어야함에도 오랫동안 물을 주지 않으면 수분이 부족하여 식물은 최후의 수단으로 꽃을 피운다. 꽃이 핀다는 것은 씨를 남기겠다는 뜻이다. 스스로 가야 할 때를 아는 것이다. 결국 그 식물은 꽃을 피우고 열매를 남긴 채 죽게 되며 자손이라는 새로운 생명체를 탄생시키는 것이다.

이에 반하여 정상적으로 물을 주고 영양상태가 양호한 식물은 여간해서는 꽃을 피우지 않는다. 꽃이 피더라도 잎사귀에 가려서 꽃의 아름다움이 덜하다. 그러나 수분이 부족하고 영양상태가 좋지 않은 토양에서 자라는 식물은 후손을 남기겠다는 본능에 의해서 꽃이 피고 열매를 맺는다.

우리는 이러한 식물이나 동물의 삶에 대한 의지(意志)와 자연생태를 보면서 많은 것을 깨닫고 느낀다. 생명은 고귀하며 신의 뜻을 거역하면서 함부로 처분할 수 없다. 자기의 목숨을 스스로 끊는 행위도 생명경시(生命輕視)의 풍조에서 비롯된 그릇된 사고이다.

IMF 이후 계속되어온 구조조정 등으로 인해 스트레스가 가중되었고 공직사회도 많이 흔들렸다. 직원의 감소로 토요일과 일요일도 없이 야근을 하거나 격무에 시달리다 보니 정작 가족들과는 오붓한 시간을 가질 여유조차 없었다.

과거와 달리 다른 과(課)에 가서 차 한 잔 나누는 것도 거의 없어졌으며 인정마저 메말라갔다. 구조조정으로 많은 동료들이 우리 곁을 떠나는 것을 바라보면서 남아 있는 자들은 죄인의 심경이었으며 떠나는 동료 못지 않게 괴로웠다. 남아 있는 동료들 중에는 과도한 업무와 스트레스를 이기지 못하고 스스로의 목숨을 끊어버리는 현상이 종종 목격되었다.

직업 선호도가 가장 높고 선망의 대상인 공무원이 삶의 무게를 감당하지 못하고 저 세상으로 갔다는 것은 외부인들로서는 도저히 이해할 수 없는 모습이었을 것이다. 우리는 동료의 죽음 앞에서 할 말을 잊었으며 멍하게 하늘을 바라볼 수밖에 없었다.

생을 마감하겠다는 결심을 앞두고 많은 정신적 고통이 뒤따랐을 것이며 남다른 굳은 결심과 의지가 있었을 것이다. 사느냐 죽느냐의 기로에 서서 우리가 미처 생각하지 못했던 번민이 있었을 것이다. 그러나 그만한 용기가 있었다면 다시 한번 자기 자신을 되돌아보고 새롭게 살아보려는 굳은 각오와 신념으로 당당히 일어설 수는 없었는지 묻고 싶었다. 삶이 얼마나 버겁고 잔인했는지 우리는 알 수 없다.

사랑하는 자녀와 사랑하는 아내, 그리고 부모형제가 그의 눈앞에 어른거렸을 것이다. 수없이 교차되는 삶과 죽음이라는 갈등을 안고 고민하였을 것이다. 그러나 가신 분의 고민은 일순간에 씻어질지 모르겠으나 남아 있는 어린 자녀들과 가족들의 고통은 더 큰 아픔으로 다가왔다.

우리들은 가버린 님 앞에서 소리 없이 통곡하면서 고통을 가슴 속에 새겨야 했다. 가신 님을 원망하면서도 한편으로는 생명의 고귀함을 깨닫는 계기가 되었다. 죽음의 신이 왜 그들을 불러 세워 독촉하고 유혹하였는지 알 수 없었다. 가신 님들에게 우리가 해줄 수 있는 일은 고통 없는 나라에서 편히 잠들 수 있기를 기원하는 것뿐이었다.

우리는 삶에 대한 의욕을 상실한 채 살아가기도 하고 버거운 삶에 대하여 비관하면서 술로 세월을 보내기도 한다. 때로는 아무도 없는 절해고도에서 로빈슨크로소처럼 살아보고 싶은 충동도 있다. 우산도 없이 비를 흠뻑 맞으며 거리를 거닐고 싶을 때도 있다. 많은 사람가운데 있으면서 스산한 바람이 부는 공원의 벤치 위에 홀로 앉아 있는 듯한 자신을 상상하기도 한다.

사람은 저마다의 인생이라는 바다에서 자기만이 갖고 있는 설움을 안고 살아간다. 자기가 살아가는 것은 고달프지만 나 이외의 다른 사람은 모두 행복할 것 같은 느낌이 들 때도 있다. 그러나 크건 작건 누구나 한두 가지 고민을 안고 살아가는 것이 우리들 인생이다.

삶에 대한 의욕이 없을 때에는 괜히 짜증이 나고 이유 없이 피곤하기만 하다. 일을 해도 능률도 오르지 않는다. 걱정되는 게 한두 가지가 아니다. 나이든 사람들은 자식들의 취직도 걱정해야 하고 나이가 들면 결혼도 시켜야 한다. 건강하지 않은 사람은 만사가 다 귀찮으며 어떻게 하면 건강을 회복할 것인가에 대하여 매달린다.

세상을 살아가면서 때로는 즐거운 일도 있고 때로는 자신도 모르게 피곤하고 고달플 때도 있다. 사람은 바이오 리듬을 적절하게 활용하면서 생활하는 것이 중요하다. 호사스러운 사고방식일지 모르겠으나 정 일하기가 버거울 때는 훌훌 털어 버리고 연가를 내고 먼 섬 지역이라도 가서 며칠 동안 푹 쉬는 것도 좋은 방법이 아닐까?

세상의 모든 생명체는 어디서 태어나서 어떻게 살다가 어떻게 죽을 것인가를 스스로 결정하고 이 세상에 오는 것은 아니다. 우리 인간도 마찬가지다. 그렇게 태어나 살아가다가 어느 땐가 어려운 역경에 부딪치거나 삶이 고달프다고 생각될 때 인생에 대해 다시 한번 생각하게 되는 것이다.

우리가 어디서 왔으며, 어떻게 살다가 저 세상으로 다시 돌아갈 것인가를 심각하게 고민하게 된다. 우리 인간은 이러한 생의 문제를 끊임없이 사색하면서 살아왔다. 먼 옛날부터 지금까지 우리는 인생이란 무엇인가에 대해 끊임없이 연구하고 살아왔다. 그 많은 철학자와 석학들이 이 문제를 두고 많은 고민을 해오고 있지만 이에 대한 정확한 정의를 내리지 못하고 있다.

앞으로도 계속하여 인생이란 무엇인가에 대한 철학적 명제를 두고 고민하게 될 것이다. 종교적 관점에서 인생을 바라보고 있는 종교가들은 한결같이 절대자이신 신에게 자신을 의지하는 것이 바람직하다고 생각하고 있다.

다가올 미래에 대한 꿈을 제시하고 선악을 구분하여 인생을 올바르게 살아가는 것이 바람직한 삶이라는 걸 제시하고 있기도 하고 언젠가 이 세상의 종말이 올 때를 대비하여야 한다는 점도 역설하고 있다. 한편에서는 이러한 논리가 옳다고 하여 이를 따르는 사람도 있고 다른 한편으로는 사람도 다른 동물과 마찬가지로 죽으면 그만이라는 자연현상으로 바라보기도 한다.

　나는 내 자신이 어느 편에 설 것인지를 아직도 결정하지 못한 채 허송 세월을 보내고 있다. 그러나 머지않아 내가 서야 할 곳을 찾을 날이 올 것임을 믿는다. "사람은 삶이 무서워서 사회를 만들고 죽음이 무서워서 종교를 만들었다."는 스펜서의 말처럼 우리는 삶과 죽음이라는 두 갈래 길목에서 서성이고 있는지도 모른다.

　어떤 사람은 보람있게 살기 위해 노력하였지만 하늘의 뜻에 따라 채 피지도 못하고 저 세상으로 가버린다. 또 어떤 사람은 세상과 적당히 타협하면서 돌아가는 대로 적당히 살아가지만 오랫동안 수(壽)를 누리는 경우도 있다. 인생에 대하여 지나치게 고민하거나 골똘히 생각함으로써 자신을 망치는 사람도 있다.

　자식이건 부인이건 어머니이건 오직 이 세상에 존재하는 것은 자기 자신 뿐이라고 생각하며 홀로 고독에 젖어 살아가는 사람도 있다. 죽음 을 초월할 수 있다는 것은 대단한 용기이며 진정한 삶을 살아가는 신념 의 소유자일 수도 있다. 그러나 인간의 생사화복은 결국 신의 의지에 따 라 결정되어져야 한다.

　운명은 자기 스스로 만들어 내는 일면도 없지 않다. 어려운 역경을 헤 치고 운명을 개척하는 것은 매우 바람직한 일이다. 올바른 목표를 세우 고 그 목표를 향하여 매진하는 것은 매우 중요하다. 그러나 실패했다고 좌절해서는 안 된다. 어떤 어려운 일이 있더라도 이를 극복하겠다는 의 지가 있어야 한다.

　사람이 살아가는 데 있어서 꼭 자기가 바라는 대로 모든 것이 이루어 지는 것은 아니다. 또한 자기가 목표한 그 길만이 인생의 전부가 아니다. 정 안되면 방향을 수정할 줄도 알아야 한다.

　하늘이 내려주신 목숨은 자기 스스로 거둘 수 있는 것이 아니라 이 세 상에 보내주신 신의 의지에 따라 결정되어야 하며 거둘 때도 신의 뜻에 맡겨야 한다. 신의 뜻을 어기는 것은 신에 대한 모독이다. 특히, 사회지도층 인사(人士)일수록 올바른 목표와 올바른 인생관을 설정하고 살아가야 하며 자라나는 청소년들에게 올바른 생사관(生死觀)을 심어줄 수 있도록 끊임없이 지도해 나아가야 할 것이다.

생명에 대한 외경

6개월 전쯤 아이가 자라 새끼 암수 한 쌍을 사왔다. 한 마리는 꼬리가 짧고 다른 한 마리는 꼬리가 길다. 아마 꼬리가 긴 것이 생태학상 수컷일 것이다. 키운 보람이 있어 이제 제법 많이 컸다. 요즈음에는 내가 매일 물갈이를 하고 있다.

처음에는 별로 관심을 갖지 않았으나 아이가 수험생활로 바빠 내가 대신 물고기 먹이를 사다 주고 있다. 약 2주 전쯤 어항을 청소해 주고 먹이를 주었지만 먹이를 먹는 것을 한 번도 보지 못했다.

청소하기 위해 자라를 다른 용기에 담아 놓으면 이리저리 움직이면서 몹시 당황하는 모습이다. 그렇게 2주일 이상 매일 같은 시간대에 청소도 해주고 먹이를 주었더니 이제는 내가 낯설지 않은지 경계하는 빛을 보이지 않고 먹이를 주면 혀를 내밀고 먹이를 먹는다.

자라는 먹이 습성도 각기 달라서 한 마리는 붉은색 새우를 좋아하고, 다른 한 마리는 수초 등이 섞여 있는 먹이를 즐겨 먹기 때문에 먹이를 주는 데도 세심한 배려를 해야 한다.

먹이를 주고 난 후 조용히 해야 먹이를 잘 먹으며 조그만 인기척에도 민감하게 반응한다. 이렇듯 처음에는 경계를 하면서 먹이를 먹지 않았으나 상대와 친숙해지고 난 뒤 먹이를 잘 받아먹는다는 것을 알 수 있었다. 비록 미물이지만 자기를 아끼고 사랑하는 것을 안다는 것이다. 얼굴을 익혔는지 아니면 목소리를 기억하는지에 대해서는 분명하지 않다.

먹이를 줄 때마다 "밥 먹어라." "밥 먹어라."라고 반복하면서 먹이를 주기 때문에 목소리를 기억하고 있을지도 모른다. "밥 먹어라."라고 말을 하면 자라가 머리를 쑥 내민다. 퇴근 후 자라에게 먹이를 주는 것이 요즈음 나의 기쁨이 되었다.

옛날과는 사뭇 다르게 활발하게 먹이를 받아먹는 것을 보면서 매우 만족스럽게 생각한다. 아무것도 모를 것 같은 작은 생명체도 자기에게 관심을 갖게 되면 이에 대해 반응한다는 사실에 대하여 새삼스럽게 놀라지 않을 수 없다.

우리는 하찮은 미물에 대해서 대수롭지 않게 생각하는 경향이 있다. 이렇듯 자라의 생태를 보면서 생명의 외경심과 더불어 생명을 가진 다른 것들에게도 관심을 가져야겠다는 생각이 들었다. 일찍이 슈바이처 박사는 '생명에의 외경(畏敬) 사상'에 대해 이야기하였다.

외경이란 '공경하고 어려워한다'는 뜻이다. 너무나 공경스러워 감히 손을 댈 수 없을 만큼 고귀하다는 뜻일 게다. 슈바이처 박사는 일찍이 불우한 사람을 위한 인술을 펼쳤고 사람은 물론 나무 한 그루 풀 한 포기까지도 고귀한 생명을 갖고 있는 것이기 때문에 이를 아끼고 사랑하여야 한다는 것을 가르쳤다.

그는 본래 의사가 아니었다. 사상가요, 신학자인 슈바이처는 아프리카의 흑인들이 의사가 없어 고통 당하는 현실을 직시하고 의학공부를 한 후 의사가 되었다.

그는 어려운 여건에도 불구하고 아프리카로 건너가 가봉의 오고웨이강변 랑바레네에 병원을 개설하여 수많은 흑인을 치료해 주었으며 그러한 업적을 인정받아 1952년 노벨평화상을 수상하였다. 그는 상금으로 받은 돈으로 나환자촌을 세우는 등 생명사랑을 실천하였다.

생명외경과 관련하여 요즈음 자행되고 있는 인류의 범죄를 일별하면 첫째, 전쟁으로 인한 무고한 생명의 살상, 둘째, 낙태를 통한 살인, 셋째, 자연 생태계의 인위적 파괴, 그리고 불평등한 빈곤으로 인한 기아 등을 들 수 있다. 이러한 대부분의 행위는 사람의 손에 의하여 희생되고 있는 것이다. 이는 생명에 대한 존엄성을 깨닫지 못하고 있는데서 비롯된 것이다. 생명외경사상은 그것이 사람이건 짐승이건 이 세상에 존재하는 모든 생명체에 대한 관심과 사랑에서 비롯된 것이라 할 수 있다.

최근 이라크 전쟁에서 어린아이들이 팔다리가 잘리고 신음하는 모습을 볼 수 있는데 무척이나 가슴 아픈 일이 아닐 수 없다. 이는 체재와 이념을 떠나서 정당화될 수 없는 행위라고밖에 볼 수 없다. 무고한 시민이 총칼 앞에 희생되고 미사일 폭격에 의하여 무너진 건물에 깔려 죽는 사태가 발생하였다.

병원에는 전쟁으로 피해를 입은 사람들로 초만원이 되었다. 차라리 죽는 것만 같지 못한 현상 속에서 전쟁에 희생된 가족의 시신이나 부상당한 자녀를 붙들고 통곡하는 뉴스가 화면에 비칠 때는 이념과 종교와 이해관계를 떠나 가슴이 저려왔다.

우리 민족도 6.25 동족상잔의 비극으로 50여 년이 지난 지금도 많은 사람들이 끔찍한 기억과 상처를 가슴에 안으며 살아가고 있다. 저들도 평생 동안 전쟁의 기억 속에서 자유롭지 못할 것이다. 병원에서도 마찬가지다. 특히 산부인과에 더욱 큰 문제가 있다.

우리 나라는 가족계획이라는 미명하에 수많은 태아가 태어나기도 전에 희생되었다. 천주교 등을 비롯한 종교단체에서는 이에 대한 문제점을 끊임없이 지적하였지만 여전히 우리의 현실은 생명경시의 풍조가 만연된 상태이다. 이러한 문제점을 해결할 수 있는 길은 사람들의 마음 속에 생명외경에 대한 도덕심이 충만되어야만 소기의 목적을 달성할 수 있을 것이다.

일본의 야마구치현의 한 사찰(寺刹)에서 태아로 죽은 영혼을 위한 조그마한 부도가 설치된 것을 보았다. 이는 태아를 인간으로 보는 증거이다. 부모나 의사로부터 버림받아 이 세상에 태어나지 못한 채 사망한 태아의 혼백을 기리자는 뜻일 게다.

현대 과학은 태아에게서 놀라운 인지능력을 발견하였다. 낙태를 하기 위해 의사가 산모의 자궁 속에 기구를 집어넣자 '2개월 정도 된 태아가 도망가려고 몸을 움츠리는 장면' 을 시청하였는데 이는 매우 충격적이며 낙태에 대한 우리의 인식을 새롭게 재고해야 함을 의미하는 것이다.

다음으로 생각해 볼 일은 자연 생태계의 파괴이다. 인간의 끊임 없는 욕망에 의해 많은 동물이 무분별하게 희생되고 있다. 상아를 얻기 위해 코끼리를 사냥하는 사람이 있고 가죽을 팔기 위해 호랑이 등을 남획함으로써 많은 동물들이 멸종 위기에 있다. 공장에서는 독극물이 걸러지지 않은 채 하천으로 흘러들어 수많은 생명이 희생되고 있다.

이 모든 것은 생명에 대한 외경심의 부재에서 기인한 것이라고 볼 수 있다. 자연과 인간에 대한 사랑의식이 조금이라도 남아 있다면 이러한 불행한 사태가 초래되지는 않았을 것이다.

우리는 이디오피아의 어린이들이 피골이 상접하여 배곯아 죽어가는 모습을 자주 보아왔다. 북한 어린이들이 영양실조에 걸려 사경을 헤매는 것도 익히 알고 있다. 또한 우리 주위에는 아직도 도시락을 싸지 못하고 학교에 등교하고 있는 어린이들이 있다. 이 사실은 우리들에게 큰 충격으로 받아들여지고 있다.

과거 우리가 어렸을 적에는 대부분이 절대 빈곤층이었기 때문에 누가 잘 살고 못 사는 것에 대하여 크게 신경 쓰지 않았다. 그러나 요즈음에는 상대적 빈곤층이 많아 잘 사는 사람과 못 사는 사람간에 차가 커서 사회 문제로 대두되고 있는 것 같다.

이에 정부에서는 사회복지혜택을 확대하고 이들을 위한 각종 시책을 제시하면서 이를 보완하려고 노력하고 있으나 아직도 사회복지시설에서 수용하고 있는 일부 계층을 제외하고는 충분한 복지혜택을 주지 못하고 있는 실정이며 점차 좋아지고 있는 추세이다.

과거와 달리 우리 사회도 많은 인식의 변화가 일어나고 있다. 특히 사회복지시설에 수용되어 있는 어린 아이들의 국내 입양실적이 높아지고 있는 것 같다. 한 예로 연극인 윤석화씨가 어린이를 입양하였는데 앞으로 2명 정도를 더 입양하겠다는 의사를 표명하였다. 이는 매우 바람직한 현상으로 받아들여진다. 그동안 입양을 기피하는 사회 분위기 속에서 이는 전진적인 사고방식이라고 할 수 있다.

그러나 입양에 대한 사회인식은 핏줄을 중시하는 혈연중심의 우리 나라에서는 외국의 사례처럼 "낳은 정보다는 기른 정이 더 크다."는 입양에 대한 새로운 사회통념이 정립되고 의식이 변해야 할 줄로 안다. 또한 설사 국내 입양을 한다 해도 건강한 아이를 중심으로 이루어지고 있다는 것이다.

외국과 같이 장애인을 입양하는 가정은 찾아보기 힘들다. 앞으로 장애인을 입양하는 가정에 대해서는 이에 상응하는 보전이 이루어지는 국가정책 변화가 있어야 하고 장애인에 대한 편견이 시정되어야 할 것이다.

어린 아이의 천진난만한 모습에서 우리는 어린이의 아름답고 진실됨을 배워야 한다는 점을 강조하고 있다. 그래서 '어린이는 어른의 스승'이라고 한다. 세상이 아무리 시끄럽게 돌아가고 세상 사람 모두가 다른 사람을 속인다 해도 어린이만은 사람을 속일 줄을 모른다.

우리는 이러한 어린이의 선한 모습에서 어떤 범죄의 씨앗을 찾아볼 수 없다. 따지고 보면 이 세상에서 가장 잔인한 것은 인간이다. 야생동물뿐만 아니라 집에서 기르고 있는 가축까지도 잡아먹는다. 심지어 전쟁이라는 합법적 수단을 통하여 많은 사람을 살인하고 있다. 공장의 폐수를 무단 방류함으로써 많은 사람과 야생동물이 소리 없이 죽어가고 있다. 가족계획 때문에 낙태를 통하여 태아가 인간이라는 걸 잊은 채 살인이 자행되고 있다.

세상 돌아가는 모습에서 생명경시풍조가 만연되는 것을 참으로 안타깝게 생각한다. 이 세상의 태어난 모든 생명체는 고귀하고 존엄스럽다는 사고를 가져야 할 때다. 내 자신을 아끼는 것처럼 남을 사랑하여야 한다. 내 생명이 중하듯 남의 목숨도 더불어 중요하다.

남을 사랑하는 마음이 가득했을 때 아름다운 세상이 될 수 있을 것이다. 지금까지 가져왔던 생명경시풍조를 바로잡고 이 세상에 존재하는 모든 생명체에 대한 인식을 새롭게 하고 뜨거운 가슴으로 대하는 마음의 자세를 가다듬어야 할 것이다.

소복 입은 여인의 눈물

6월은 보훈의 달이라고 한다. 우리 나라에서는 국가와 민족을 위해 희생하신 영령들을 기리고 그 분들의 고귀한 뜻을 기념하기 위해 현충일을 제정하고 기념식을 거행하고 있다.

현충일 제정경과를 살펴보면 1953년 휴전 성립 3년 뒤 1956년 4월 대통령령으로 매년 6월 6일을 현충기념일로 지정하여 공휴일로 정하고 기념행사를 가졌는데 1975년 12월 현충기념일을 현충일로 개칭하였다.

국가를 위해 사랑하는 자녀와 부모형제를 나라에 바치신 분들에게는 6월의 하늘은 야속하기만 하였다. 해마다 돌아오는 현충일을 맞이할 때마다 감회가 새롭다. 국가와 민족을 위해 싸우다가 거룩하게 희생되신 분들을 모시기 위해 조성된 곳이 국립묘지이다.

매년 현충일 묘지 앞에는 비가 오나 눈이 오나 하얀 소복을 입은 아낙

네가 어린 아들의 손을 이끌고 묘지에 찾아와 비석을 붙들고 통곡한다고 한다. 이제 현충일 때마다 찾아오는 그 아낙네는 벌써 70이 훌쩍 넘은 노인이 되어버렸다. 갓 결혼 후 그 여인은 사랑하는 남편이 군대에 갔는데 전쟁 중에 남편이 사망한다. 그러나 그 여인은 남편의 사망통지서를 받아들고서도 남편이 사망하였다는 사실을 인정하려 들지 않았다.

아버지의 얼굴 한 번 보지 못하고 자라는 유복자인 어린 아들은 어머니를 따라 국립묘지를 찾아 아버지의 묘소에 참배하는 것이 즐겁기만 했다. 한평생을 살아오면서 국가유공자라는 자랑스런 명예를 생각하며 수많은 유혹 속에서도 평생을 수절(守節)하며 어린 자식 하나만을 키우며 살아왔다.

자식이 행여 잘못된 길로 가지나 않을까 항상 염려하면서 애비 없이 자랐다는 말을 듣지 않게 하기 위해 무던히 노력하였으며, 이제 그 자식도 벌써 50이 넘어 자녀를 두게 되었고 시집 장가 보내 훌륭하게 살아간다. 미망인으로 살아온 그 노인은 손자와 손녀딸 재롱을 보며 살아가지만 눈을 감고 있으면 아름다운 한복을 입고 시집올 때의 기억이 아직도 새롭고 의기양양하게 군대에 다녀오겠다며 볼에다 키스를 해주며 발길을 재촉하던 남편을 수줍은 얼굴로 배웅했던 지난날을 생각하게 된다.

어린 자식을 키우면서 물건을 이고 거리를 헤매던 일, 노점상을 하다가 단속반에게 쫓겨다니던 일들이 주마등처럼 스쳐만 간다. 이제 고생은 다하게 되었고 그 유복자가 훌륭하게 자라서 가정을 이루고 살아가는 것이 한평생 고생한 보람이라고 느끼며 스스로를 위로하며 살아가고 있다.

젊은 과부가 홀로 자식을 키우는 것을 안타깝게 생각한 주위의 아낙네들은 그렇게도 자기들의 일처럼 재혼을 권했지만 재혼이라는 것이 그렇게 쉬운 일이 아니었다. 그러나 아이가 자라면서 말썽을 피울 때는 차라리 재혼이라도 해서 팔자를 고치며 살았을 걸 그랬다는 생각이 앞선다.

그러나 다행스럽게도 아이가 성장하면서 이러한 어머니의 아픔을 이해하고 열심히 공부하고 어머니의 뜻을 따라준 것만 해도 기쁘기 한이 없다. 사실 군대에 가는 남편이 얼마 되지 않아 돌아올 것으로 믿었지만 전사하였다는 통지서를 받아들고 이것이 꿈이기를 생각하면서 인생이 물거품처럼 느껴지는 것을 느껴야 했다.

이와 같이 국립묘지에는 갖가지 사연이 있다. 부하를 위해 고귀한 목숨을 바친 사람, 적진지를 향하여 달려가다가 사망한 사람, 일본으로부터 나라를 구하기 위해 독립운동을 하다가 사망한 사람 등 여러 가지 사연을 담고 있다.

우리 나라와 마찬가지로 세계 각국은 공통된 이념과 뜻을 가지고 국립묘지를 세워 가신 님들의 뜻을 기리고 있다. 미국 워싱턴에는 앨링턴 국립묘지가 있다. 또한 워싱턴에는 한국전 참전용사 기념비가 있으며 한국전에 참전하여 희생된 사람들의 명단이 벽면에 새겨져 있다.

한국전 참전용사 기념비를 중심으로 언덕 위에는 에이브라함링컨 기념관이 있고 아래쪽에는 높다란 제퍼슨 기념탑이 있다. 또한 러시아의 하바로프스크에 가면 2차 세계대전에 참전하여 희생하신 분들을 위한 기념비가 있으며 벽면에는 그 많은 희생자들의 이름이 벽면에 새겨져 있고 헌화탑에는 꽃이 항상 놓여 있다. 24시간 활활 타고 있는 헌화대는 나라를 위해 희생하신 분들의 영령을 달래주고 있는 것 같았다.

영국 사람들이 죽어서 웨스트민스터에 묻히는 것을 자랑스럽게 여기는 것도 "호랑이는 죽어서 가죽을 남기고 사람은 죽어서 명예를 남긴다."는 말에서 그 해답을 찾을 수 있을 것 같다. 이와 같이 나라마다 자기의 조국을 위해 목숨을 초개와 같이 바치신 분들을 기리고 있다. 우리는 현충일을 생각하면 으레 6.25 동족상잔의 비극을 생각하게 된다.

이날은 나라와 겨레를 위해 목숨을 바친 애국선열과 전몰용사들의 넋을 위로하고 이 분들의 높고 거룩한 뜻을 되새기며 명복을 비는 날이다. 비단 유가족 뿐만 아니라 온 국민이 하루만이라도 가신님들의 업적을 기리기 위해 기념식을 올리게 되는 것이다. 사람은 부귀영화를 누리면서 살아간 사람도 있지만 결국 인생은 죽게 마련이다.

그러나 그 죽음이 어떤 목적 위에 희생되었느냐에 따라 죽음에 대한 가치가 결정되기 마련이다. 목숨은 하나밖에 없기 때문에 누구에게나 소중하다. 그러나 이 세상에서 가장 소중한 목숨을 바쳐 나라를 구하겠다는 희생정신은 천추만대에 기리 빛나는 고귀한 것이다.

우리는 가끔 나라를 위해 몸바친 분들의 후손들이 불우하게 생활하는 것을 보고 마음 아프게 생각하게 된다. 특히 우리 나라는 기려야 할 영령들이 많은 나라인 것 같다. 몽고족이 세운 원나라와 만주족이 세운 청나라가 망했지만 우리 나라는 그 숱한 침략 속에서 우리 나라의 명운을 지켜온 민족이다. 베트남의 경우도 마찬가지일 것이다.

우리 나라는 일제 치하의 어려움을 겪었지만 결국 독립을 쟁취하였으며 우리가 소원하던 바를 이루어냈다. 그 원동력은 다름 아닌 국가와 민족을 위해 헌신하신 분들의 피의 대가라고 볼 수 있다.

우리 역사상 마음 아프게 생각하는 것은 6.25라고 할 수 있을 것이다. 이유가 어디에 있던 간에 전쟁으로 인하여 동족이 서로 총부리를 겨누고 쌍방간에 교전으로 인하여 40여만 명의 국군이 희생된 것을 비롯하여 수백만명의 사상자가 발생하였다는 것은 대단히 불행한 일이다.

6.25는 반세기가 흘렀음에도 불구하고 많은 아픈 상처를 냈으며 부모를 여의게 된 고아들을 양산하게 되었다. 배고픔이라는 처절한 삶 속에서 그래도 생명을 부지하고 살아왔음을 감사하며, 열심히 노력하여 이제는 결혼하여 중년이 된 사람들은 부모 없이 살았던 지난 세월을 한탄하고 있다.

몇 년전 KBS 이산가족찾기 캠페인을 통하여 30년이나 40년이 된 가족들을 찾는 가지가지의 사연은 우리 국민 모두를 눈물의 도가니로 만들었다. 자기의 형제를 찾으면서 신체적 특징을 설명하여 찾는 일이 많았다. 엉덩이에 혹이 붙어 있다든지 또는 화상을 입어 오른손 엄지손가락에 흉터가 있다든지 하는 식이 많았다. 그래도 핏줄은 속일 수 없었는지 세월의 야속함을 탓하면서도 기필코 형제를 만나 부둥켜안고 속절없이 보낸 세월을 원망하기도 하고 부모없이 자란 설음을 쏟아내기도 하였다.

집이 가난하여 딸이나 아들을 친척집에 맡겼으나 길을 잃은 사람, 맡겨진 집에서 나와 부모를 찾아나섰다가 길을 잃어버린 사람 등 사연도 갖가지였다. 어려운 역경 속에서 갖은 피눈물을 겪으며 살았던 사람들일수록 더욱 많은 눈물을 흘렸다. 그리고 어린 자식을 남의 집에 두고 떠나버린 부모에 대한 원망이 가득했다. 그러나 이 모든 것은 부모나 형제를 찾는 순간 지난날의 아픈 기억들은 사라지고 부모형제를 찾았다는 기쁜 마음이 가슴 한가운데에 자리잡고 있다.

눈물도 메말라 버린 지난 시절은 우리 모두에게 뼈아픈 기간이었다. 전쟁은 우리 나라에 큰 상처를 남겼다. 전쟁은 정치적 사상의 갈등이 원인이라고 보아야 할 것이다. 사상은 총칼보다 더 무서운 것이라는 걸 우리는 체험하였다. 아직도 남과 북이 서로 대치하고 서로 내편 네편으로 갈라져서 살고 있다. 서로 헤어져 부모형제를 애타게 기다리는 천만 이산가족의 아픔은 그 무엇으로도 달래줄 수 없다. 오직 서로 그리워하는 부모형제가 다시 만나 얼싸안고 오순도순 살아가는 것이 유일한 해결책이다.

우리가 해야 할 일이 두 가지가 있다. 첫째는 무엇보다도 동족의 아픔을 치유할 수 있도록 통일을 이루어야 하는 것이다. 그래서 남북이 하나되어 세계무대로 함께 뛰는 것이다. 지난날의 아픔은 크겠지만 서로 잊고 내일을 향하여 나아가는 것이다. 서로 헐뜯고 살아갈 일이 아니다. 또다시 동족상잔의 비극 속에서 살아갈 수는 없다. 우리가 한민족임을 인식해야 한다.

우리가 함께 살아가는 동족으로서 민족의 동질성을 회복하는 것이 필요하다. 사람이 살아가는 것은 질 좋은 삶을 추구하는데 있다. 배가 고프면 종교건 사상이건 아무런 소용이 없다. 우리가 추구하는 행복 추구를 위해 살아가야 한다. 배가 고픈 사람에게는 밥을 주어야 해결될 수 있다. 사람이 살아가는 데는 기초생활이 보장되어야 하기 때문이다.

둘째는 나라를 위해 몸바친 그 가족에 대한 따뜻한 온정을 쏟아야 한다. 50여 년이라는 세월이 흘렀지만 아직도 병상에서 누워 고통 속에서 보내는 사람을 우리는 1년에 한 번이라도 찾아보아야 한다. 그래서 나라를 위해 몸바친 분들에게 우리가 진 빚의 일부라도 갚아야 한다. 또한 성하지 않은 몸을 이끌고 일터에 나가는 장애인에 대한 편견이 없어져야 한다. 누구를 위한 장애자인지를 알아야 한다.

현대에 들어와서는 장애인은 후천적 요인으로 발생하는 것이 80% 이상이 된다는 통계를 보더라도 장애인에 대하여 교양 있는 말씨를 사용해야 한다. 듣기에도 민망한 절뚝발이니 갈퀴손이니 등의 표현은 이제 없어져야 한다.

어느 시대를 막론하고 현실에 부합하면서 사리사욕을 찾아다니는 사람에게는 행복한 삶이 보장되었다. 그러나 옳지 못한 것을 보고서 이를 참지 못하고 대의를 위해 희생되었던 사람들은 항상 곤궁하였다. 이제 우리는 올바른 삶을 찾아 살아갈 수 있도록 노력해야 할 것이다. 이렇게 하는 것이 아름답고 따뜻한 세상, 국가와 민족을 위해 희생하신 고귀한 영령들의 뜻을 헛되지 않게 하는 바람직한 방향이라고 생각한다.

신호등

눈을 뜨면 날마다 접하는 것이 사람과 자동차이다. 사람이 살아가면서 지켜야 할 기본적 기초질서가 있다. 사람은 좌측으로 통행해야 하며, 횡단보도를 건널 땐 신호등을 따라야 한다. 버스를 탈 땐 줄을 서서 기다려야 한다. 자동차는 우측으로 달려야 한다. 그러나 사람은 좌측, 차는 우측으로 달려야 하는 것만은 아니다. 국가에 따라 사람은 우측, 자동차는 좌측으로 통행하는 나라도 있다.

자동차 사고를 줄이기 위해 교통법규를 만들고 신호등을 만들었다. 신호체계를 잘 지키면 교통사고를 훨씬 줄일 수 있지만 이를 지키지 않으면 법이 있으나마나이다. 우리가 무심코 바라보는 신호등에는 많은 점을 시사해 준다. 만일 신호등이 없었다면 하루에도 얼마나 많은 희생자가 발생할 것인가를 생각하면 오싹한 느낌마저 든다.

신호체계는 세계 각국이 공통이다. 횡단보도에 설치되어 있는 신호등은 빨강과 초록색뿐이다. 적색이면 정지해야 되고 녹색이면 건너가라는 뜻임을 모르는 사람은 없다. 보행에 따른 신호등은 단순하지만 자동차의 신호체계는 복잡하다.

기본색은 황, 녹, 적색이지만 동시 신호등도 있다. 복잡하다는 것은 그만큼 주의해서 잘 지켜야 한다는 것을 의미한다. 자동차도 녹색이면 진행해야 하고 황색이면 주의하거나 우회해야 하고, 적색이면 정지해야 한다. 그러나 이를 알면서도 위반하는 사람이 많아지면서 각종 교통사고가 야기되고 만다. 그래서 때로는 많은 인명사고가 발생하는 것이다.

신호등의 색상은 원래 빨강·파랑·노랑으로 되어 있으나, 광원(光源)인 전구의 불빛이 색유리를 투과하는 과정에서 노란색은 오렌지색으로, 파란색은 초록색으로 보이는 경우가 많아 철도의 운전규정에는 이를 빨강색·초록색·오렌지색으로 규정해 놓고 있다.

빛의 광도(光度)는 빛의 파장에 따라 색의 투과율(透過率)이 다르기 때문에 각 색에 따라 광도도 다르게 보인다. 교통신호등의 광도는 차량의 속도에 따라 다르겠으나, 철도에서는 약 600m의 거리에서 인식할 수 있어야 하고, 도로에서는 150m 전방에서 인식할 수 있는 광도가 필요하다고 한다.

우리 나라 사람들은 성질이 급하다. 신호등이 바뀌었는데도 자동차가 움직이지 않으면 금방 클랙슨을 누른다. 빨리 가라는 것이다. 그리고 멍청하게 서 있던 자동차 운전기사를 힐끔 쳐다본다. 못 마땅하다는 뜻이다. 그리고 자동차 경주라도 하듯이 쏜살같이 달려간다.

한국에서 살고 있는 한 외국인이 "서울에서 운전하는 것은 대단히 위험할 뿐만 아니라 식은땀이 난다."라고 이야기하는 것을 들었다. 미국에서 운전할 경우 우리 나라 초보 운전수준이면 가능하다고 한다. 그러나 우리 나라 서울에서 운전하는 사람은 숙련된 운전자가 아니고서는 매우 힘이 들 것이다.

우리 나라는 불행하게도 세계에서도 손꼽히는 자동차사고 대국이며, 사상자가 많기로도 유명하다. 조급증에서 나오는 것일 게다. 중국의 상해나 북경, 절강성 등을 다녀오신 분들은 잘 알겠지만 보행자 신호등이 없는 횡단보도가 많아서 쩔쩔맬 때가 많다.

사람들은 자동차가 지나가든 말든 아무 때나 횡단보도를 건넌다. 거기에 헤아릴 수 없이 많은 자전거 행렬이 따른다. 그러나 이러한 무질서 속에서도 사고는 매우 적다고 한다. 중국 사람들의 성격이 다소 느긋한 점도 있지만, 자동차 위주의 교통체계가 아니라 사람 위주이기 때문이다. 사람 위주라는 말에는 생명 존중의 사상이 그 안에 숨어 있다. 사람 위주의 교통 대책은 미국도 마찬가지다.

뉴욕에서도 횡단보도에서 빨강불이 켜져 있음에도 불구하고 길을 건너는 사람이 의외로 많다. 그래도 자동차가 빵빵거리지 않고 사람이 길을 건널 때까지 기다리다가 간다. 우리는 금남로 넓은 길을 유유히 건너가는 아름다운 외국 여성을 간혹 볼 수 있다. 그 여성이 사람이 건널 수 없다는 점을 모를 리 없겠지만 그 이면에는 자동차가 자기를 피해 가리라는 기대심리도 작용하고 있으며, 은연중에는 자기 나라의 문화습관이 몸안에서 배어 나오는 것이다.

자동차가 생긴 이래 이를 효과적으로 통제 관리하기 위해 안전운전수칙이 만들어졌다. 세계 각국의 신호체계는 공통이다. 교통법규를 잘 지키는 것이 문화인의 도리다.

안전운전을 유도하기 위해 신호위반, 중앙선침범, 제한속도 20KM이상 과속, 앞지르기 방법위반, 건널목 통과방법위반, 횡단보도사고, 무면허운전, 음주운전, 보도 침범, 승객추락방지의무위반 등 10개 항목에 대

해서는 이를 특별히 지키도록 하고 이를 위반할 경우 형사처벌을 받을
수 있도록 규정하고 있다.

그러나 간혹 운전기사 중에는 새치기를 일삼는 사람, 중앙선을 침범
하는 사람, 음주를 하고 운전하는 사람, 신호등을 위반하고 운전하는 사
람, 차선 위반자, 행인이 지나가고 있음에도 불구하고 횡단보도에서 일
단멈춤도 하지 않고 달려가는 자동차 등을 볼 수 있다.

횡단보도를 건너기 위해 기다리고 있을 때, 먼저 건너간 사람을 부러
워한다. 성격이 너무 급한 사람은 빨강불이 켜져 있어도 이에 아랑곳하
지 않고 길을 가다가 사고가 나는 수가 있다. 그러므로 너무 조급하게 생
각할 것이 없다. 빨강불이 켜져 있으면 조금 참았다가 건너는 것이 좋다.
비록 지금은 빨강불이 켜져 있지만 몇 분 후에는 초록색불이 켜져 지나
갈 수 있다.

자동차를 운전할 때 남보다 좀더 빨리 가려다가 중앙선이라도 침범하
거나 사람이 다치면 빨리 달리는 것이 아무런 의미가 없다. 오히려 낭패
만 가져오는 것이다. 더욱이 술을 마시고 운전하게 되면 운전면허가 취
소되고 뺑소니라도 하게 되면 처벌은 더욱 무겁다. 빨강불은 그대로 정
지하는 것이 아니라 빨강, 노랑, 초록 등으로 수시 변한다. 빨강불이 켜
져 있을 때 잠시라도 내 자신이 현재 처한 상황을 냉철하게 살펴볼 수 있
는 여유를 가질 필요가 있다.

교통사고의 유형을 살펴보면 퍽 재미있다. 서로 "자기 주장이 맞다."
하여 대법원까지 가는 소송사태로 이어진다. "피고인이 운전하는 차량
반대방향 전방의 좌회전 금지지점에서 좌회전하였고 정지하고 있는 차
량이 있는 것을 보았다고 하여도 위 좌회전하려는 차량은 피고인 차가
완전히 통과한 후가 아니면 그 의도한 대로의 좌회전을 할 수 없을 것이
므로 피고인이 서행할 주의의무가 있다고 할 수 없다."라든지 "피고인이

자기차선을 따라 운행 중 반대방향에서 오던 차량이 좌회전 금지구역인데도 갑자기 피고인의 차량 앞을 가로질러 좌회전 진입함으로 인하여 서로 충돌한 경우에는 피고인이 제한속도를 약간 넘어서 운행하였다고 하여도, 위 충돌사고의 책임을 물을 수 없다."는 대법원 판결도 있다.

신호등은 교통 문화에만 있는 것이 아니다. 가끔 가다가 우리 몸 안에서도 이 신호등이 작동한다. 술을 많이 마시는 사람이 옆구리에 무거운 통증을 느끼면 혹시 간이 나쁘지 않은지 의사에게 진찰을 받아 보아야 한다.

뒷머리가 계속해서 뻐근한 느낌이 오면 혈압이 높은지를 확인해야 한다. 대변의 색깔이 자장면 색깔처럼 진하게 나오면 혹시 위암이 아닌가를 의심해 보아야 한다. 설탕을 필요 이상으로 좋아하는 사람은 설탕을 많이 먹어도 되는지에 대해 항상 경계해야 한다. 설탕을 좋아하는 것이 당뇨와 인과관계가 있는지 살펴보아야 한다.

몸이 비대한 사람은 성인병과 관련된 여러 가지 합병증에 대해 항상 경계해야 한다. 간혹 가다가 우리 주위에는 평생 동안 감기 한 번 걸리지 않았다는 것을 자랑스럽게 말하는 사람이 갑자기 중병에 걸려 몸져눕게 되는 것을 볼 수 있다.

건강한 사람이 갑자기 입원하게 되면 본인의 충격은 말할 것도 없고 가족들에게도 많은 충격을 주게 된다. 몸이 나른하고 피곤하여 쉬고 싶을 때가 있다. 이는 몸의 컨디션이 좋지 않으므로 쉬어야 한다는 신호이다. 아무리 바빠도 조금 여유를 가져야 한다. 그리고 낮에 잠시라고 쉬었다가 일을 하면 능률이 크게 오른다. 미련스럽게 일만 하면 건강에 해롭다.

우리들의 직장생활을 살펴보면 꼭 자동차 운전하는 것과 상당히 비슷하다. 자동차 운전할 때 새치기하는 사람이 있듯이 직장에서도 남보다 먼저 가기 위해 새치기하는 사람도 있다. 다른 사람이 보기에는 운전실력도 특별히 나은 것 같지도 않은데 탁월한 능력이 있는 것처럼 과속을 하여 상대방을 추월한다. 그리고 샛길에서 갑자기 튀어나와 사고를 일으키기도 한다.

또 어떤 자동차 운전자는 바쁘지도 않은데 바쁜 것처럼 깜박이 등을 켜고 달린다. 그러나 옆에 가고 있는 운전자가 새치기를 좀 했다고 하여 화를 낼 필요가 없다. 또 추월했다고 하여 그 또한 탓할 일도 아니다. 얼마 지나지 않아 다음 신호등에서 빨강 불이 켜지면 같은 장소에서 똑같이 만난다. 서둘러 운전하다가 사고라도 일으키면 운전면허가 취소될 수도 있다. 과속하거나 추월하게 되면 벌금을 물어야 한다.

그러므로 남보다 뒤졌다고 마음 고생할 필요가 없다. 남보다 승진이 늦었다고 크게 상심할 필요도 없다. 마음 고생은 결국 자기 자신에게 득이 되는 것이 아니라 언제나 해가 된다. 어느 곳에서 근무하든 간에 자기의 현재의 여건을 최대한 활용하면서 근무하는 것이 중요하다. 남보다 좀 뒤졌다고해서 그것이 인생의 전부가 아니다. 승진이 인생의 전부인 것처럼 생각하면서 초조하게 생각할 필요도 없다.

우리는 지난번 대통령 선거를 즈음하여 하룻밤 사이에 우리가 "봉황처럼 생각하고 존경하던 분들이 참새도 못된다."는 사실을 깨닫게 되었을 때 참으로 서글픈 심경을 금할 수 없었다. 모두 조급증 때문이다. 대인답게 생활하면서 기다렸더라면 하는 아쉬움도 남겠지만 이미 루비콘강을 건넌 뒤였다.

사람이 실수하기는 쉽지만 이를 만회하기는 대단히 어렵다. 자기보다 좀 앞서 간 사람이라고 해서 이를 시기하거나 부러워할 필요도 없다. 그 사람이 나보다 천리나 만리 앞서 나가는 것이 아니다. 사람이 순리대로 살아가다 보면 기회가 오기 마련이다. 우리는 강물이 모두 바다에서 만나듯이 모두 사회라는 큰 틀 속에서 만난다.

좀더 깊이 생각하면 새치기를 할 필요도 없다. 자동차의 최고제한 속도에서 10% 정도를 오버하는 것은 용인되듯이 직장에서도 갈 길이 바빠서 급한 사람에게는 그 정도의 추월은 용인된다고 본다. 그러나 20% 이상의 과속이나 추월은 분명 많은 문제점을 야기하게 될 것이므로 스스로 자제해야 할 것이다.

성공이란 무엇인가?

　에머슨은 "성공이란 무엇인가?"라는 제하의 시에서 '성공이란 세상을 조금이라도 더 좋은 곳으로 만드는 것' 이라고 정의했다. 사람마다 성공의 기준이 다르다. 재벌의 가문에서 태어난 사람과 가난한 집에서 태어난 사람이 같을 수가 없다.

　돈이 없으면 아무리 머리가 좋은 학생이라도 상급학교에 진학하여 제대로 교육을 받을 수가 없다. 서울에서 사립대학을 다니는데 있어서도 등록금만 8백만원이 소요되므로 생활비까지 합하면 연간 2천만원이 소요된다.

　가난한 가정에서는 자녀들을 대학에 보내는 것도 벅차다. 그러나 서울 강남의 돈 많은 집 자녀들을 위한 족집게 강의료만 1개월에 2천만원을 상회하는 것도 있다는 얘기를 텔레비전을 통해 들었다. 가난한 사람의 자녀와 부잣집 자녀가 차이가 날 수밖에 없다. 물론 가난하다고 해서 부잣집 자녀에게 뒤떨어진다는 것은 있을 수 없겠으나 객관적으로 볼 때 분명 불리한 여건에 놓여 있음은 부정할 수 없는 노릇이다.

성공을 일률적으로 '이런 것'이라고 딱 잘라 말하기란 어렵다. 이 세상의 많은 위인들 중에는 비록 부모로부터 받은 유산은 없었지만 스스로 노력하여 자수성가(自手成家)한 사람도 적지 않다. 프랭크린은 매우 가난한 집에 태어나 온갖 고생을 하면서 성공한 사람 중의 한 분이었다.

그는 자서전에서 "자녀들이 자신의 일을 거울삼아 이를 본받기를 바란다."는 요지의 말을 했다. 그러나 이 책은 프랭크린의 자손뿐만 아니라 세계의 많은 독자들이 이를 읽고 감명 깊게 느끼고 있는 것은 그가 살아온 인생역정이 다른 사람과 퍽 다르기 때문이다. 이 책은 세계 각국(各國) 언어로 번역되어 읽혀지고 있다.

많은 자서전 가운데서도 그의 자서전을 으뜸으로 치는 이유도 그의 삶이 남달랐기 때문이다. 미국인들은 "어린 시절 고생한 것에 대하여 부끄럽게 생각하지 않는다."고 한다. 부끄러운 것은 현재 처한 상황이다. 다시 말하면 어려운 환경에서 생활했지만 역경을 딛고 일어선 것에 대해 오히려 자랑스럽게 생각한다고 한다.

그러나 우리 나라 사람들은 자기의 어린 시절에 고생했던 것을 감추려고 하는 경향이 있는 것 같다. 그리고 유달리 자신의 조상에 대한 자랑을 늘어놓기를 좋아한다. 우리 몇 대조 할아버지는 이조판서를 했고 아버지는 대부호였다는 식이다. 아버지의 사업이 실패함에 따라 현재 이 고생을 하고 있다는 점을 강조한다.

결국 조상 자랑을 한다는 것은 자기 자신이 못났음을 반증하는 것이다. 그러므로 조상을 자랑하고 싶으면 자기 자신이 열심히 노력하여 조상과 버금가는 성공을 이룬 뒤에 자랑을 하는 것이 바람직하다. 부자이건 가난한 사람이건 모두 한두 가지 걱정이 있다.

부자(父子) 거지가 길을 걷고 있었는데 어느 부잣집의 곳간에 불이 나서 연기가 나는 것을 보았다. "애야, 우리는 저렇게 화재가 나서 탈 재산이 없어 좋지 않으냐?"고 아들에게 이야기했다 한다. 물론 우스갯소리로 꾸며낸 것인지 알 수 없으나 거지는 재산에 대하여 걱정할 필요는 없지만 날마다 남의 집 문전에서 걸식해야 하는 걱정이 있다. 반면에 부자는 걸식은 하지 않겠지만 재산을 관리하는데 밤낮으로 고민하며 살아간다. 조상을 파는 것은 본인이 못났다는 증거가 되기 때문에 가능하면 조상과 관련된 얘기를 삼가는 것이 좋다.

성공한 사람 중에는 어떤 어려운 일이 있다해도 그것을 뚫고 나갈 수 있는 굳센 의지와 신념이 있었다. 어린 시절의 불우한 환경을 부끄러워 할 필요가 없다고 생각한다. 열심히 살아왔으며 열심히 공부한 결과 아름다운 결실을 맺었다면 그 사람은 훌륭한 사람이다.

부모가 물려준 유산조차 지키지 못하는 사람도 있는가하면 그 유산을 근근히 현상 유지만 하는 사람도 있다. 또 어떤 사람은 부모의 유산을 더욱 확장하여 성공한 기업인도 있다. 그런가하면 가난한 가정에서 태어나 갖은 고생을 하면서 성공한 사람도 있다.

사람의 성공에 대해 우리가 천편일률적(千篇一律的)으로 논할 수는 없을 것이다. 태어나면서부터 부유한 가정에서 태어난 사람도 있고 가난한 집안에서 태어난 사람도 있기 때문이다. 재벌의 자녀와 가난한 집안의 자녀는 출발선부터 다르다. 재벌이 아니라 해도 중산층과 가난한 사람과도 다르다. 유산 한 푼 받지 못하고 오직 월급만으로 살아가는 사람과 20억원의 유산을 받은 사람을 비교해 보자.

요즘 아무리 은행이자가 낮다고 해도 20억원을 은행에 예치하고 연이율이 5%라고 한다면 1억원의 이자가 발생할 것이다. 쉽게 말해서 앉아서 연봉 1억원의 소득을 올리는 것이다. 그러나 가난한 집안에서 태어난 사람은 한 달에 열심히 일해서 연봉 5천만원을 올리기도 힘이 든다. 여기서 생활비를 제외하고 2천만원을 저축하기란 어렵다. 성공을 단순비교하는 것은 어려운 점이 많다. 그러나 실망할 필요는 없다. 부모가 열심히 살아간다면 그 자손에게는 일정액의 유산을 남겨 줄 수 있다.

그리고 나서 자녀에게 재산의 중요성, 다시 말해서 돈이 얼마나 중요한 것인가에 대한 금전 교육을 철저히 시켜주어야 한다. 돈의 중요성을 모르는 사람은 돈을 헤프게 사용한다. 돈을 사용하는 방법을 제대로 알아야 만 가문을 번성시킬 수가 있는 것이다.

성공의 기준은 어디서 출발하였느냐에 따라 달라질 것이다. 출발은 어려웠지만 성공하여 저명한 인사가 되는 경우도 있다. 이 세상에 태어나 사회를 위하여 조금이라도 기여할 수 있다면 성공이라고 보아야 하기 때문이다. 가령 시골에서 찢어지게 가난했던 친구가 서울에 가서 식당 종업원으로 전전하다가 나중에 서울에서 대형 식당을 차리고 종업원도 50여 명 데리고 있다면 이 사람은 분명 성공한 사람이라고 보아야 할 것이다.

자녀들이 부모의 뜻을 잘 이해하고 따라주리라는 기대를 하는 것은 어렵다. 그러나 부모가 모범적으로 걷던 길을 답습하고 열심히 살아가는 모습을 잘 따라주는 자녀가 있다면 더 없이 좋을 것이다. 또 손자가 할아버지의 길을 따라 간다면 그 집안은 번창하게 될 것이다.

우리의 주위를 살펴보면 퍽 재미난 현상을 볼 수 있다. 정치가를 아버지로 둔 사람은 대개 정치를 한다. 아버지가 교수이면 또 그 자녀들이 학자의 길을 걷는다. 목사의 자녀는 또 목사로서의 길을 가고 아버지가 의사이면 그 자녀도 의사가 되는 사람이 많은 것을 볼 수 있다. 그렇지만 어떻게 된 일인지 아버지의 능력에 미치지 못하여 사람이나 패고 다니는 아이들도 있고 빈둥빈둥 노는 사람도 있다. 그래서 부모의 유산을 잘 지키지 못하고 재산만 축내는 자녀도 종종 볼 수 있다.

사업가 중에 판사나 검사를 사위로 맞이한 사례가 많다. 아마 자기의 사업을 지키려는 의도도 있을 것이며 또 머리 좋은 사위를 맞이하여 좋은 가문을 이루려는 뜻이 숨어 있을지도 모른다. 또 사법시험에 합격한 사람도 사업가를 장인으로 두는 것이 결코 나쁜 일은 아닐 것이다. 상호 보완적인 면도 무시할 수 없을 것이다.

그러나 배우자를 선택하는 데는 꼭 재산만을 가지고 논해서는 안 되고 학식이나 교양 등도 고려해야 할 것이다. 재산도 있고 학식이 풍부하고 교양도 있고 이런 여성이라면 금상첨화가 될 것이나 세상 일이란 반드시 그런 것만은 아니다. 성공을 하기 위해선 목표를 잘 세워야 한다.

인생의 목표는 이 세상을 살아가는데 있어서 반드시 필요한 것이다. 성공을 하려는 사람은 그 성공의 가치가 얼마나 크고 좋은 가를 판단해야 할 것이다. 옛날 아이들은 대개 추상적인 목표를 세우며 살았다.

"너 커서 앞으로 뭘 하고 싶니?" "대통령이요." 하는 식이다. 그러나 요즘에는 달라졌다. "너 커서 뭐가 되고 싶니?" "간호원이요." 또는 "의사요." "선생님이요." 하고 구체적인 대답을 하는데 이는 매우 현실적인 답변이라고 보아야 할 것이다.

성경이나 인생철학을 강의하는 저명한 인사들은 한결같이 이런 주장을 한다. "자기가 바라는 목표를 머릿속에 그리며 그 일이 이미 성취된 것처럼 상상하라."고 한다. 일단 목표를 정했으면 끝까지 밀고 나가되 도중에 도저히 이룰 수 없는 상황이라면 방향을 전환하는 것도 바람직한 일이 아닐까 생각한다. 끝으로 '성공이란 무엇인가?'에 대한 에머슨의 시를 감상하면서 이 글을 맺고자 한다.

성공이란 무엇인가?

에머슨

자주 그리고 많이 웃는 것
현명한 이에게 존경을 받고
아이들에게서 사랑을 받는 것
정직한 비평가의 찬사를 듣고
친구의 배반을 참아내는 것
아름다움을 식별할 줄 알며
다른 사람에게서 최선의 것을 발견하는 것
건강한 아이를 낳든
한 뙈기의 정원을 가꾸든
사회 환경을 개선하든
자기가 태어나기 전보다
세상을 조금이라도 살기 좋은 곳으로
만들어 놓고 떠나는 것
자신이 한때 이곳에 살아있음으로 해서
단 한 사람의 인생이라도 행복해지는 것
이것이 진정한 성공이다.

자기 확신은 성공의 요소

　미국에 살고 있는 최고의 자동차 정비기술자가 있었다. 그는 자동차 정비분야 만큼은 자기가 최고라고 자부하고 있었다. 어느 날 자동차를 몰고 디트로이트에 있는 사무실로 가고 있었다. 잘 가던 자동차가 갑자기 대로상에서 멈춰서고 말았다.

　자동차에서 내려 열심히 이상여부를 점검하였으나 특별한 이상을 발견하지 못했다. 이렇게도 해보고 저렇게도 해보았으나 노력은 허사였으며 속수무책(束手無策)이었다. 시간은 자꾸 흘러가고 출근시간에 맞추어 갈 수 없다는 마음 때문에 초조하기 시작하였다. 1급 정비사의 체면이 말이 아니었다. 땀을 뻘뻘 흘리면서 여기저기 만져 보았으나 도저히 어디에 이상이 있는지를 알 수 없었다. 때마침 세단 한 대가 지나다가 자동차를 세우고 노신사 한 분이 자기 곁으로 다가오고 있었다.

"자동차에 이상이 있습니까?" "제가 한번 해 볼까요?" 1급 정비사는 자존심이 상하고 내심 달가운 표정은 아니었으나 자동차가 움직이지 않는 상황에서 어쩔 수 없는 노릇이었다. 하는 수 없이 노신사의 제안에 응했다. 노신사는 능숙한 솜씨로 몇 곳을 체크해 보더니 시동을 걸어보라고 하였다. 놀랍게도 자동차의 시동이 걸리고 움직이기 시작하였다.

정비사는 놀랄 수밖에 없었으며 자기 체면이 구겨질 대로 구겨졌다고 생각하였다. 적어도 자동차 정비만은 자기를 따라갈 사람이 없다고 자부하고 있었기 때문이다. 노신사에게 어디 사는 누구인지를 물었다. 노신사는 말 없이 명함 한 장을 꺼내 주고 세단을 몰고 떠났다. 고맙다는 인사를 하고 노신사가 떠난 뒤 정비사는 그 명함에 쓰여진 사람의 이름을 보고 깜짝 놀랐다. 그는 다름 아닌 헨리포드 자동차 회사의 사장 헨리포드였기 때문이다.

우리는 살아가면서 자기가 최고라고 하는 자만심을 가질 경우가 많다. 그러나 세상살이는 자기가 모르는 것을 아는 사람이 많다는 것을 항상 염두에 두고 살아야 한다. 항상 겸손한 자세를 가지고 살아야 하는 것이다. "뛰는 놈 위에 나는 놈 있다."는 우리 속담이 있다. 아무리 최고의 정비사라 할지라도 자동차를 설계한 설계사보다 자동차의 구조를 더 잘 알 수는 없을 것이다.

만일 그 정비사가 헨리포드를 만나지 못했더라면 그는 자동차 정비에 있어서만은 자기가 이 세상에서 가장 최고라는 자부심을 갖고 살았을 것이다. 서툰 지식을 가지고 자기의 지식을 뽐내는 것은 항상 문제가 있다. 그러나 젊은 날에는 그런 자만심이나 용기가 있어야 한다. 그러한 용기를 통해 자기의 기량을 발휘할 수 있기 때문이다.

인생이란 실패와 성공을 거듭하면서 자기 발전을 가져오는 것이다. 그러나 일정한 나이, 예를 들면 나이가 40대에 접어들면 자기 지식에 대한 보완 작업을 계속해야 한다. 세월은 변하고 지식도 변한다. 80년대 지식이 다르고 2000년대의 지식은 다를 수밖에 없다.

사람이 살아가는 인륜이나 철학은 서서히 변모하지만 과학 지식은 하루가 다르게 변한다. 그러므로 새로운 지식에 대한 뜨거운 열망이 가득차야 한다. 그래야만 젊은 세대에게 뒤떨어지지 않고 어깨를 나란히 할 수 있는 것이다. "나는 나이가 많아서 컴퓨터는 안 된다."고 생각하면 늙어 죽을 때까지 못한다.

그러나 컴퓨터를 되돌아보자. 컴퓨터의 운영체제를 만들고 그 운영체제 안에서 움직이는 각종 소프트웨어를 만든 사람과 비교하면 컴퓨터를 사용하는 것은 별로 대수롭지 않은 기능에 불과하다.

다시 말하면 컴퓨터를 제작하거나 소프트웨어를 개발하는 사람이 아니라 만들어진 것을 활용하는 기능인이라는 점을 명심해야 한다. 그러므로 마음만 먹으면 얼마든지 배울 수 있다.

무슨 일이든지 할 수 있다고 생각하면 할 수 있지만 할 수 없다고 생각하면 할 수 없는 것이다. 문제는 자기 확신이라는 점이다. 젊은 날에는 하늘의 별이라도 딸 것 같은 자신감과 어떤 일이라고 성취할 수 있다는 마음가짐을 가져야 한다.

부모는 이러한 자녀에 대해 나무라지 말고 격려해 주어야 한다. 매사에 자신감이 없는 아이들보다는 자신감을 갖고 살아가는 애들이 어떤 일을 성취할 수 있는 가능성이 높다. 고개를 숙이고 매사에 대해 부정적이고 소극적인 자세를 보이는 애들이 성취하기는 어려운 것이다. 자기 자신이 확신을 갖지 못하고 있는 상황에서 성공을 기대하기란 어려운 것이다. 무슨 일이든지 "할 수 있다."는 자신감을 갖는 게 매우 중요하다.

적극적인 사고와 신념을 갖는 것이 대단히 중요하며 부정적인 생각보다는 긍정적인 사고방식을 갖는 게 매우 중요하다. 이런 점을 깨우쳐 주는 저서가 노오만 필 박사의 『적극적 사고방식』일 것이며 우리에게 많은 것을 시사해 줄 것이다. 또한 브리스톨의 『신념이 마력』이라는 책은 우리 자신이 신념을 갖고 살아가는 것이 얼마나 중요한 것인지를 가르쳐준다. 또한 『정상에서 만납시다』 등의 책자도 인생을 적극적으로 살아가도록 조언해 주며 그에 대한 많은 정보를 제공해 주고 있다.

많은 서점이 문을 닫고 있다고 한다. 그것은 책을 보는 인구가 줄어들고 있다는 증거이다. 시간이 나면 책을 사서 보는 것은 자녀교육에 많은 도움을 준다. 아버지나 어머니가 책을 읽는 모습을 보여 주는 것은 백마디의 말보다도 더 효과적이다.

또한 시간이 나면 고전을 읽는 것이 좋다. 시중의 도서 중에는 곁에 두고 항상 볼 수 있는 책이 아니라 심심풀이로 1시간이면 다 읽을 수 있는 일과성의 책이 많다. 300여 페이지가 되는 책을 읽고 난 뒤 그 저자가 무엇을 우리에게 보여주려고 한 것인지를 되돌아보았을 때 남는 것이라고는 하나도 없는 공허한 책들은 양서가 아니다.

어떤 사람은 일류대학을 졸업하고도 그 배운 지식을 제대로 활용하지 못하지만 어떤 사람은 지방대학을 나왔어도 성공하는 케이스가 많다. 생활철학이 다르고 세상 사람들과 함께 살아가는 인간관계가 다르기 때문이다. 따라서 자기 확신을 갖는 것이 매우 중요하다.

자기 확신에 대한 것은 매일 매일 생활습관을 통해서 익히고 이를 실생활에 적용하면 놀랍게 발전한다고 한다. 학자들은 자기 확신에 대한 연습에 대하여 아래와 같은 방법을 제시하고 있다.

첫째, 눈을 감고 심호흡을 몇 번해서 긴장을 풀고 신체를 이완시킨다. 둘째, 의자 위에 앉아 있는 자신의 모습을 그려본다. 셋째, 평소에 갖추었으면 하는 점을 생각하며 그 점이 완성된 자기 모습을 그려본다. 넷째, 내가 그러한 점을 갖추었다고 믿는다. 그리고 그러한 것처럼 행동한다.

물론 자아실현에 대하여 자기가 꾸는 이상에 대하여 이미 이루어진 것처럼 하도록 성경에도 제시하고 있다.

우리는 어떤 특정한 동네에서 고시합격자가 유난히 많이 배출되는 것을 보고 놀란다. 전라남도의 경우 장흥군 용산면이라든가 고흥군 두원면 등이 그 예일 것이다.

한 동네에서 여러 명의 고시합격자를 배출한다. 왜 그럴까? 그것은 그 동네 사람이 머리가 좋아서일 수도 있으나 "옆집 사람도 하는데 나도 노력하면 할 수 있다."는 강한 자부심을 키워 주고 성공할 수 있는 원동력을 제공한다. 형이 고시에 합격하면 그 동생이 또 고시에 합격하거나 형이 유명대학에 합격하면 그 동생이 유명대학에 연이어 합격하는 것도 같은 연유이다. 따라서 세상을 살아가면서 자기 확신이라는 것은 인생살이에 있어서 대단히 중요한 요소이다.

아름다운 만남

세상을 살아가다 보면 참으로 '아름다운 만남' 이 있다.

어렸을 적에 너무나 가난하고 형제도 많아 끼니도 제대로 때우지 못한 사람이 열심히 노력하여 40년 후에 수천억원대의 부자가 되어 어려운 이웃을 위해 성금을 내놓았을 때, 일찍 부모를 여의고 두 동생과 함께 산비탈 언덕 위에서 어렵게 살던 한 소년가장이 어엿한 공무원이 되어 함께 근무하게 되었을 때, 대학에 들어갈 수도 없는 어려운 가정 환경 속에서도 고학으로 고등학교와 대학을 마치고 미국에 가서 열심히 공부하여 유명대학의 박사학위를 취득하고 나타났을 때, 상고만 졸업한 분이 대통령이 되어 스승 앞에 나타났을 때, 우리는 그러한 만남을 '아름다운 만남' 이라고 해도 좋을 것 같다.

이와 같은 만남은 우리 주위에서 찾아볼 수 있는 일들이다. 그들의 성공은 모두 피땀 어린 노력의 결과로 얻어진 것이어서 더욱 값진 일이라고 할 수 있을 것이다.

목포시 연동에 사는 한 소년가장이 있었다. 그 소년가장은 산비탈 언덕에 자리잡은 조그마한 집에서 두 여동생과 함께 어렵게 살고 있었다. 3남매는 일찍이 부모를 여의고 불우한 고아가 되어버렸다. 갈매기가 날고 있는 바닷가에는 길가는 나그네가 볼 땐 낭만이 깃든 아름다운 풍경이었을지 모르지만 소년가장의 가족에게는 그 갈매기 소리마저 처량하게 들렸을 것이다.

세 남매는 나이도 고만고만하여 누가 누구를 도와주며 살아야 할지 정말 답답한 심경이었다. 어렵게 살아가는 남매들을 바라보면서 그들을 위해 내가 할 수 있는 일이란 고작해야 정부가 지원하는 쌀과 부식비뿐이라는 걸 깨달았을 때 내 자신의 무능함을 탓하면서 되돌아서야 했다. 1986년이었을 것이다. 전라남도에는 소년가장이 1,192명이 있었으며, 모두 어려운 생활을 하고 있었다.

그 어린 소년가장이 온갖 역경을 딛고 이제 어엿한 공무원이 되어 전남도청 소속 공무원으로 나타났을 때, 그때 그 시절 그를 만난 것이 매우 뜻깊은 인연이었다고 생각한다. 그는 모든 어려움 속에서도 열심히 공부하여 공무원이 되었다. 그가 계급의 높고 낮음을 떠나서 매우 자랑스러운 일이 아닐 수 없다.

부모가 제대로 도와주지 못하는 환경에서는 좌절하거나 탈선할 경향이 있는 게 우리네 현실이다. 아니 부모가 있는 집 자식들 중에도 마음가짐을 올바로 하지 못하고 있는 현실 속에서 그는 열심히 공부하고 노력하여 소방공무원이 되어 우리 앞에 나타났던 것이다.

그는 우리들의 생명과 재산을 보호하는 중요한 일을 맡고 있으며, 두 동생들도 모두 출가하여 잘 살고 있다는 이야기를 들었다. 매우 소중한 만남이요, 인연이라고 생각한다. 나는 그가 공무원에 들어온 것에 대해 매우 자랑스럽게 여기며 그가 내 이웃과 도민을 위해 솔선헌신 하는 모범 공무원이 될 것으로 믿는다.

최근 들어 여성공무원들의 숫자도 늘어나고 억척스럽게 일을 함으로써 남성들과 어깨를 나란히 하면서 격무 부서에서도 소신껏 일하는 것을 보면서 격세지감(隔世之感)을 느낀다. 하위직은 말할 것도 없고 사법시험이나 행정고시에서도 여성공무원들의 합격률이 높아지는 것은 매우 자랑스러운 일이다.

나라가 제대로 발전하기 위해서는 인적 자원의 효율적인 활용이 대단히 중요하다. 사회 곳곳에서 여성이 해야 할 일은 참으로 많다. 여성이 대학을 나와 집에서 전업주부(專業主婦)로서 아이만 키우고 있다면 분명 국가척 차원에서 볼 때 인적자원의 낭비라고 볼 수 있다. 물론 주부로서 직장생활을 하는 것이 쉬운 일이 아니다.

여성개발원의 통계에 의하면 전업주부가 가사 일에 매달리는 시간이 하루에 6시간이고 직장을 갖고 있는 여성은 4시간이라고 한다. 직장에서 곧바로 퇴근하면 설거지도 해야 되고 빨래와 청소도 해야 되며, 또 아이가 있는 집에서는 아이들도 돌보아야 한다. 여성들이 마음 놓고 직장생활을 하기 위해서는 각 직장마다 일정수 이상의 여성이 근무하는 곳에서는 육아시설이 설치되어야 하고 일정한 장소에서 수유를 할 수 있도록 해야 한다.

강금실 장관이 2003년 3월 6일 한나라당 당사를 방문하여 박희태 당대표 권한대행과 만난 것은 매우 뜻깊은 자리였다. 두 분은 남다른 인연이 있기 때문이라는 것이다. 당사에는 모처럼 화기애애한 분위기가 감돌았다고 한다. 박희태와 대표와 강금실 장관은 20년 전에 같은 아파트 단지내에서 살았다고 한다.

박희태 대표가 현역 검사장 시절이었을 때의 일이다. 박대표는 지난 날을 회상하면서 "윗집의 예쁜 처녀가 사법고시에 합격했다길래 만년필을 선물하며 큰 사람이 되라고 했지. 그런데 진짜 법무부 장관이 돼서 나타났으니 너무 훌륭해진 거 아닌가?"라고 말했다. 이어서 박 대표는 "처녀 때부터 눈빛이 반짝반짝하는 게 법무장관이 되겠더라."며 "사람의 인연은 알 수 없기 때문에 주변에 별 도움이 안될 것 같은 사람에게도 관심과 호의를 베풀어야 한다."고 말했다. 강장관은 "전혀 늙지 않으셨다."며 박대표의 가족 안부를 물었고, "그때 선물 받은 만년필을 지금도 잘 간직하고 있다."고 말했다라고 전한다.

또 하나의 아름다운 만남을 이야기하고 싶다. 불교와 가톨릭과의 만남이 그것이다. 신흥사 오현 스님이 속초 성당에서 설법을 했다하여 화제다. 오현 스님은 속초 청호동성당에서 열린 7개 성당 연합미사에서 설법을 했다.

가톨릭 신자들이 불교계서 운영하는 노인요양원의 후원자가 되어 주고, 또 스님이 성당 강론시간에 설법을 해주는 아름답고 성스러운 종교 만남이 강원도 속초에서 이루어졌다. 이 지역 7개 성당의 연합미사였고 3백여 신도들이 성당안을 꽉 메웠다.

시조시인으로 또 만해사상선양을 위해 애쓰는 스님으로 더 잘 알려진 오현 스님은 숨죽이고 시선을 집중하는 이교도 대중들을 향해 "나는 큰 스님도 아니고 설법을 잘 하지도 않는 그저 평범한 수행자입니다. 그런데 이곳 시내에 와서 이렇게 설법하는 것은 어려운 일이다."고 말문을 열었다고 전한다. 사실 불교와 가톨릭의 만남은 참으로 어려운 일이다. 스님이 성당에서 설법을 한다는 것 자체가 파격적이다.

그러나 넓은 의미에서 살펴볼 때 매우 바람직한 현상이 아닌가 생각되기도 한다. 이와 같은 장벽이 있는 것은 성당이나 교회의 10계명 중에

"나 이외의 우상을 섬기지 말라."는 대목이 있기 때문에 많은 장벽이 있
는 것이며, 불교와 가톨릭의 만남은 그래서 더욱 더 뜻깊은 일이 아닌가
싶다. 아무튼 많은 사람들이 이를 보고 신선한 충격으로 받아들이지 않
았을까 생각된다.

아름다운 손

　사람의 손은 정말 아름답다. 우리는 날마다 손을 사용하고 있으면서도 이에 대하여 고맙게 생각해본 사람은 적을 것이다. 사람에게 손이 없었다면 인류 문명은 없었을 것이다. 우리 나라의 국보 1호인 남대문이나 석굴암, 불국사, 왕궁 등 각종 건축물은 사람의 손에 의하여 만들어진 것이다.

　이탈리아, 프랑스의 아름다운 조각과 미술품, 건축물, 이집트의 피라미드, 중국의 만리장성에 이르기까지 사람의 손을 빌리지 않고 이루어진 것은 아무 것도 없다.

　오늘날 최첨단의 무기와 컴퓨터도 마찬가지다. 이와 같이 손은 우리 인류 문명과 역사를 만들어내는데 가장 중요한 역할을 하였으며 매우 유용하게 활용되었다. 인간이 직립보행을 하면서부터 손을 효과적으로 잘 활용하여 다른 동물을 지배하게 된 것이라고 생각한다.

텔레비전에 방송된 실화(實話) 하나를 소개하고자 한다. 어떤 고등학생이 방학 중에 용돈이라도 벌어볼 생각으로 식당에 취직을 하였다. 숯불고기를 전문으로 하는 식당이었다. 하루는 식당 주인과 아주머니가 서로 다투다가 주인집 아저씨가 화가 나서 석유통에 든 석유를 아주머니에게 끼얹는다는 것이 잘못하여 숯불을 들고 서 있는 학생에게 잘못 끼얹어져서 삽시간에 온 몸에 화상을 입고 오랫동안 병상에서 고생하고 있었다.

학생은 두 번 세 번 수술대에 올라 수술을 받았지만 본래의 모습은 찾기가 매우 어려웠다. 턱 아래쪽도 화상으로 목을 움직이기조차 불편하였다. 부모님들은 아들이 병상에서 투병하는 것을 안타깝게 생각하여 병원에서 살다시피 하는 형편이었다. 집안이 넉넉했더라면 그 학생이 식당에 취직하지는 않았을 것이다.

이 학생은 불행 중 다행으로 목숨은 건졌지만 온몸은 화상을 입었으며, 손가락도 심한 화상을 입어서 이를 제대로 활용할 수 없기 때문에 발가락 하나를 잘라 엄지손가락으로 활용하기 위한 접합 수술을 하였는데 수술은 성공적이라고 하였다. 참으로 안타까운 장면이었다. 그래도 세상에는 인정 많은 사람이 있어 많은 펜레터가 답지하고 때로는 자기 또래의 여학생들이 꽃다발을 안고 오는 것에 힘을 얻어 날로 건강을 회복하고 있다는 이야기였다.

우리들은 매일 사용하는 손이기 때문에 손의 중요성을 모르고 지날 때가 많다. 나는 이 학생의 모습을 지켜보면서 새삼스럽게 손의 중요성을 깨닫게 되었다. 손은 우리들에게 일을 할 수 있도록 해주며 공부를 할 수 있게 해준다.

우리가 초등학교 입학할 무렵 한쪽 손에 연필을 잡고 글을 쓸라치면 잘 쓰여지지 않는다. 어머니나 형이 연필 붙잡는 법을 가르쳐주어도 어른들이 쓴 것처럼 좋은 글씨를 쓸 수 없었다. 수없는 시행착오와 반복을 통해서 글을 쓸 수 있게 되는 것이다. 글을 쓸 줄 알아야 효과적으로 자기 자신의 생각과 사상을 표현할 수 있다.

만일 손이 없다면 여러 가지로 불편할 것이다. 우리가 기계를 만지고 컴퓨터를 조작하고 식사를 하고, 물건을 집어 나르는 모든 일이 손을 통해서 이루어지는 것이다. 미술을 배우는 사람은 처음 자기의 손을 그려본다. 손가락 사이의 음양을 잘 관찰하면서 그려야만 입체적 형상이 나타나는 것이다. 음양을 구분하지 못하면 손가락의 모양을 제대로 표현할 수 없다.

사람의 손을 보면 그 사람의 직업을 판단할 수 있다. 오른손 손가락 중지에 군살이 붙어있다면 그 사람은 틀림없이 학교 수학선생이거나 교수일 것이다. 왜냐하면 분필을 오래 사용하면 손가락 사이에 군살이 붙기 때문이다. 특히 손가락 마디가 굵은 사람은 노동에 종사하거나 농업에 종사하는 사람일 것이다. 손가락과 더불어 얼굴을 보면 더욱 정확하다. 얼굴이 검게 타고 손가락마디가 굵으면 시골에서 농사를 짓는 사람이거나 밖에서 노동하는 사람일 것이다.

왜냐하면 햇볕을 받아서 얼굴이 검어졌기 때문이다. 그러나 손가락은 굵으나 얼굴이 흰색일 경우에는 같은 노동자라해도 도시의 공장에서 일하는 사람일 가능성이 크다. 그늘에서 일하고 있기 때문에 얼굴이 타지 않아서 하얀 얼굴을 유지할 수 있는 것이다.

일반적으로 손가락이 길면 키도 크며 비교적 유복한 가정에서 태어나 고생하지 않고 자란 사람이 많다. 피아노를 전공하는 사람은 손가락이 긴 사람이 많다. 반면에 손가락의 마디가 굵고 짧으면 어렸을 때 고생했던 사람이 많다. 자기 형제들보다 손가락 마디가 굵고 짧은 사람은 자기의 다른 형제들보다 더 고생을 많이 했다는 것을 의미한다.

시골에서 사시는 어머니의 손은 투박하고 손마디가 굵다. 농사일을 하시기 때문에 손마디가 굵어지게 된다. 그러나 어머니의 손은 누구보다 더 자상한 손이라고 생각한다. 대개 시골에서 살고 있는 어머니는 아이들이 서울이나 다른 대도시에서 학교를 다니기 때문에 매번 집에 다녀갈 때는 여러 가지 식품을 만들어서 보따리에 싸준다. 자취를 하는 학생은 어머니가 만들어주신 고추장 하나로 식사를 할 수 있을 정도로 고추장이 매우 맛이 있다.

내 고향은 전라남도 영광인데 어렸을 때 고추장 맛이 요새 말하는 순창 고추장 맛과 거의 같았다. 고추장을 만들 때 고추와 기타 재료가 같다면 찹쌀을 사용했을 때 고추장의 맛이 훨씬 더 좋다. 어렸을 적에 어머니가 만들어주신 반찬 맛에 길들여진 사람들은 커서도 항상 어머니가 해주신 음식맛을 잊지 못한다. 밭에서 가져온 채소로 김치를 만들어 주시는 어머니의 손맛은 잊을 수 없는 추억일 것이다.

어머니는 비록 배운 것은 없지만 가족을 위한 요리를 아주 맛있게 만들어 주셨다. 물론 그 당시에는 가난했기 때문에 아무 음식이나 맛이 있었던 점도 간과할 수 없었을 것이다. 그러나 분명 어머니의 음식 요리 맛은 확실히 달랐다고 생각한다. 결혼 후 일류대학을 나와 별별 요리책을 다 갖다 놓고 맛있는 음식을 해주는 아내의 요리는 옛날 어머니가 해주시는 그런 고향의 맛을 느끼기에는 부족한 것 같다.

세상에 제일 좋지 않은 손은 남의 물건을 훔쳐가는 강도, 절도, 소매치기, 날치기, 뇌물을 받는 손일 것이다. 스스로의 노력에 의하여 돈을 벌어서 살아갈 생각을 하지 않고 사회의 기생충처럼 살아가는 사람이 이 부류에 속한다.

몇 년 전 서울에서 살고 있는 누나가 우리 집에 오셨다. 누나는 어머니를 모시고 고생한다며 아내에게 10만원권 수표 두 장과 현금 10만원을 주고 가셨는데 아내는 누나가 가신 후에도 내게 그 이야기를 안해 주었다. 그런데 그 돈을 잃어버린 후에야 이야기를 해서 몹시 마음이 아팠다. 돈을 잃어버린 사람의 마음은 더욱 아팠을 것이다.

광주 시내에서 5번 시내버스를 타고 충장로 방향으로 가던 중 가방의 아래쪽을 예리한 칼로 따고 가방 속에 넣어둔 수표와 돈을 가져간 것이다. 사람이 들고 있는 가방을 감쪽같이 따고 돈을 꺼내간 것을 보고 그들의 기술에 감탄하지 않을 수 없었다. 파출소에 신고했지만 별로 도움이 되지 않았다. 비록 많지 않은 돈이었지만 어머니를 위해 주신 돈을 잃어버려서 어머니께 죄를 지은 것 같은 느낌을 지울 수가 없었다.

우리 사회에는 참으로 아름다운 손이 많다. 불우한 이웃을 위해 돈을 내놓는 손이 있다. 수백만원의 돈을 내놓으면서도 자기 이름을 밝히지 않고 불우이웃을 위해 써달라고 내 놓는 아름다운 손이 있다. 대학에 합격하고 등록금이 없어 눈물을 흘리고 있는 젊은이에게 등록금을 대주면서 격려의 말씀을 해주는 사람의 손은 정말 아름다운 손이다.

평생 동안 콩나물 장사로 모은 수억원의 돈을 대학에 장학금으로 기탁하면서 후진 양성에 써달라고 내놓는 콩나물 장수 할머니의 손은 아름다운 손이다. 어려운 사람을 위해서 봉사하는 손, 남이 눈물을 흘릴 때 손수건을 꺼내 닦아주면서 위로의 말을 잊지 않는 손, 국가와 민족을 위해, 사회와 가정을 위해 기도하는 손은 아름다운 손이다.

남보다 일찍 일어나 일하고 남보다 좀 늦게 퇴근하면서 열심히 일하고 누가 뭐라고 하든 묵묵히 자기 일을 처리하면서 근면성실하며 불평하지 않는 부지런한 손은 아름답다. 얼굴에는 순수함이 가득하고 티 없이 맑은 모습으로 미소 띠며 수줍어 살짝 입을 가리는 손은 아름다운 손이다.

병들어 누워 있는 할아버지 할머니들을 위해 봉사하고, 소년가장의 살림을 기회 있을 때마다 살펴보는 사람은 고운 손을 갖고 있는 사람이다. 낙망하고 절망하는 사람, 슬픔을 겪고 있는 이웃, 직업을 잃고 방황하는 청년, 사업상 어려움을 겪고 있는 친구를 일으켜 세우는 사람의 손은 사회를 아름답게 밝힐 것이다.

사회가 잘되기 위해서는 공무원은 정직하고 깨끗해야 한다. 특히, 고위직 공무원일수록 더욱 청렴해야 한다. 정치가들이 청렴결백하다면 더욱 바람직한 일이다. 어느 시대 어느 국가를 막론하고 공무원이 부패한 나라는 오래가지 못했다.

최근 부패방지법 제8조의 규정에 의거 대통령령으로 제정하여 추진 중인 '공무원의 청렴유지 등을 위한 행동 강령'에는 과거에 우리가 관행처럼 여겨왔던 많은 사항들이 포함되어 있다. 상급자가 부당한 이익을 도모하기 위해 공정한 직무를 현저히 해할 우려가 있을 때 그 사유를 상급자에게 소명하는 것, 여비나 업무추진비의 목적 외 사용금지, 인사청탁, 이권개입 금지, 공용물의 사적사용금지 등이 그것이다.

그러나 법은 상징적인 효과일 뿐이다. 진정으로 이 강령이 효과를 거두기 위해서는 각자의 마음 속에 공무원으로서의 높은 도덕률을 가져야 하며, 옳지 않은 일은 결단코 하지 않겠다는 굳은 자세와 결의가 있을 때 소기의 목적을 달성할 수 있을 것이라고 생각한다.

나는 아름다운 손을 생각할 때마다 어머니의 그 투박한 손을 생각한다. 손에는 그 흔한 금반지 하나 제대로 끼지 못한 가난한 손이었지만 어머니의 손은 우리 7남매를 키우는데 한평생을 보냈다. 어머니는 저 세상으로 가시면서 지난 90년의 세월 동안 있었던 아름다운 추억과 아픈 기억들이 주마등처럼 스쳐갔을 것이다.

아빠 찾아 삼만리

라이따이한이라는 말은 중국어에 기초하고 있는 말이다. 본래의 어원을 찾아보면 라이 따이한(來大韓)이라고 보아야 할 것이다. 즉, 한국에서 왔다는 말이다. 따이한은 대한민국의 약자인 셈이다. 이 말이 변해서 '한국인 남자와 베트남 여성 사이에 태어난 혼혈아' 라는 뜻으로 변형되었다고 본다. 베트남 말에는 중국과 인접되어 있는 지리적 여건으로 중국말에서 유래한 어원이 많다고 한다.

월남전이 한창이던 1964년부터 1975년까지 11년 동안 베트남에 주둔하고 있던 한국 군인과, 한국 노동자는 베트남 여인과 결혼하거나 현지 처로서 동거하여 아이들을 낳게 되었다.

정식으로 결혼한 사람을 제외하고 한국인들의 대부분은 한국 내에 본부인이 있거나 그들 중 소수는 아직 결혼하지 않은 사람도 있었을 것이다. 이들은 베트남이 패망하고 공산국이 되면서 1975년도에 베트남을 떠나 한국으로 건너와 버렸다.

그 동안 베트남에서 태어난 아이들의 모습은 엄마쪽을 닮은 아이들보다는 한국인을 더 많이 닮았다고 한다. 이는 한국인이 우성 유전인자이기 때문이다. 마치 백인과 한국여인 사이에 태어난 아이들이 대부분 백인이 되는 것과 마찬가지다.

현재 공식 통계는 없지만 베트남 호치민시에서 거주하고 있는 김영관 목사는 월남전을 전후하여 베트남에 살고 있었던 11년 동안에 태어난 라이따이한은 대략 70만 명 정도일 것으로 추정된다고 말하고 있다. 이는 우리 나라 해외 거주 교민의 숫자로 보더라도 결코 적은 숫자가 아니다. 물론 이 숫자는 공식 통계가 아니기 때문에 이를 그대로 수용하기란 쉽지 않다. 6~7년 전에 라이따이한을 파악하여 보도한 바에 의하면 약 3만 명 정도였다고 하므로 그들이 결혼하여 낳은 자녀를 합하여 10만 명은 넘을 것으로 보인다.

최근 한국인 아버지의 신원을 확인한 사람은 1,100여 명이고 신원이 확인되지 않은 사람은 대략 4,000여 명이라고 한다. 우리는 여기서 몇 가지 알고 넘어가야 할 것이 있다고 생각한다. 그 이유를 몇 가지 살펴보기로 하자. 첫째는 베트남 거주 여인이 낳 내놓고 자녀들이 라이따이한이라는 것을 말하지 못하고 살았다는 것이다.

월남이 공산화되면서 적성국가인 한국인과 결혼해서 부역을 했다는 것은 대단히 치욕스러운 일이었을 것이다. 월맹에서는 실제 부역을 했다 하여 한국인과 결혼하거나 동거생활을 해온 많은 사람을 죽였다고 한다. 그렇다면 한국인과의 결혼이나 동거사실을 숨겨야 목숨을 부지할 수 있었을 것이다. 그후 한국과 베트남이 수교를 하고 과거를 잊고 새로운 우호관계를 개선하기 위해 노력하고 있다.

그러나 아직도 라이따이한이라는 신분으로서는 여러 가지 천대를 받을 수밖에 없다. 취직하기도 쉽지 않다. 그럼에도 불구하고 이제 한국이 잘살게 되었고 아이들도 성장하여 아버지를 찾으려는 노력이 활발해지고 있다. 그러나 월남이 공산화된 지 어언 20년 가까운 세월이 흘렀다.

한국에 온 아버지들은 특별한 경우를 제외하고는 한국 여성과 새로이 결혼도 했을 것이며, 베트남에 현지처가 있었거나 아내가 있었다는 사실은 한국에서의 결혼 생활에 장애가 되었을 것이다. 그렇기 때문에 베트남에 살고 있는 라이따이한들이 아버지를 찾으려고 노력하지만 쉽게 찾지 못하는 원인이 될 수 있을 것으로 보인다. 신분 노출이 어렵기 때문이다. 그러나 베트남에서 아버지를 찾아 부자가 상봉하는 많은 경우에는 서로 부둥켜안고 우는 모습 속에서 "피는 물보다 더 진하다."는 것을 보게 된다.

베트남에서는 미군이 전쟁 당시에 저질렀던 만행에 대해 전쟁범죄 박물관에서 사진으로 전시하고 있다고 한다. 비행기로 고엽제를 살포하여 숲 속에서 일하는 수만 명의 농민을 살해하는 장면, 밭에서 일하는 사람들의 살해, 마을 전체를 기총 소사하여 초토화하는 장면, 사람의 갈기갈기 찢어진 사지를 들어 보이는 장면, 베트콩의 잘려진 머리 옆에 웃고 서 있는 미군 등 차마 인간으로서는 상상할 수 없는 일 등을 자행했다는 것이다. 우리는 이러한 잔악상을 동족상잔의 비극인 6.25전쟁을 통하여 누구보다도 뼈저리게 경험하였다. 월맹군은 지하에 요새를 파놓고 인구 5만명을 수용할 수 있는 시설을 만들어 놓았다는 이야기는 익히 알고 있다.

출입구는 한국 군인이나 미국 군인이 들어갈 수 없고 바싹 마른 베트남인이나 들어갈 수 있도록 만들었다. 지하에는 갖가지 시설을 만들어 놓고 전쟁을 수행하였다. 통로에 미국 군인들이 가스를 살포하면 모두 죽을 수 있기 때문에 여러 곳에 환기통을 설치하였을 뿐만 아니라 식사를 하거나 취사를 할 때 연기가 세어 나오면 발각될 우려가 있으므로 3중 필터로 연기를 걸러내는 장치도 설치하였다고 한다.

어쨌든 전쟁은 월맹의 승리로 끝났다. 이유야 어디 있건간에 베트남 국민들은 공산정권을 선택하였으며, 미국이라는 거대한 나라와 과감히 맞서 싸웠다. 역사적으로 보더라도 베트남은 중국과도 싸웠고 프랑스와도 싸우는 등 많은 외세의 침략이 있었지만 그때마다 국민들이 단합하고 강인한 투쟁정신으로 이들을 물리쳤다.

월남 전쟁은 우리에게 많은 유산을 남겼다. 월남전 기간 동안 전쟁 수행 중 고엽제의 살포로 그것이 몸 안에 축적된 많은 피해자가 생겼다. 또 많은 부상자도 있었다. 월남전에서 떨친 그 용맹스러움만큼 베트남 국민들에게 많은 상처를 준 것 또한 사실이다. 그래서 이러한 과거를 청산하고 한국과 베트남이 새로운 유대관계를 정립하고자 노력하고 있다.

베트남과의 국교가 정상화되고 왕래가 잦아지면서 한국의 아버지를 찾는 발길이 부쩍 늘어났다. 이러한 시기에 아버지를 찾아 한국에 오게 된 김양의 사연은 한편의 드라마를 보는 것 같아서 여기에 소개하고자 한다. 그녀는 아버지가 한국으로 귀국한 지 20년 가까운 세월이 흐른 지금까지 아버지를 그리워하면서 살았다. 그녀는 한국인 아버지 밑에서 한국말을 배우며 아버지 밑에서 재롱을 부리던 때를 잊지 못했다.

한국으로 돌아가 소식이 끊긴 아버지를 그리워하면서도 한편으로는 원망을 하며 살아왔던 지난날이었다. 어머니를 비롯한 여섯 식구는 전쟁이 끝나고 아버지를 그리워하며 살아왔다고 한다. 김양의 아버지는 전라남도 나주가 고향으로서 1966년 9월 16일 월남전에 참전하였다.

그는 캄란지역 백마부대 제 30연대 작전과에 배치되어 영문 타자병으로 있었는데 보기 드문 인재였으며, 키가 훨칠하게 크고 미남이었다고 한다. 하사로 있던 그는 시간 나는 대로 마을에 놀러갈 기회가 있어 베트남 소녀 '응우엔티옹'을 사귀게 되었으며, 1968년에 첫아들이 출생하였고 이에 따라 연대장과 지역 주민들이 참석한 가운데 결혼식을 올렸다고 한다.

그는 제대 후 다낭의 대한통운에 취직하였으며 거의 연년생으로 자녀 다섯을 두게 되었다. 아이들은 모두 주월 한국대사관을 통하여 자신의 호적에 입적시켰다. 월남이 패망 후 모든 외국인이 철수하자 김씨는 부인과 아이들을 데리고 월남을 탈출하고자 하였으나 부인이 월남에서 남기를 희망하였으므로 그는 호주를 거쳐 한국에 오게 되었다. 그는 한동안 베트남 가족들에게 생활비를 송금하였으며, 월남이 공산화되면서 어언 15년의 세월이 흘러버렸다. 이제 한국과 베트남에 있는 아이들도 성장하였다. 아버지에 대한 그리움을 가슴에 안은 채 긴긴 세월을 보냈다.

언젠가 아버지가 돌아올 것으로 믿었지만 오지 않았다. 아버지를 원망도 하였고 주위에서는 라이따이한이라는 손가락질로 눈물의 세월을 보내야 했다. 때로는 공산정권 하에서 한국과 내통하여 부역하였다는 이유로 죽은 사람도 많았는데 그래도 5남매가 살아 있음을 감사했다. 김양은 아버지를 찾기로 했다. 빛 바랜 사진 4장이 모두였다. 뜻하는 곳에 길이 있는 것처럼 그녀는 수소문 끝에 그리던 아버지를 찾을 수 있게 되었다.

미국에서 12년 이상 장기 공연하고 있는 미스 사이공이 월남 여인과 미국인 사이의 사랑을 그린 연극이라면 블루 사이공은 한국 남자와 월남 여인 사이의 사랑을 그린 연극이다. 월남전과 한국전은 모두 공통점이 있다.

이는 사상전이라는 점이며, 외세가 개입된 전쟁이라는 점이다. 강대국의 논리에 따라 이루어진 전쟁에서 가장 피해를 많이 본 사람은 동족이다. 월남이나 한국이나 수백만 명의 사상자가 발생했던 치열한 전쟁이었다. 전쟁은 상대방을 죽이지 않으면 내가 죽는 것이기 때문에 죽이지 않을 수 없을 것이다.

그러나 강대국의 논리에 의하여 이러한 동족상잔의 비극이 되풀이되어서는 안 된다고 생각한다. 평화로운 나라, 이제 베트남과 한국이 과거의 아픈 역사를 말끔히 치유할 수 있도록 경제적으로 서로 돕고 사는 우방이 되도록 노력하여야 할 것이다.

또한 몇 가지 덧붙여 말하고 싶은 것은 어차피 라이따이한은 우리들의 자손이다. 누구의 잘못을 따질 필요도 없다. 우리 모두의 책임이기 때문이다. 한국에서 결혼하여 선뜻 나서기 어려운 점이 있을 것이며, 그들에게 가정을 파탄시키면서까지 전면에 나서기를 원하는 국민은 없을 것이다.

어떤 의미에서는 월남전은 우리에게 많은 부채를 안겨주었다. 원했던 원치 않았던 우리들의 자손이 태어났으며, 그들은 베트남의 그늘 속에서 외롭게 살고 천대받으며 살고 있다. 취직도 할 수 없어 쓸쓸히 살아가면서 라이따이한의 설움을 안고 산다.

미국과 같은 나라에서는 그들의 자손에 대한 정확한 통계와 더불어 이들의 혼혈아에 대한 대책도 강구하고 있다고 들린다. 지금까지는 그들을 돕는 것은 정부가 아니라 종교단체를 중심으로 한 대책이 고작이었다. 그곳에서 선교활동을 하고 직업훈련을 시키고 있는 단체들은 한결같이 정부의 지원이 절실하다고 말하고 있다.

이제 우리들도 라이따이한에 대한 대책을 강구할 때가 되었다. 그들은 남이 아니고 우리들의 귀한 자손들이다. 그들이 앞으로 나라를 위해서 할 일이 너무나 많다고 생각한다. 베트남 수출 역군으로서의 일도 있다.

　그 대책의 한 방법으로는 베트남에 진출한 기업체에 우선적으로 취업을 시키거나 한국에 오는 취업 훈련생의 상당수를 베트남에 거주하는 라이따이한을 오도록 많은 수를 배정하는 것도 방법일 것이다. 이렇게 하여 우리가 뿌린 원죄에 대해 다시 한번 생각하고 우리의 라이따이한이 자랑스런 한국인으로 남기를 바란다.

꽃잎에 서린 이슬

새벽에 눈을 뜨고 아파트 정원을 산책하다 보면 꽃잎에 서려 있는 이슬방울을 볼 수 있다. 아침 햇볕을 받아 영롱한 빛을 발하는 이슬방울을 보면서 우리는 많은 것을 생각하고 느끼며 산다. 꽃잎에 맺혀 있는 작은 이슬은 목마른 생명체에 힘을 주고 메마른 대지를 적셔 주는 생명의 근원이 되기도 한다.

어떤 사람은 이슬방울 위로 자기의 얼굴을 비춰보면서 이리보고 저리보며 살피는 여성도 있다. 이슬은 사막지역에서는 오아시스와 같은 역할을 하고 있다고 한다. 이슬은 생명력이 길지 못하다. 바람이라도 부는 날에는 풀잎과 나무가 흔들려 풀잎에 맺혀 있거나 나무에 맺혀 있는 이슬이 바람에 의하여 또르르 굴러 땅바닥에 떨어져 버린다.

햇볕이 쨍쨍 내리쬐면 증발하여 말라버린다. 사람이 80년을 산다고 할 때 퍽 오래 사는 것처럼 느껴지지만 사실은 그렇지 않다. 억겁의 세월과 비교하면 인생도 한순간이며 찰나이다.

인생도 어느 의미에서 보면 '아침 이슬'과 같은 존재이다. 그러나 생명이 존재하는 날까지 보람있게 살아야 한다. 그래서 옛 선인들은 우리 인생을 '초로인생(草露人生)'이라고 했다. 이 말의 뜻을 쉽게 풀이하면 '풀잎에 맺은 이슬과 같은 인생'이라는 말이다. 또 어떤 사람은 부운(浮雲)이라고도 했다.

인생은 '뜬구름'이라는 말이다. 건강할 땐 앞뒤 가리지 않고 자기의 욕심을 채우기 위해 발버둥치면서 살아가지만 병이 들어 병원에라도 입원하게 되면 지나친 욕심은 부질없는 짓이었다는 것을 깨닫게 되고 모든 것이 허무하게 느껴지는 것이다.

인생, 어디서 왔다가 어디로 가는가? 왜 살아야 되는가? 우리는 지금까지 살아오면서 자기 자신에게 이러한 질문을 수없이 던지며 살아왔다. 그리고 많은 철학자들은 인생이란 무엇인가에 대해 수천 년 동안 연구하여 왔지만 아직도 명확한 정의를 내리지 못하고 있다. 가장 쉬운 단어이지만 가장 이해하기 어려운 말이기도 하다.

사람들은 살아가면서 어떻게 사는 것이 바람직한 일이며, 또 어떤 것이 성공적인 삶이라고 할 수 있을 것인지에 대해 여러 가지로 고민하게 된다. 올바르고 성공적인 삶이 무엇이냐에 대해서는 저마다 가치기준이 다르기 때문에 어떤 것이 옳고 어떤 것이 그르다고 쉽게 단언할 수도 없다.

어떤 사람은 돈에 인생의 가치기준을 두는 사람도 있고 권력에 가치를 부여하는 사람도 있다. 또 어떤 사람은 돈이나 권력은 별로 중요하지 않다고 한다. 진실되고 정직하게 사는 것이 가장 바람직하다고 하는 사람도 있다. 성실하게 살아야 한다고 말하는 사람도 있다. 그날 그날 술을 벗하며 술을 예찬하고 살았던 이태백과 같은 사람은 아마 술을 마시며 친구를 사귀는 것이 인생의 가장 중요한 가치라고 생각했을지도 모른다.

동물과 식물은 서로 상관관계를 유지하며 살고 있다. 어떤 의미에서 살펴보면 별 상관이 없는 것 같이 보인다. 그러나 자세히 살펴보면 그렇지 않다. 동물이 살아있을 땐 식물을 채취하여 먹기도 하고 열매가 있으면 그것을 따먹고 산다. 그러나 동물이 수명이 다하게 되면 그 시체가 식물의 먹이가 되는 것이다. 서로 서로 의지하며 사는 것이다. 이 세상의 모든 것은 크건 작건 간에 서로 인과관계를 맺으며 살고 있다. 우리는 인연을 하찮은 것으로 생각하기 쉽다. 그러나 인연은 매우 중요하다.

우리의 인연은 제일 먼저 부모로부터 시작된다. 그리고 친척과 이웃, 친구, 사회, 국가로 이어지게 되는 것이다. 사람은 살아가면서 악하게 살아갈 수도 있고 선하게 행동할 수도 있다. 그러나 살아가면서 악보다는 선을 행하며 살아가는 것이 좋을 것이다.

사람은 자연의 대 철칙을 거역하며 살 수 없을 뿐만 아니라 대자연의 순리를 거역할 수 없기 때문이다. 우리는 삶에 대한 올바른 가치관을 깨닫기 위해 많은 노력을 하고 있으며, 어떻게 하면 올바로 살아갈 수 있을 것인가에 대하여 고민하여왔다.

사람이 술에 취한 듯, 꿈을 꾸는 듯하며 적당히 살아가면 안 된다. 인생의 방향을 올바로 설정하여 그 목표를 향하여 매진해야 한다. 대자연의 부름에 따라 이 세상에 찾아왔으니 돌아갈 때도 자연의 부름에 따라가면 된다. 무엇이 두려운 것이 있을 것인가? 인생은 이슬과 같은 존재이다. 그러나 가슴에는 항상 꿈이 살아 있고 내일을 보다 알차게 꾸미기 위해 끊임없이 노력해야 한다.

스피노자가 말한 것처럼 "비록 내일 이 세상의 종말이 온다 해도 나는 오늘 사과나무를 심고 있다."고 한 말을 되새겨볼 필요가 있다. 태양은 죽은 사람이 묻혀 있는 공동묘지에도 비추고 부자이건 가난한 사람이건

간에 차별하지 않고 똑같이 비춰준다.

이슬은 태양이 쨍쨍 내리쬐면 말라버린다. 그래서 그 생명은 유한하다. 그러나 그 작은 이슬방울은 식물이 살아가고 동물이 살아가는데 매우 요긴하게 쓰여진다. 잠에서 깨어난 청개구리는 맑은 이슬방울을 마시며 새벽을 연다. 찌르레기도 마찬가지다. 밤새 어두웠던 암흑을 벗어나서 태양이 떠오르기 전 온 세상은 아침 이슬과 함께 깨어난다.

소나무도 버드나무도 깨어나고 온갖 세상의 식물들은 이슬을 머금으며 새로운 하루를 시작한다. 아침 이슬을 먹으며 매미도 즐겁게 노래할 준비를 한다. 거미도 아침 일찍 일어나 거미줄에 송알송알 맺혀 있는 이슬방울을 마시기도 하고 또 이슬의 무게 때문에 생긴 구멍을 꽁무니에서 실을 뽑아 말끔하게 수리하고 먹을 것이 걸리기를 기다린다.

매미가 이슬을 먹으면 아름다운 노래가 되고 독사가 이슬을 먹으면 독이 된다. 어디 그뿐인가? 꽃이 이슬을 먹으면 달콤한 꿀이 만들어진다. 세상 만사는 자기가 무엇을 생각하느냐에 달려 있다. 자기가 목표를 설정하고 뜻하는 바에 따라 인생관이 달라지고 그 결과가 달라진다. 항상 악한 생각을 하는 사람이 착한 사람이 되기란 어렵다. 불행한 일만 생각하고 미래에 대하여 비관적으로 생각하는 사람에게는 그의 미래는 불행하고 절망적일 수밖에 없다.

그러나 희망에 차 있고 주어진 여건을 충분히 활용하면서 행복한 생각을 하며 살아가는 사람에게는 반드시 행복이 찾아온다. 똑같은 사람이라 할지라도 착한 마음을 가질 때의 얼굴 모습과 악한 생각을 할 때의 모습은 전혀 다르다. 그래서 세상만사를 긍정적인 사고와 적극적인 생각을 갖자는 캠페인을 벌리고 있는 것이다. 이것은 틀림없는 진리라고 믿는다.

우리가 어렸을 때 몸이 나른하고 쉬고 싶을 때 '아파 봤으면' 하는 생각을 하게 되면 이상스럽게 몸이 아팠던 것을 기억하는데 이것도 같은 이치이다.

인간이 살아가면서 형성된 모습은 세월 따라, 행동에 따라 달라진다. 그래서 "나이 40이 넘으면 자기 얼굴에 책임을 져야한다."고 한다. 레오나르도 다빈치라고 하면 제일 먼저 생각나는 것이 '모나리자' 일 것이다. 모나리자의 눈썹이 있느냐 없느냐를 놓고 설전을 하는 것은 부질없는 일이다. 아름다우면서도 약간 미소 띈 얼굴에 사람들은 매료되고 있다. 웃는 것 같기도 하고 그렇지 않은 것 같은 미묘한 모습을 모나리자에서 감상할 수 있다.

예수가 처형되기 전 마지막으로 열두 제자와 만찬을 하였는데 그 장면을 그린 세계적인 명화 '최후의 만찬' 은 레오나르도 다빈치의 작품이다. 그는 이 그림을 그리는데 7년이 소요되었다고 한다. 천재화가로 소문난 레오나르도 다빈치가 그 그림을 완성하는데 그렇게 오랜 세월이 소요되었으리라고 생각하는 사람은 드물 것이다. 그러나 그림 속에는 철학이 들어 있고 그리는 사람의 혼이 들어 있어야 생명이 있는 것이다. 그래서 똑같은 유명 작가가 그려도 그림 값이 다르다. 진도 출신 백포 선생의 원두막 그림을 생각하면 더욱 잘 알 수 있을 것이다.

백포 선생의 원두막 그림은 별로 비싸지 않다. 그러나 백포 선생이 심혈을 기울여 완성한 작품은 값이 하늘같이 높다. 레오나르도 다빈치는 예수님상과 예수님을 배반하였던 가룻 유다를 가장 고심하여 그렸던 것 같다. 1491년부터 1498년까지 7년간에 걸쳐 그려진 이 작품은 이태리의 밀라노 지방에 있는 작은 수도원에 소장되어 있다고 한다.

로마 교황청은 1491년에 준공된 수도원의 벽화를 이태리에서 명성이 높던 화가 레오나르도 다빈치에게 예수님의 '최후의 만찬' 을 그려줄 것을 부탁하였다. 부탁을 받은 다빈치는 1492년 아주 선하고 깨끗하게 보이는 19세의 젊은이를 찾아내어 그 사람을 모델로 예수님의 모습을 표현했다. 나머지 11명의 제자들을 모두 그린 다빈치는 마지막으로 가롯 유다를 그리기 위해 동분서주했다. 다빈치는 6년 동안 예수의 11명 제자들의 그림을 모두 다 완성하고 마지막으로 예수를 밀고하고 배반했던 가롯 유다의 모델을 찾아다녔다.

수소문 끝에 로마의 한 감옥에서 가장 잔인하고 악랄한 살인을 저지른 사형수를 모델로 가롯 유다를 그리게 되었다. 가롯 유다의 모습을 완성하고 돌아가려던 순간 그 죄인이 다빈치를 향하여 하는 말이 "나를 모르겠소? 당신은 6년 전에 나를 모델로 예수님을 그렸지 않소?" 하고 말했다고 한다. 그렇다 똑 같은 사람이라 할지라도 자기가 생각하고 살아가는 방법에 따라 선한 사람이 될 수도 있고 악한 사람이 될 수도 있는 것이다. 선한 생각을 계속하면 얼굴에 착한 사람으로 나타난다. 자주 화를 내는 사람은 눈썹과 눈썹 사이 다시 말하면 코 위 이마 아래쪽에 내천 자(川)가 새겨진다.

하느님이 화를 내는 사람에게 주신 선물이다. 평온한 마음을 갖게 되면 얼굴에 평온한 느낌을 준다. 로마의 교황의 모습을 보면 항상 온화하게 느껴지며, 어려운 이웃의 눈물을 닦아줄 것 같은 생각이 든다. 존경을 받고 있는 유명한 스님의 얼굴도 마찬가지다. 전혀 부담이 없으며, 누구에게나 따뜻한 사랑과 자비의 손길이 다가오는 것 같다.

태양이 내리쬘 때 이슬이 말라버리듯 우리 인생도 어려움에 직면할 수도 있다. 그러나 시련은 오래가지 않는다. 밤이 지나면 새벽이 오고 새벽이 오면 아름다운 진주처럼 물방울이 맺힌다. 인생은 수레바퀴처럼 돌아간다. 겨울이 오면 어김없이 또 봄이 찾아온다. 그래서 세상이 공평한 것이요, 자연의 순리이자 법칙이다.

독재정권 밑에서 자기 몸을 초개와 같이 내던지며 조국의 민주화를 위해 싸웠던 대부분의 사람들은 국민의 신임을 얻어 정권을 잡고 나라를 이끌었다. 또 노동운동 현장에서 노동자 농민을 위해 노력했던 많은 사람들이 참여의 정부에서 중요한 직책을 맡게 되었다. 고난받고 불쌍한 사람을 위해 헌신했던 사람들은 비록 당시에는 어렵고 고단했겠지만 반드시 보상을 받는다는 것을 역사가 증명하고 있다.

우리들은 우리가 처한 입장을 언제나 불행한 시각으로 보아서는 안된다. 비록 어려운 일이 있다하더라도 희망을 잃지 않고 살아가면 반드시 좋은 시절이 다가온다. 우리들에게 희망이 넘칠 때 어떠한 시련도 참고 견딜 수 있을 것이다.

희망은 우리를 지탱해주는 힘의 원천이기 때문이다. 가슴에는 항상 웅지(雄志)를 품고 대지를 힘차게 밟으며 걸어야 한다. 나는 사람들이 이슬방울에도 관심을 갖고 자연에 대해 아끼고 사랑하는 많은 사람을 보았다. 어린이로부터 나이가 지긋한 분까지, 아니 멀리는 고려시대 이규보 선생으로부터 현대의 시인에 이르기까지 이슬을 보석처럼 아끼고 사랑하였다. 빨간 장미 꽃잎 속에서 빨갛게 익은 이슬방울이 또르르 굴러 내리는 모습을 보고 아무런 시적 감흥을 느끼지 않은 사람은 없을 것이다.

유난히도 넓은 토란 잎사귀에 맺힌 이슬은 또르르 굴러 중앙으로 모아져서 목마른 사람에게는 보약처럼 느껴질 것이다. 어깨에 십자가를 짊어지고 골고다의 언덕에 올라가는 예수님을 바라보면서 많은 사람들은 물 한 모금 주기를 무서워했다. 왜냐하면 십자가에 못이 박혀 죽게 되는 죄인에게 물을 주다가 관원들에게 발각되어 다칠지도 모르기 때문이다.

예수님은 관원들의 매에 맞아 몸에서는 피가 흐르고 땀으로 범벅이 되고 지칠 대로 지쳐 넘어지고 또 쓰러지면서도 언덕을 향하여 올라가고 있었다. 그때 물 한 바가지를 예수님에게 드리는 청년이 있었다. 그는 매 맞을 각오를 하고 물을 드린 것이다. 예상한대로 관원들은 죄인에게 물을 준다하여 그 청년을 회초리로 사정없이 내리쳤다. 예수님은 꿀맛처럼 느껴지는 물을 마시면서 그 사람을 쳐다본다. 감사하다는 뜻이었을 것이다. 목마른 사람에게 물 한 바가지라도 나누어주는 것은 아름답고 복된 세상을 만드는 마음가짐이다.

　마지막으로 언제 읽어도 마음에 와 닿는 칼릴지브란의 '세월'이라는 글을 소개하고자 한다. 칼릴지브란의 말은 어딘가 모르게 신비스럽게 느껴질 때가 많다. 그리고 그 표현이 아름답게 채색되어졌다. 대저 사람의 말은 쓰는 사람에 따라 아름다운 옥구슬처럼 굴러가기도 하고 잘못 사용하면 다른 사람의 가슴에 상처를 입히기도 한다.

이슬방울 속에 빛나는 아침의 표정은
정오의 태양보다 못하지 않습니다.
그대 마음 안에서 빛나는 생명의 모습도
다른 생명들보다 못하지 않습니다.
이슬방울은 빛을 받아들여 빛을 반사하고
생명과 그대 또한 하나이기 때문에
그대는 생명의 모습을 반영하고 있습니다.
그대 위에 어둠이 내리면
이 어둠은 밝지 않은 새벽입니다.
밤은 고통이 나를 덮어 눌러도
새벽이 언덕에서 밝아오듯
나에게도 새벽이 밝아올 것이다'라고 말하십시오.
백합 속에 둥글게 맺힌 이슬방울은
마음을 신의 가슴에 모으는 그대와 같습니다.
모든 세월의 빛이 그대의 주위에서 빛나고 있음을
아직도 그대는 모르고 있습니까?

약속

약속이란 어떤 일을 하기로 미리 정해 놓고 서로 어기지 않을 것을 다짐하는 것을 말한다. 약속을 하기는 쉽지만 이를 지키는 것은 대단히 어려운 것이다. 약속의 종류는 대단히 많다. 대통령이 국민에게 하는 약속, 부모와 자식간의 약속, 친구와의 약속, 회사와 회사간의 약속, 회사와 고객간의 약속, 군입대하는 애인을 기다리겠다고 하는 연인과의 약속이 그것이다. 그런가하면 서울로 떠나는 이도령이 춘향이와 헤어지면서 다시 만나기로 하는 재회의 약속도 있다. 또한 하나님이나 부처님이 신자와 세상사람들에게 하는 약속도 있다.

이 세상을 살아가는데 있어 약속은 대단히 중요하기 때문에 약속을 할 때는 그것이 지킬 수 있는 약속인지 아닌지를 따져서 매우 신중하게 하되 꼭 지켜야 할 약속이라면 이를 지켜야 할 것이다. 한번 신의(信義)

를 잃으면 이를 만회하기란 대단히 어렵다. 그래서 가능하면 한번 약속한 일에 대해서는 이를 지키기 위해 노력하여야 한다. 공자의 제자 중에 증삼(曾參)이라는 분이 있다. 이분은 증자라고 존칭하여 쓰고 있는데 증삼(曾參)은 본래의 이름이다.

공자 → 증자 → 자사 → 맹자로 이어지는 학맥(學脈)을 갖고 있는데 증자는 공자의 제자이며, 자사의 스승이다. 또 맹자는 자사를 스승으로 모시고 공부를 하였다. 증삼은 약속을 철저히 지킨 분으로 유명하다. 증삼의 부인이 시장에 가려고 집을 나서려하자 증삼의 아들이 보채며 울기 시작하였다.

엄마는 아기를 달래기 위해 지나가는 말로 "애야, 울지 마라. 엄마가 장에 다녀와서 돼지를 잡아 맛있는 고기와 밥을 만들어 줄게."하자 아기는 고개를 끄덕이며 울음을 그쳤다. 시장에 다녀왔는데 남편 증삼이 돼지를 잡으려고 준비를 하고 있었다.

아이의 엄마가 "아이를 달래기 위해 한 말인데 돼지를 잡을 필요가 없지 않소?"하고 이를 말리려하자 증삼이는 이렇게 말하였다. "이것은 농담으로 할 말이 아니오. 아이는 옳고 그름을 판단할 능력이 없으니 당연히 부모의 말을 믿을 수밖에 없소. 아이를 속이면 앞으로 무슨 말을 하더라도 당신을 믿지 않을 것이오."라고 말하면서 돼지를 잡아 맛있는 요리를 하여 아이에게 주었다고 한다. 언뜻 생각하면 우습게 들릴지 모른다.

증자는 아이의 엄마가 한 말이 지나가는 말로 했음을 잘 알고 있었을 것이다. 그러나 비록 사리를 분별할 수 없는 어린 아들과의 약속이지만 이를 지켜야 한다는 것을 보여 주고 있다. 어떻게 보면 바보 같은 생각일 수도 있다. 앞서 살펴본 바와 같이 이분은 유교에서 4현에 속하는 대유학자이다. 이분의 행동을 깊이 음미하면 대단히 중요한 의미가 담겨 있다. 약속은 금과옥조(金科玉條)로 지켜야한다는 것을 보여 주고 있다.

　오늘날 정치가들이 수없이 많은 공약을 내놓고 있다. 특히 선거 때는 공약을 내놓고 공약집을 발간할 정도로 많은 공약을 하고 있다. 그 중에는 실현 가능한 것도 있고 예산이나 여러 가지 여건으로 보아 실현이 어려운 사항도 포함되어 있다.

　공약(公約)이라는 단어의 뜻은 공적으로 국민과 약속한다는 뜻인데 이를 지키지 않을 경우 공약(空約)을 했다고 비꼬아 말하기도 한다. "정치인은 자기가 말하는 것을 결코 믿지 않기 때문에 남이 자기 말을 믿으면 놀란다."고 드골은 빈정거렸으며, 흐루시초프도 "정치인은 다 같다. 그들은 강이 없는 곳에도 다리를 놓아주겠다고 약속한다."는 말을 하였다고 한다.

　정치가가 약속을 잘 지키는 사회가 되었을 때 그 나라 국민은 정치가를 믿고 따를 수 있으며, 국가가 잘 되는 것은 당연한 일이다. 표를 의식하여 일시적인 처방으로 공약을 했을 경우에는 여러 가지 부작용이 생길 수 있는 것이기 때문에 가능하면 공약은 실현 가능한 공약을 내세워야 한다고 생각한다.

　또 국가와 국가간에 약속이 이행되는 것을 조약이라고 하는데 이는 법률적인 효력이 있다. 이는 존중되어야 하는 것이다. 그래야 양 당사국 간에 좋은 관계가 유지될 수 있는 것이다. 외국과 무역을 할 때에는 신용장(信用狀)을 주고받음으로서 거래를 한다. 즉 수입업자는 거래 은행에 의뢰하여 자신의 신용을 보증하는 증서를 작성하게 하고, 이를 상대국 수출업자에게 보내어 그것에 의거 어음을 발행하게 하면 신용장 발행은행이 그 수입업자의 신용을 보증하고 있으므로 수출지의 은행은 안심하고 어음을 매입할 수 있다.

　수출업자는 수입업자의 신용상태를 직접 조사·확인하지 않더라도 확실하게 대금을 받을 수 있게 된다. 이것 또한 무역 거래상의 하나의 약속이다. 거래하는 기업인이 거래를 하면서 상대방이 요구하는 물건을 선적하지 않고 불량품을 선적하거나 신용을 저버리는 행위를 일삼을 경우 이는 개인의 문제가 아니라 한국 사회 전체에 미치는 영향이 크기 때문에 대단히 중요한 문제이다. 다시 말하면 단지 거래하는 회사의 문제가 아니라 한국 전체의 국민성으로 비추어질 수 있다.

그러므로 한번 한 약속은 지켜져야 하는 것이다. 외국과의 거래에 있어서 국내 수출업자는 여러 가지 상황에 직면하게 된다. 물건을 보내기로 약속을 한 후 국내 내수(內需) 가격이 현저히 높을 경우도 발생하기도 하고 다른 업자로부터 더 높은 가격을 주겠다는 제의를 받는 경우도 발생할 것이다. 그렇게 될 때 돈을 벌려고 하는 수출업자는 마음이 흔들릴 수 있다. 더구나 그 물량이 대규모일 경우에는 더욱 그렇다.

그러나 계약체결 당시보다 국내 물건값이 높아 내수로 물건을 돌려 팔고 물량이 없어 신용을 잃는다든지 전에 계약한 물건값보다 더 높은 가격을 제시하는 곳에 팔기 위해 이미 체결한 계약을 해지하는 사태가 발생한다면 비록 그것이 당장은 이익이 될지는 모르겠으나 장기적으로는 손해라는 점을 깨달아야 한다. 더구나 이러한 사례가 점점 늘어남에 따라 한국인의 신용도에 대한 치명적인 문제가 야기될 수 있을 것이다.

최근 들어 인터넷 판매가 성행하면서 회사와 고객간의 약속이 잘 지켜지지 않고 있는 사례가 점점 늘어나고 있다. 인터넷 상거래는 사람이 보이지 않는 거래이기 때문에 신용에 의해 거래되고 있는 것이다. 또 하나는 정찰제가 확립되어야 한다.

인터넷 거래는 일반 시중보다는 싸야 하고 물건의 질도 떨어지지 않아야 성공할 수 있다. 인터넷 상거래가 성공하고 정착되기 위해서 가장 중요한 것은 고객과 한번 한 약속은 철저히 지킨다는 생각을 가져야 한다. 모든 것이 파는 사람이 중심이 되어야 하는 것이 아니고 사는 고객의 입장에서 고려되는 소비자 주권시대가 되어야 한다.

미국 등 이른바 선진국에서는 가령 옷을 샀을 경우 그 물건의 포장을 떼어놓았건 떼지 않았건 간에 마음에 들지 않으면 1주일 이내에 다시 반품하면 받아 준다. 그러나 우리 나라는 포장을 떼었다하여 물건을 반품해도 받아 주지 않는다. 적어도 물건이 좋은지 나쁜지를 알기 위해서는 상품을 뜯어보아야 하는 것은 당연한 일이다. 그러므로 상품을 뜯어 보았다하여 반품을 받아 주지 않는 것은 잘못된 상관행이다.

우리 나라에서도 머지않아 이러한 상관습이 정착되어서 소비자 중심의 상거래가 이루어져야 한다는 점을 말하고 싶다. 또한 인터넷 주문시 고객으로부터 알게 된 아이디나 비밀번호 또는 주민등록번호 등을 철저히 보호하려는 마음가짐이 필요하다. 신용사회가 정착되기 위해서는 이러한 비밀을 남에게 제공한 사람에 대하여 보다 강력한 제재수단을 강구해야 할 것으로 생각된다.

오늘날 세계 최대의 인터넷 서점인 아마존 서점이 성공한 것은 모두 이러한 고객 위주의 철저한 신용에 기인하고 있다. 나는 몇 차례 아마존 서점과 거래를 해본 적이 있다. 우선 호기심도 있었고 아마존 서점에 대한 명성에 대한 관심이 컸기 때문이다.

한국에서 미국으로 책을 주문하면 대개 1개월 반 전후의 기간이 소요되어 불편하다. 그러나 급하지 않은 책이라면 그러한 거래를 해 보는 것도 매우 흥미롭다. 항공기는 책의 송달료가 비싸기 때문에 배를 이용하여 선적하게 되므로 많은 시일이 소요된다. 주문한 책은 반드시 보내 주고 때때로 책에 대한 정보와 새로운 도서 출판시에는 메일을 통해서 알려준다. 아마존 서점은 1999년 4월 기준 자산가치는 360억 달러로 보고 있다.

이 서점은 신용이 생명이다. 만일 이 서점이 고객 관리를 잘못했다가는 몇 개월 안에 문을 닫을 수도 있다. 신용이 생명이기 때문이다. 그래서 별로 도움이 될 것 같지 않은 한국의 작은 고객이라도 귀중하게 생각하면서 주문한 물량에 때로는 선물도 넣어 보내곤 한다. 최근 이 거대 서점도 많은 애로사항이 있다고 전해진다.

남으로부터 돈을 빌린 사람은 언제까지 돈을 갚겠다는 약속을 하고 돈을 빌려간다. 이는 은행으로부터 빌릴 수도 있고 사채업자인 개인으로부터 빌려 쓸 수도 있다. 어쨌든 약속 기일이 되면 돈을 갚아야 문제가 발생하지 않는다. 채무자는 변제 기일이 되면 빌린 돈을 반드시 갚아야 한다.

우리가 주택을 임대할 경우 계약기간을 통상 2년으로 하고 있다. 주택 임대기간이 만료되면 집주인은 세 들어 사는 사람에게 집세를 내 주어야 하고 동시에 세든 사람은 집을 내놓아야 한다. 이러한 경우는 쌍방 간에 권리도 있고 의무도 있는 것이다. 집주인이 집이 아직 나가지 않았다는 이유로 집이 나가면 임대차 보증금을 주겠다는 것은 잘못이다. 또 기간이 만료되어 집주인이 집세를 내주었는데도 불구하고 그대로 눌러 살려고 하는 것도 잘못이다.

세상을 살아가는데 있어서 유심히 살펴보면 모든 것이 약속이라는 테두리를 벗어나서 살아갈 수가 없다. 이러한 약속을 잘 지키는 것이 필요하다. 그러나 같은 약속이라 할지라도 지켜서는 안될 때도 있다. 어떤 약속은 외형상 약속처럼 보이지만 사실은 약속이 아니기 때문에 약속을 지킬 필요가 없다. 예를 들어 2003년 모월 모일에 서울에서 가장 부유한 사람의 집앞에서 만나 그 집을 털도록 하자든지, 살인을 공모하고 약속 장소에 나타나는 것은 옳지 못한 행동이다.

또 부모가 결혼을 반대하므로 두 사람이 극약을 먹고 자살하기로 약속하고 극약을 먹었는데 한 사람은 죽고 다른 한 사람은 살아나는 경우도 있다. 이러한 경우에는 우리 형법상 자살 방조죄로 처벌하고 있다. 이러한 약속은 하지 않아야 하며, 부모를 설득하되 부모가 이를 반대한다 해도 죽음이라는 극단적인 상황을 생각할 필요가 없다고 생각한다. 또 어떤 사람은 두 사람이 서로 죽기로 약속하고 상대방은 극약을 먹었는데 자기는 극약이 아닌 설탕을 먹었을 경우에는 이 사람은 살인죄의 처벌을 면하지 못할 것이다.

지금까지 두 가지 유형의 약속에 대해 살펴보았다. 하나는 지킬 수 있는 약속이고 다른 하나는 지켜서는 안 되는 약속이다. 친구간의 의리를 존중한다 하여 이러한 지켜서는 안 되는 약속을 해서는 안 된다. 어느 것이건간에 지킬 수 없는 약속은 하지 않는 게 좋을 것 같다.

우리 나라 영화 중 약속이라는 영화가 관중들로부터 매우 큰 인기를 끌었던 적이 있었다. 이 영화는 1998년 신씨네가 제작하였다. 이 영화는 제36회 대종상 영화제 남우조연상을 받았다. 서울에서만 66만명의 관객을 동원하고 전국적으로도 히트를 기록한 이영화는 김유진이 감독하고, 전도연과 박신양이 주연을 맡았다.

여의사와 조직폭력배 두목의 비극적인 사랑이야기를 그린 작품이다. 각본을 쓴 이만희의 희곡작품 '돌아서서 떠나라' 가 원작이다.

어느 날 조직폭력배 두목 공상두(박신양)가 피범벅이 되어 병원으로 실려온다. 담당의사 채희주(전도연)는 붕대를 풀면서 드러난 공상두의 맑은 얼굴을 본 순간 이상한 설레임을 느낀다. 퇴원한 공상두는 희주를 잊지 못해 부하들을 통하여 끈질지게 구애하고 어느 순간 두 사람은 사랑하는 사이가 된다. 그러나 반대파에 의하여 희주가 상처받을 것을 염려한 공상두는 이별을 선언한다. 희주의 아버지가 세상을 떠나자 동료의사 이세연은 미국으로 같이 갈 것을 권유하지만 그녀는 공상두를 찾아가고 두 사람은 다시 재회한다. 한편 반대파에 의하여 심복이 살해당하자

분노한 공상두는 이성을 잃고 복수의 칼을 휘두른다. 사건이 뉴스에 오
르내리면서 공상두는 잠적을 하고 희주는 그를 기다리는데, 돌아온 공상
두는 자수의 결심을 밝히고 성당에서 결혼식을 올린 후 희주의 곁을 떠
난다.

어머니의 자식에 대한 신뢰

어머니가 자식을 믿지 못한다면 누가 믿겠는가? 어머니의 자식에 대한 사랑은 절대적이다. 누가 뭐라고 해도 어머니는 자기 자식을 믿고 신뢰한다. 그리고 소중하게 생각하면서 키운다. 설령 자기 아들이 살인범이라고 해도 어머니는 따뜻한 가슴으로 자식을 포용하고 대해 주신다.

이 세상에서 어머니만큼 자식을 사랑하는 사람은 없다. 그럼에도 불구하고 자식이 "옳지 않은 행동을 한다."고 주위에서 여러 차례 되풀이해서 말하면 어머니도 신뢰하지 않는다. 하물며 타인은 더 말할 나위가 없을 것이다. 증삼살인(曾參殺人)이라는 고사성어가 있다.

이 말은 "증삼이라는 사람이 살인을 했다." 는 말이다. 그러나 이 고사성어가 나타내고 있는 본뜻은 실제가 아닌 거짓말을 퍼뜨려 남을 모해하는 것을 '증삼살인' 이라고 말한다. 보통 사람이 살인을 했다면 이렇게 고사성어까지 생길 이유가 만무하다. 그러나 증삼이라는 사람의 훌륭한 인품 때문에 도저히 믿을 수 없는 살인사건이 발생하였다는 소문 때문에 생긴 말이다. 증삼은 공자의 제자인 증자의 이름이다.

그는 논어 학이편에서 "하루에 세 번씩 내 자신을 반성한다."는 삼성오신(三省吾身)을 주장하신 분이다. 하루에 세 번씩 나 자신을 반성한다.(吾日三省吾身)는 말에는 "남을 위해 일을 도모하면서 충실했던가? 친구와 사귀면서 신의가 없지는 않았던가? 제대로 익히지 못한 것을 남에게 가르치지는 않았던가?"를 실천하였다고 할 정도로 증자는 자기반성에 철저를 기했다.

이 분은 철저한 자기반성을 통해서 인격을 수양하신 분이며 그의 제자들이 스승의 인격을 믿고 따른데서도 이를 알 수 있다. 증삼은 효행이 지극히 높은 사람이었다. 이런 사람이 살인을 했다는 소문이 믿어지지 않았으나 터무니없는 말이라 할지라도 되풀이하여 들으면 결국 어머니도 자식에 대한 믿음을 저버린다.

어느 날 증삼과 동명이인(同名異人)인 사람이 살인을 했다. 이 때문에 사람들은 증삼이 살인한 걸로 오해를 하게 되었다. 한 사람이 증삼이의 어머니에게 뛰어와서, "증삼이 사람을 죽였습니다." 고 했다. 그러자 증삼의 어머니는, "내 아들은 살인을 할 사람이 아니야." 하고는 태연히 배틀에서 계속 베를 짜고 있었다. 조금 있다가 또 한 사람이 달려와서, "증삼이 사람을 죽였습니다." 고 해도 아들을 믿는 증삼의 어머니는 여전히 베를 짜는 것이었다.

또 얼마 있다가 다른 사람이 와서 같은 소식을 전했다. 증삼의 어머니는 그제야 그 말을 믿지 않을 수 없었다. 너무나 놀란 증삼의 어머니는 베틀에서 황급히 내려와 어쩔 줄을 몰라했다고 한다. 아마 도저히 믿을 수 없는 일이 현실로 나타났다고 생각한 어머니는 그 충격 때문에 매우 놀라셨을 것으로 판단된다. 증자와 같이 도학군자(道學君子)라 할지라도 되풀이해서 같은 이야기를 하게 되면 사람들은 그것을 사실로 받아들인다.

또 일반인 뿐만 아니라 세상에서 가장 자식을 신뢰하는 어머니조차도 이를 사실로 받아들인다는 것이다. 이러한 동어반복(同語反覆)의 효과를 잘 알고 있는 사람들이 사상교육을 시키기도 하고 종교적 신앙심을 갖도록 유도했던 것을 우리는 잘 알고 있다.

약속을 지킨다는 것은 신의가 있다는 것을 말한다. 사람이 살아가는 데 있어서는 신의가 있어야 한다. 공자가 중요시한 교육에도 이 신의에 대한 말이 들어 있다. 오상(五常)이라하여 인(仁), 의(義), 예(禮), 지(智), 신(信)을 말한다.

유교에서 주장하는 다섯 가지의 덕목(德目)이다. 유교는 그 내용을 보더라도 생활철학이다. 그러므로 오상(五常)은 인생을 보람있게 살기 위한 가장 기초적이고 가장 중요한 덕목으로 본 것이다. 그렇게 하여 인격을 수양하고 인생을 개척하면서 살아가는 것이다.

인의예지신(仁義禮智信)이라는 말을 쉽게 설명하면 사랑, 정의, 예절, 지혜, 믿음이라고 보아야 할 것이다. 사실 오상에는 무궁무진한 뜻이 함축되어 있으나 간단히 표현하자면 그렇다는 것이다. 남에게 어질게 대하는 것은 사랑이 없으면 안 된다. 남을 아끼고 사랑해야만 인이 나온다. 다른 사람의 나쁜 행동이나 잘못을 보았을 때 불의를 참지 못하는 의(義)가 우리 마음 속에서 용솟음친다.

사람과 사이에는 부모와 자식간에, 부부간에, 스승과 제자 사이에 예절이 있어야 한다. 또 세상살이에는 지혜가 있어야 한다. 사리를 분별할 줄 알고 어떻게 하면 좋은 방안이 될 것인가를 지혜롭게 판단하는 능력이다. 마지막으로 상호간의 신뢰 즉 믿음이 필요하다.

아름다운 인간성을 개발하여 부모에게 효도하고, 나라에 충성하며, 부부가 서로 사랑하고 존경하며, 어른과 어린이가 질서를 지키며, 벗을 믿어 의리를 지킨다. 성실성과 정직성 그리고 정확성은 공동의 선으로서 인간이 끝까지 지켜야 할 중요한 가치이다.

남의 약속을 어리석으리만큼 고지식하게 믿은 사람의 이름을 따서 미생지신(尾生之信)이라는 고사가 생겼다. 중국 춘추시대 노나라에 사는 미생이라는 사람이 있었는데 이 사람이 사랑하는 애인과 다리 밑에서 만나기로 약속했다. 약속한 사람이 나타나지 않아 계속 기다리고 있는데, 갑자기 장대비가 쏟아지면서 개울물이 불어났다. 그래도 미생은 피할 생각을 하지 않고 다리 밑에 있다가 교각을 끌어안은 채 익사했다는 이야기다. 너무나 어처구니 없는 미련하기 짝이 없는 사건이다.

그럼에도 불구하고 이를 책에서까지 기록하고 후세에 신의(信義)를 이야기할 때 미생을 말하는 것은 다 그만한 이유가 있기 때문이라고 생각한다. 요새, 친구나 애인과 약속을 하고 이를 헌신짝같이 저버리는 사람이 많은 세상에서 이는 매우 중요한 일이라고 생각한다. 사기 소진열전(蘇秦烈傳)에도 매우 재미있는 고사가 있다. 소진이라는 사람이 연나라 왕의 의심을 풀기 위해 나눈 대화가 우리들에게 많은 교훈을 준다.

연나라 왕은 소진을 믿지 못했다. 이를 알게 된 소진은 연왕에게 말하기를 "왕께서는 나을 믿지 못하시는 것은 필시 다른 사람의 중상모략이 있어서일 것입니다. 나는 증삼 같은 효자도 아니요, 백이(伯夷)같이 청렴하지도 않으며, 미생 같은 신의도 없습니다. 그러므로 왕께서는 증삼 같은 효자와 백이 같은 청렴, 그리고 미생 같은 신의가 있는 사람을 얻어 왕으로 섬기도록 하면 어떻겠습니까?"하고 말하자 왕은 "만족합니다." 하고 말하였다.

이에 대해 소진은 다시 말을 이어 반드시 그렇지 않습니다. "효도가 증삼 같으면 하룻밤도 부모를 떠나 밖에 나가 있지 않을 것인데 어떻게 그가 천리 길을 걸어올 수 있도록 하겠습니까? 또 백이 같이 청렴한 사람도 무왕의 신하가 되는 것이 싫어 수양산에서 굶어 죽고 말았는데 어떻게 제(齊)나라까지 달려갈 수 있겠습니까? 미생과 같은 신의가 두터운 사람일지라도 그가 여자와 다리 밑에서 만나자고 약속하고 오지 않는 여자를 기다리다가 물이 불어 다리 기둥을 안고 죽었으니 이런 사람을 제나라에 보내 제나라의 막강한 군사와 싸울 수 있겠습니까? 저를 불효하고 청렴하지 않고 신의도 없다고 중상 모략하는 사람도 있지만 그렇기 때문에 저는 부모를 버리고 연약한 연나라를 돕기 위해 여기까지 달려왔지 않습니까?"하고 설득하여 연나라 왕의 마음을 돌려놓음으로써 신뢰를 구축했다고 한다.

오늘날 복잡한 세상을 살아감에 있어서 협상이 대단히 중요하게 되었다. 남과 나 사이에 여러 가지 오해가 생길 수도 있고 다른 사람과 의견이 다를 수도 있다. 이웃과 이웃 간에 이해관계가 있어 이를 해결할 필요성도 있고 노사간의 갈등도 마찬가지다.

국가와 국가간에도 이러한 일이 비일비재(非一非再)하여 이를 극복하기 위한 방안으로 협상이라는 말이 생겨난 것이다. 협상이라는 단어에는 양보라는 말이 함축되어 있다.

우리 나라와 일본, 중국, 러시아간의 어업 분쟁이 가장 대표적인 케이스라고 할 수 있다. 또한 노사협상도 마찬가지다. 임금 인상을 두고 노동자와 사용자간에 서로 자기 주장이 옳다고 줄다리기를 하고 팽팽하게 의견을 개진하지만 서로 일보씩 양보하면서 좋은 방안을 강구하는 것이다.

직장에서 상사와 직원간의 관계도 그렇다. 지방자치단체장과 직장협의회대표와의 간담회도 이러한 성격을 갖고 있는 것이다. 현대사회에서는 이러한 협상력을 갖고 상대방을 설득하는 능력을 갖추고 있는 사람이 필요하게 되었고 이러한 협상의 기술을 연마하기 위한 각종 학습서도 등장하기에 이르렀다.

특히 우리 나라와 같이 토론문화가 정착되지 못한 국가에서는 준비 부족 등으로 인하여 외국과의 협상 때 밀리는 인상을 지울 수 없다.

지금까지 우리는 소진과 연왕 사이의 협상도 보았고 세상을 살아가면서 협상이 왜 필요한가에 대해서도 살펴 보았다.

믿음이란 믿는 사람이 막연한 느낌을 갖고 믿기 때문에 그 이면에는 언제나 불신이 내포하게 되는 것이다. 그리고 같은 사람도 상대방이 누구냐에 따라 그 믿음의 정도가 다르다. 증자 같은 성인도 그의 주변 사람들이 세 번이나 증자가 사람을 죽였다고 말하게 됨에 따라 어머니조차도 의심하게 되었다는 사실에서 알 수 있는 바와 같다. 따라서 상대방으로 하여금 확고한 믿음을 주기 위해서는 신뢰감을 형성하여야 한다.

사람이 살아가는 사회에서는 너와 나의 신뢰가 대단히 중요하다. 정치가와 국민간의 관계, 생산자와 소비자와 관계, 무역 거래에 있어서 수출업자와 수입업자간의 관계도 모두 이 신뢰에 바탕을 두고 있다. 국민이 정치가를 믿지 못하면 그 정부는 신뢰성이 떨어진 것이다. 물건을 만드는 회사가 소비자로부터 외면을 당하는 것은 신뢰가 떨어졌기 때문이다.

우리는 가깝게는 부모와 자식간의 관계, 친구간의 관계, 애인, 직장, 사회, 국가, 국제사회로부터 신뢰를 받아야 살아갈 수 있는 세상이 되었다. 어떤 사람을 믿고 썼으면 그 사람을 믿어야 한다. 괜히 의심하게 되면 서로가 불편하다. 일을 시킬 때 사전에 철저한 검증을 해야 하겠지만 일단 믿고 상대방에게 일을 시켰다면 철저히 신뢰해야 한다. 그리고 그 결과에 대해서도 책임을 진다는 각오로 사람을 써야 한다. 오늘날 우리 사회에서 때때로 정직한 사람을 중상모략하여 하루 아침에 나쁜 사람으로 오해하도록 만드는 경우가 많다.

특히 정치가들 중에는 자기의 입지를 강화하기 위해 상대방을 비방하는 사례가 많다. 또 하나는 특정한 조직 목표를 두고 계속해서 같은 이야기를 반복하게 되면 처음에는 반대 의견을 갖고 있다 할지라도 계속 들음에 따라 머릿속에 입력되어 신념처럼 굳어 버린다.

명(明)나라 말기의 문장가이며 호는 묵감재인 풍몽룡(馮夢龍. 1575~1646)이가 지은 유세명언집에 나오는 이야기 한토막을 소개하고자 한다.

그는 쑤저우(蘇州) 출신으로서 말년에 푸젠성(福建省) 소우닝현(壽寧縣)의 지사(知事)를 지냈다. 다재다능하여 여러 가지 저술·편찬·교정 등을 하였는데, 특히 통속문학 분야의 업적이 많다.

유세명언에 소개된 약속에 대한 고사를 살펴보자. 과거에 응시하러 가던 범거경(范巨卿)이라는 젊은이가 도중에 동상에 걸려 다 죽게 됐다. 역시 과거를 보러 가던 장려(張勵)라는 젊은이가 그를 발견하고 며칠 동안 정성껏 돌봐주었다.

두 사람 모두 시험 날짜는 놓치고 말았지만, 대신 의형제를 맺었다. 둘은 다음해 중양절(음력 9월 9일)에 장려의 집에서 만나기로 약속했다. 해가 바뀌어 약속한 날이 되자 장려는 음식을 장만해 놓고 범거경을 기다렸다.

날이 저물도록 손님은 나타나지 않았다. 이윽고 깊은 밤, 초췌한 몰골에 수심 가득한 표정의 범거경이 기척도 없이 장려의 방에 들어섰다. 그는 산사람이 아니라 귀신이었다. 생활고에 시달리던 그는 중양절 당일에야 뒤늦게 약속을 기억해냈지만 천리 길을 가기에는 이미 때가 늦었다. 어쩔 줄 몰라 하다 "귀신은 천리길도 단숨에 갈 수 있다."는 주변의 말을 듣고 스스로 목숨을 끊어 약속을 지켰다는 것이다.

융통성도 없고 약속을 지키기 위해 목숨까지 바친 고사를 보면서 우리는 많은 것을 깨닫게 된다. 비록 신의를 지키기 위해 어리석기 짝이 없는 행동을 보여 주었지만 신의를 목숨보다 더 소중히 여긴 옛이야기들은 우리에게 감동과 교훈을 준다.

어느 사회나 직장에서도 신뢰가 대단히 중요하다. 신뢰를 쌓기는 대단히 어렵지만 이를 잃는 것은 매우 쉽다. 신뢰하면 어느 정도의 실수를 해도 덮어준다. 그러나 한 번 신뢰를 잃어버리게 되면 이를 만회하기가 쉽지 않다. 그래서 신뢰를 잃지 않기 위해 노력하는 것이다. 그러므로 신뢰는 사람과 사람사이의 관계를 설정하는데 있어서 대단히 중요한 것이라는 점을 알 수 있다.

어버이 은혜

　5월 8일은 '어버이날' 이라고 한다. 처음에는 '어머니날' 이라고 하였
는데 중간에 바뀌었다. 우리 나라는 1956년에 매년 5월 8일을 '어머니
날' 로 정하여 실시해 오다가 어머니날이라는 말이 자칫 아버지를 소외하
는 것 같은 오해를 불러일으킬 수 있다는 여론에 따라 1973년부터 '어버
이날' 로 변경하여 실천하고 있다.

　이날 하루만이라도 "어버이의 은혜를 생각하면서 살자."는 의미에서
카네이션꽃을 달아 드리는데 부모님이 돌아가신 분은 하얀 카네이션, 살
아 계신 분은 붉은 카네이션을 달아드린다. 카네이션의 꽃말을 살펴보면
"빨강색은 열렬한 애정을 뜻하고 백색은 나의 사랑은 살아 있다."라는
뜻이다.

　옛날 로마에 소크니스라는 그리이스 태생의 아름다운 처녀가 있었는

데 그녀는 영예의 화관을 만들어서 팔고 있었다. 소크니스는 어찌나 솜씨가 좋은지 시인이나 화가들의 사랑을 독차지했고 많은 주문이 쇄도하였다. 이렇게 되자 마음씨 나쁜 동업자가 그녀를 질투하게 되었다. 어느 날 이 고약한 동업자는 소크니스를 죽여버리고 말았다. 태양신 아폴로는 그녀가 그의 신단을 아름답게 장식해 준 뜻을 가상히 여겨 그녀를 작은 꽃으로 만들어 주었는데 이 꽃이 카네이션이라고 한다.

어버이날의 유래를 살펴보면, 지금부터 약 100여년 전 미국 버지니아 주 웹스터 마을에 '안나 자이비스'란 소녀가 어머니와 단란하게 살았었는데, 불행하게도 어느 날 사랑하는 어머니를 여의게 되었다.

소녀는 어머니의 장례를 엄숙히 치르고 그 산소 주위에 어머니가 평소 좋아하시던 카네이션꽃을 심었다. 그리고 항상 어머니 생전에 잘 모시지 못한 것을 무척 후회하였다. 소녀는 어느 모임에 참석하면서 흰 카네이션을 가슴에 달고 나갔었는데 이를 본 사람들이 그 이유를 물었더니 그 소녀는 대답하기를 "어머님이 그리워 어머니 묘소에 있는 카네이션과 똑같은 꽃을 달고 나왔다."라고 말하였다.

안나는 그 후 어머니를 잘 모시자는 운동을 벌여 1904년에 시애틀에서 어머니날 행사가 처음 개최되었다. 그리하여 이 날에는 어머님이 살아 계신 분은 '붉은 카네이션'을 가슴에 달아 드리고, 어머니가 돌아가신 분은 자기 가슴에 '흰 카네이션'을 달게 되었다. 그 후 미국에서는 1913년이래 매년 5월 둘째 일요일을 어머니날로 정하였고, 점차 전 세계적으로 확대되었다.

우리는 부모님의 은혜에 대하여 새삼스럽게 생각할 필요는 없을 것이다. 이것은 당연한 인륜이기 때문이다. 옛날 선인들이 생각했던 고사를 중심으로 몇 말씀 드리고자 한다.

"아버지는 날 낳으시고 어머니는 나를 길러주셨다. 우리는 어머니의 젖을 음식으로 삼고, 어머니의 무릎을 놀이터로 삼았으며, 어머니의 가슴을 잠자리로 하여 자랐다."고 불경에서도 말하고 있다.

우리가 직장생활을 하면서도 상사에게 깍듯이 대하는 것은 자기도 또한 후배로부터 그와 같은 대우를 받고 싶어서 그렇게 하는 것이다. 만약 직장에서 위계질서가 무너진다면 그것이 곧 조직의 와해로 이어질 수 있기 때문이다. 가정에서도 마찬가지다.

제일 중요한 것은 부모님을 모시거나 직장 상사를 모심에 있어서 진심으로 마음에서 우러나야 좋은 것임은 더 말할나위도 없다. 중국에서 초등학교 학생들을 가르치기 위하여 만들어진 교과서에 실려 있는 재미있는 내용을 하나 소개하고자 한다.

어느 집에 연세가 높으신 할머니와 부부, 그리고 어린 아들이 살고 있었다. 어머니는 연세가 매우 높으셔서 젓가락은 물론 숟가락도 제대로 사용하기 어려울 지경이었다. 드시는 음식이 자꾸 입 밖으로 세어 나와서 남 보기에도 민망할 지경이었다.

밥그릇이 상 아래로 떨어져 많은 밥그릇을 깼다. 아내와 상의 끝에 나무로 밥그릇을 만들어 드렸고 어머니에게 상을 따로 차려 드렸다. 나무로 만든 그릇에 식사를 드린 후에는 그릇이 깨질 염려는 없었다. 어느 날이었다.

세살 난 아들이 칼로 열심히 나무를 다듬고 있었다. 아버지가 아들에게 다가가 "무얼 그렇게 열심히 만들고 있니?"하고 물었다. 어린 아들은 "나중에 커서 어머니와 아버지께 드릴 밥그릇을 만들고 있어요."라고 대답하였다. 이에 깜짝 놀란 두 부부는 그 날부터 어머니의 나무 밥그릇을 버리고 새 그릇으로 드리게 되었으며, 어머니도 가족과 함께 같은 밥상에서 식사를 하게 되었으며, 효성이 지극한 부부가 되었다고 한다.

위의 내용은 자녀에게 효도를 받고자 한다면 본인 스스로 효도하는 사람이 되어야 한다는 교훈을 저변에 깔고 있다. 부모님의 은혜는 한없이 크고 넓다는 것을 알면서도 이를 제대로 실천하는 사람은 드물다. 특히 우리 주위에서는 부모님에 대한 깊은 생각을 하지 못하고 오히려 부모님의 근심을 키우는 사람이 많다. 더구나 부모님을 모시고 살기를 기피하는 현상이 나타나고 있다.

많은 여성들은 장남에게 시집가는 것 자체를 꺼린다. 부모님이 농사를 지어 땅 팔고 논 팔아 대학을 보내 제법 출세를 했다는 사람 중에는 그에 걸맞게 일류대학을 나온 며느리를 맞이하게 된다.

고등교육을 받은 며느리일수록 시부모 모시기를 달갑지 않게 여긴다. 시부모가 하는 행동 자체도 마음에 들지 않을 뿐만 아니라 혹시 대학 동창이나 고위직 사모님이라도 자기 집에 오게 되면 자신들의 체면에 손상이 가지 않을까 염려되기 때문이다.

시부모들도 고등교육을 받고 똑똑한 며느리가 어쩐지 거리감이 있다. 차라리 시골에 살면서 농사를 짓고 있는 며느리가 더 편하다. 도시의 아파트에서 감옥살이를 하는 것보다는 시골에서 살기를 희망하는 노인이 더 많은 이유가 되기도 한다.

결국 상급학교도 진학하지 못한 막내가 부모님을 모신다. 큰며느리는 간혹 생활비를 보내드리긴 하지만 그것도 한두 번 실천하다가 생활이 어렵다는 핑계를 대고 이마저 중단하고 만다. 그리고 자기들만 편하게 생활한다. 그러한 며느리일수록 시골에 가서 고추, 참기름, 쌀 등은 제대로 챙겨가지고 온다. 부모님을 모시는 것은 우선 고등교육을 받은 여성부터 자각하고 실천해야 할 대목이 아닌가 생각된다.

주자 10회훈에서 보면 부모님이 살아 계실 때 효도를 다하지 못하면, 부모님이 돌아가시고 난 뒤에 뉘우치게 된다(不孝父母, 死後悔)고 하였다.

고전에서 살펴보면 왕상(王祥)은 병석에 누운 어머니가 잉어를 먹고 싶다고 하자 한겨울이었음에도 불구하고 얼음을 깨고 잉어를 잡아 어머니에게 바쳤다고 하며 육적(陸績)은 친구집에 초대받아 잔치상에 나온 굴을 어머니에게 주려고 가슴에 숨겨 나오려고 일어서는 순간 가슴에서 굴이 쏟아져 나와 그 까닭을 알게 된 친구들의 입을 통해서 많은 사람에게 전해졌으며, 그의 효성이 후세까지 전해지게 된 것이다.

명심보감에 소개된 바에 의하면 옛날 손순(孫順)이라는 사람이 살고 있었는데 너무나 가난하여 아내와 더불어 남의 품팔이를 해서 어머니를 봉양하였다. 이들에게는 아들이 하나 있어 어머니의 음식을 뺏어먹는 것을 안타까이 생각한 나머지 아내와 상의한 후 아이를 땅에 묻으려고 산에 올라갔는데 땅을 팠더니 땅 속에서 종(鐘)이 나왔다.

이들은 "종이 땅 속에서 나온 것은 하늘의 뜻이다."라고 생각하고 아들을 데리고 집에 돌아왔다. 집에 가지고 온 종을 두드리니 그 소리가 매우 은은하고 청아한 소리를 냈는데 이 종소리를 들은 임금님이 사유를 조사하였더니 손순의 효행심이 드러나 임금은 집 한 채를 주고 해마다 쌀 50섬씩을 주었다.

끝으로 공자님의 말씀을 몇 가지 소개하면서 이 난을 마무리하고자 한다. "부모가 살아 계시면 멀리 나가 놀지 말며, 놀 때는 반드시 일정한 곳이 있어야 한다. 어버이를 섬김에 기거할 때는 공경을 다하고, 봉양할 때는 즐거움을 다하고, 병드셨을 때는 근심을 다하고, 돌아가셨을 때는 슬픔을 다하고, 제사 지낼 때는 엄숙함을 다해야 한다. 부모님께서 부르시면 즉시 대답하고 머뭇거리지 말며, 음식이 입에 있거든 이를 뱉고 대답해야 한다. 집안이 화목하면 가난해도 좋거니와, 의롭지 않다면 부자인들 무엇하랴? 한 자식이라도 효도하는 자가 있다면, 어찌 자손이 많은 것을 바랄 것이 있겠는가?"하고 말씀하셨다. 이어서 "자식이 효도하면

어버이가 즐거워하고, 집안이 화목하면 모든 일이 다 잘 이룬다. 아우와 자식된 사람은 집에 들어오면 효도하고, 밖으로 나가면 공손하며, 삼가고 신의가 있으며, 널리 모든 대중을 사랑하되 특히 어진 사람과 친근하게 지낼 것이니, 그렇게 하고도 남은 힘이 있거든 곧 글을 배워야 한다. 요새 사람들은 효를 가리켜 물질적인 봉양을 말하고 있는 것 같은데 개나 말도 모두 양육을 하고 있으니, 부모에게 존경하지 않는다면 무엇이 다르냐?" 말씀하시면서 우리들에게 부모 봉양의 참뜻을 일깨워 주고 있는 것이다.

공자님의 말씀은 '부모를 봉양함에 있어서 물질적인 부양만으로는 부족하다는 것이며 부모를 존경하는 마음이 있어야 그것이 진정한 효도' 라는 의미를 담고 있다. 부모님이 누워 있을 때 이부자리를 검사하여 방이 너무 뜨거워 살갗이 데거나 짓물려지는 것이 아닌지 살펴보아야 한다.

오늘날 양로원에 부모를 모시는 사람이 늘고 있다. 이는 시대 상황을 대변하고 있다는 것을 잘 알고 있다. 그러나 이것이 바람직한 일인지 재고해 보아야 한다. 연세가 많으신 부모님은 손자의 재롱을 보고 싶고 가정에서 자식들과 함께 외로움을 달래며 노후를 보내고 싶어하신다. 이번 어버이날에는 부모님에 대한 은혜를 다시 한번 되새겨 보는 기회가 되기를 간절히 바라며 이 글을 맺는다.

제3장 지혜롭게 사는 길

엄마와 함께 간 하늘나라

옆집 아파트에서 살고 있는 아저씨가 비디오를 빌리러 가기 위해 밖을 나섰을 때 아파트 위쪽에서 "엄마, 나 죽기 싫어."하는 여자아이의 비명 소리가 몇 차례 들렸다. 그 후 쿵 소리와 함께 어린이와 어머니 등 4명이 차례 차례 땅바닥에 떨어져 사망하는 사건이 발생하였다.

인천시 부평구의 한 아파트에서 엄마와 세 자녀가 함께 아파트 14층과 15층 사이의 복도 창을 통해 10초 간격으로 투신하여 사망한 끔찍한 사건에 대한 이야기다.

사망자는 30대 엄마와 어린이들이었는데 3세, 6세, 7세였다. 숨진 어머니 孫씨의 뒷주머니에는 "아이들에게 미안하다. 살기 싫다. 죽고 싶다. 안면도에 묻어달라."는 내용의 유서 등이 발견됐다. 어머니는 아이들의 애원에도 불구하고 기어이 어린 자녀들과 함께 동반자살하였다. 이 충격적인 사건을 두고 내 가슴은 정말 찢어질 것 같았는데 이것은 비단 나 혼자만의 느낌이 아니었을 것으로 생각된다.

신문마다 이 사건에 대하여 대서특필(大書特筆)하였으며 이를 바라보는 독자들의 반응도 다양하다. 어떤 사람은 이유가 어디 있건간에 자녀를 소유물로 착각하여 죽음으로 내몬, 그것도 살려달라고 애원하는 자녀를 강제로 저 세상으로 가게한 어머니의 비정함에 대하여 탄원하는 글도 있었다.

다른 의견은 "오죽하면 자녀를 데리고 저 세상으로 갔을까?" 하며 동정론을 펴는 사람도 있었다. 또 어떤 엄마는 "이제 나도 확신이 섰다. 자녀들과 같이 죽는 것보다는 사회복지시설에라도 맡겨야 하겠다."는 의견도 있었다.

빈소를 지키고 있던 남편은 "아내는 애들을 끔찍하게 사랑하였다."고 말했다. "어머니가 없는 세상에서 살아가는 아이들이 불쌍하다."고 느꼈을 것이다. 날마다 카드빚에 시달리던 어머니는 이렇게 살아갈 바에야 차라리 죽는 것이 좋겠다고 생각하였을 것이다. 고민 끝에 그녀가 최종적으로 선택하게 된 것은 아이들과 함께 죽는 것이라는 결론을 내렸다.

죽음이라는 마지막 결심을 하는 동안 수많은 번민(煩悶)이 머릿속을 스쳤을 것이다. 죽기로 결정하였을 때 어머니 앞에는 죽음 외에 아무것도 없었을 것이며, 인생살이는 허무 자체라고 생각한 그녀는 살려달라고 애원하는 자녀의 손을 뿌리쳤던 것이 아닐까? 사실 빚 독촉에 시달리는 사람의 심경이야 충분히 이해가 간다. 돈이 없으면 돈을 빌려 돈을 갚아야 하고, 돈을 빌리는 것도 한두 번이지 나중에는 빌려 주지도 않는다.

정말 답답하기 짝이 없었을 것이다. 이유야 어디에 있건간에 불행한 일이 아닐 수 없다. 고귀한 생명은 누구도 이를 마음대로 뺏을 수가 없다. 그것은 오직 신만이 할 수 있는 일이다. 생명에의 외경에 대하여 다시 한번 생각해 보아야 한다. 그렇기 때문에 쉽게 생을 포기하는 것은 대단히 잘못된 일이다. 생명을 경시하는 풍조는 있을 수 없다.

초등학생이 어머니가 꾸짖자 이를 비관하여 한순간에 자살했다는 보도가 있었다. 자녀를 키우는 부모의 입장에서는 항상 자녀들의 잘못에 대해 이를 매정하게 탓하지 말고 조용히 타이르는 것이 필요한 것으로 보인다. 또 하나는 세상살이를 함에 있어서 생명에 대한 존엄성을 깊이 생각하고 어떠한 어려운 일이 있더라도 이를 극복하고 살아갈 수 있는 참된 용기가 필요하다고 생각한다.

세상살이는 행복한 사람, 돈 많은 이웃, 맘만 먹으면 무엇이든 할 수 있는 사람만 바라보지 말고 어렵고 힘든 이웃, 역경을 딛고 일어서는 사람을 바라보면서 살아가는 것이 필요하다고 생각하며 자녀와 함께 생명에 대한 외경에 대해 대화를 나누는 것도 바람직한 일이다.

산업이 발달하고 사회가 복잡해지면서 일 주일이 멀다하고 들리는 자살 사건이 눈에 띄게 많아지고 있다. 특히, 동반자살 사건들 중에서 가장 많은 것이 부모와 자녀간의 동반자살이라고 한다. 지난 1978년부터 1995년까지 동반자살 사건 2백 64건을 연구했던 한양대 신경정신과 안동현 교수는 "부모·자녀간 동반자살이 62%로서 가장 큰 비중을 차지했다."며, 이 경우 거의 1백% 자녀의 의사와는 무관한 살인이었다고 한다.

이것은 부모가 없으면 자녀가 제대로 성장할 수 없고 또 사회생활에서 평생 고생할 것이므로 그럴 바엔 차라리 죽는 것이 현명하다는 판단을 하게 된 것 같다. 또 하나는 자녀를 보는 부모의 시각이다. 자녀는 자기가 낳았으므로 부모가 마음대로 할 수 있다는 그릇된 사고에서 비롯된 것으로 보인다. 그러나 우리가 판단할 때 자녀는 엄격한 개체이다.

부모가 없어도 얼마든지 살아갈 수 있다. 물론 부모가 돌보는 것이 좋겠지만 부모가 없어도 자녀는 살아갈 수 있다. 또 하나는 우리 나라가 아직 사회보장제도가 미흡하기 때문이 아닐까 하는 생각이 든다.

사회보장제도가 잘 된 나라라면 부모가 자녀를 데리고 하늘나라에 갈 필요가 없을 것이다. 또 하나 가슴 아프게 생각되는 것은 자기 생명을 너무나 간단하게 생각하고 있다는 점이다. 조그만 일에도 쉽게 생을 포기하고 만다.

어머니가 사랑하는 자식이 잘되라고 꾸지람을 했을 텐데 이 어린이는 어머니가 자기를 미워하고 있다고 생각하고 자살했을 것이다. 명문대학을 나온 사람이 인터넷상에 자기가 죽는 것을 합리화하는 글을 올리고 자살했다.

정몽헌 현대그룹 회장의 죽음도 많은 사람들에게 충격을 주었다. 유서의 글씨체가 그의 마지막 순간을 대변하는 것처럼 휘갈겨지고 격정적이어서 인간의 힘으로는 도저히 막을 수 없는 심경의 일단을 보는 것 같았다. 또한 박태영 전라남도지사와 안상영 부산시장의 자살 사건은 우리에게 너무나 큰 충격을 던져 주었다.

많은 사람들은 그 분들이 살아서 좋은 결실을 맺었으면 좋았을 것이라는 아쉬움을 안고 그 분들을 보냈다. 과거에는 사랑하는 사람과의 결혼이 성사되지 못함을 비관하는 자살이 많았으나 요즘에는 그 사유도 가지각색이다.

자살은 그릇된 사고에서 연유하며, 정말로 죽을 용기를 갖고 있다면 삶에 대하여 깊이 생각해야 한다. 눈을 돌려 다시 한번 밝고 희망찬 시각으로 세상을 볼 필요가 있다. 세상 일을 너무 비관적으로만 생각하지 말고 우리보다 더 어려운 이웃이 있다는 점을 간과해서는 안 된다.

한 정신과 의사는 이렇게 충고하였다. "우울증이나 생활고를 비관하여 강박관념에 사로잡혀 있는 사람과 충분한 대화를 통하여 좀더 시간적 여유를 두고 판단할 수 있도록 배려해 준다면 상당수의 자살 사건은 충분히 막을 수가 있다."고 한다. 그러한 사유가 발생할 수밖에 없는 처지를 이해하고 대화를 통해 원인을 규명하면서 이 세상에 대한 긍정적인 사고를 갖는 것이 필요하다.

세상은 결코 불행의 씨앗만을 뿌리는 것이 아니다. 사람이 희망을 갖고 살아가는 한 반드시 서광(瑞光)이 비춰진다. 신외무물(身外無物)이라는 말이 있다. 내 자신이 있어야 사물이 존재한다. 내가 이 세상에 없는데 어떻게 어머니와 아버지가 있고 친척이 있으며, 친구가 있을 것인가? 우리가 살아 있음으로 인하여 희망이 있는 것이다. 죽을 수밖에 없는 사람의 심경을 이해하지 못하는 것은 아니지만 자살은 신에 대한 모독이다.

옛날에 중국의 한 재상이 나라가 망하자 새로운 나라에서 종살이를 하게 되었는데 그를 알게 된 새 조정에서는 다시 한번 그 사람을 발탁하여 재상으로 임명한 일화도 있다. 우리 앞에 놓여진 고통은 일시적인 것이므로 밝고 희망찬 내일을 위해 오늘의 고통을 참는 지혜가 필요하다.

수녀와 국회의원

재미있는 유머가 있다.

"한강에 수녀와 국회의원이 빠지면 누구를 먼저 건져야 할까?"라는 수수께끼 같은 이야기이다. 사실 수녀와 국회의원을 비유한다는 것이 옳지 않은 말이지만 아무튼 그런 재미있는 말이 떠돈다. 이에 대한 답변이 걸작이다. "국회의원을 먼저 건져야 한다."는 것이다. 그 이유는 국회의원이 물에 빠지면 한강이 더럽혀지기 때문이라고 한다.

국민들이 정치하는 분들을 보는 시각이 곱지만은 않다. 사정이 이렇다보니 정치가 중에 뇌물수수와 관련되어 검찰에서 수사를 하면 "어디 그 사람만 돈을 먹었을까? 재수 없어 걸린 거지."하고 빈정댄다. 시의원이나 군의원, 도의원, 시장, 군수 출마에도 상당한 액수의 돈이 들어가기 때문에 능력은 있으나 돈이 없으면 꿈을 꾸지 못한다.

아무튼 정치를 하자면 돈이 필요한 것으로 보이는데 이를 뒤집어서 보면 우리 나라 정치풍토를 이지경으로 만든 것은 결국 우리 국민들의 수준을 대변해 주는 것이 아닌가 생각된다.

이제는 우리 나라에서도 깨끗하고 정직하며 능력 있는 사람을 뽑아야 한다. 돈 몇 푼 준다고 이를 받아 먹고 표를 준다면 천년이 지나고 만년이 지나도 정치는 깨끗해질 수가 없다.

정치가들로부터 축조의금은 물론 선거 때 돈을 받으려는 생각을 아예 하지 말아야 한다. 결국 유권자가 돈을 받고 투표를 하게 되면 그 정치가는 어디에선가 들어간 돈을 챙겨야 하기 때문에 부패의 악순환이 계속된다. 그러므로 정치풍토를 깨끗하게 바꾸어야 하고 공명정대한 선거문화를 정착시켜야만 정치가도 깨끗해진다.

만약 과거에 뇌물수수와 관련되거나 정치자금과 관련되어 스캔들이 있는 정치가가 있다면 다음 선거에 출마하더라도 낙선시키려는 시민의식이 강하게 작용한다면 우리 나라의 정치문화가 한차원 높아질 것이다.

최근 우리 나라에 뜻있는 내용의 제도를 하나 만들었다. '공직자 윤리강령' 이다. 오죽하면 공직자 윤리강령이 만들어졌을까 하는 생각을 하는 사람이 많다. 이렇게 해서라도 공직사회를 맑고 투명하게 해야 하겠다는 의지일 것이다.

공직자들에게 설문을 돌렸더니 스스로 부패했다고 믿는 사람이 6%도 안 되지만 일반 국민들과 전문가 집단에서는 공직사회가 부패하다고 믿는 사람들이 60%가 넘고, 어느 한 초등학교에서 설문조사를 하였더니 공무원들이 부패하다고 답한 학생이 80%가 넘는다는 조사결과가 나왔다 한다.

어린아이들이 아무런 근거도 없이 듣는 풍월에 의해 설문조사에 응해서 나온 결과로 판단되지만 아무튼 공직사회가 그처럼 부패했다고 믿는 것은 대단히 불행한 일이며 씁쓸한 뒷맛을 남긴다.

어느 시대 어느 국가를 막론하고 공직자가 깨끗해야 나라가 부강하였고 나라가 발전되었다는 사실은 역사가 증명하는 바이다. 이는 제도를 잘 만들어서 되는 것이 아니다. 공무원 스스로가 뇌물과 관련된 사실에 대해 초연해야 한다.

우리 나라에서도 공직사회를 근원적으로 깨끗하게 만들기 위해 형법상의 뇌물수수죄가 있지만 이는 실효성을 갖지 못한 것으로 보인다.

공직자 윤리강령을 제정하기 위해 설문조사를 했더니 공직자가 애경사 등에서 주고받을 수 있는 돈의 최고 한도액을 5만원으로 하면 적당하다는 의견이 많았다고 한다. 다시 말하면 친척을 제외하고 축조의금을 받을 수 있는 최고 한도액이 5만원이라는 이야기이다.

사실 고위직 공무원의 집에 애경사가 있으면 고민이 참 많았다. 과연 얼마나 해야 예의에 벗어나지 않는 것인지에 대한 판단이 서지 않았다. 10만원의 축조의금을 해도 20만원의 축조의금을 낸 사람이 있다면 빛이 나지 않는다. 물론 1급 이상의 공무원은 축조의금 자체를 받지 못하도록 하고 있기는 하다. 그러나 이번에 5만원으로 기준을 정하고 이것을 어기면 벌을 받도록 가이드 라인을 정해서 다행스럽게 생각한다.

그렇다면 우리 나라 국회의원이 지역 주민들에게 할 수 있는 축조의금은 얼마나 될까? 이는 1만 5천원이라고 한다. 이는 현실에 맞지 않는 이야기이다. 결혼식장에서 서민들이 내는 것도 3만원이다.

국회의원이 할 수 있는 축조의금이 1만 5천원이라는 사실을 아는 사람은 그나마 다행이지만 이를 모르는 사람이 1만 5천원을 낸 국회의원을 보고 대뜸 욕을 하게 되어 있다. 그래서 국회의원들은 축조의금 대신에 선물을 사서 보내는 것 같다.

우리 나라에서는 정치가에 대한 불신이 대단히 크다. 정치가치고 정식으로 후원금을 받든 아니면 비공식으로 받든간에 돈을 받지 않고 스스로 정치자금을 해결하는 정치가는 드물 것이다. 본인의 위치와 능력에 따라 후원금의 액수가 정해진다. 정치를 투명하게 하기 위해 정치자금법이 있으며 후원회를 통해서 정당하게 지원을 받도록 하고 있다.

그럼에도 불구하고 비공식적으로 흘러들어가는 뇌물 때문에 간혹 문제가 된다. 소위 떡값과 뇌물의 한계가 모호하여 여러 가지 문제를 야기시키고 있다. 대가성이 있느냐 없느냐에 따라 처벌을 받을 것인지 안 받을 것인지가 결정된다. 간혹 수억원의 돈을 받고도 대가성이 없다고 큰소리 치는 사람이 많다. 그런데 우리의 소견으로는 1억원이라는 거금을 받고도 대가성이 없다는 것은 납득이 되지 않는다는 점이다.

지하도의 통로에 앉아 있는 걸인이 있다. 그 걸인에게 1천원짜리를 주는 사람도 거의 없다. 고관대작들은 차를 타고 다니기 때문에 이런 현상을 잘 구경하지 못했겠지만 지하통로를 중심으로 걸인이 많이 앉아 있다. 바구니에는 거의 동전만이 바구니에 들어 있다. 그런데 1억원이라는 돈은 1만원짜리를 치면 1만장이다. 어마 어마한 돈이다. 이런 돈을 아무런 뜻도 없이 줄 사람은 아무도 없을 것이다.

업자는 돈을 벌기 위한 사람이다. 돈을 벌기 위해서는 투자를 해야 한다. 돈을 벌기 위해 노력하는 사업가가 어디 손해 보는 일을 하겠는가? 1억원의 돈을 썼다면 최소한 1억원 이상의 이익을 바라고 돈을 쓰는 것이다. 10억원 이상의 돈을 썼다면 최소한 10억원 이상의 이익이 창출되어야만 돈을 쓰는 것이다.

공직사회와 관련하여 몇 마디 한다면 공직사회를 깨끗하게 하는데는 크게 두 가지가 있는데 첫째는 공사를 하는데 수의계약을 없애야 한다. 둘째, 인사와 관련하여 비리를 근절시켜야 한다. 물론 수의계약의 장점에 대해서도 잘 알고 있다.

그러나 한시적으로라도 공직사회를 진정으로 깨끗하게 만들려면 모든 공사를 공개입찰로 바꿔야 한다. 물론 이렇게 되면 무엇 때문에 정치를 하느냐고 하는 분도 있을 것이다. 과거에 은혜를 입은 사람에게 이를 갚기 위해서는 수의계약이라도 있어야 할 것이다.

그러나 공직사회가 불신받고 있는 여건에서는 획기적인 변화가 있어야 한다. 인사문제와 관련하여 많은 문제가 있을 것이나 쉽게 나타나지 않는다. 왜냐하면 뇌물수수가 쌍벌죄이기 때문이다.

즉 주는 사람이나 받는 사람 모두가 처벌을 받으며, 이렇게 음성적으로 거래할 경우에 있어서 돈을 받아서 탄로 나지 않을 사람에게만 돈을 받는다는 것이다. 다시 말하면 꺼림직한 사람에게는 아예 돈을 받지 않는 것이다.

상대방에게서 돈을 받는다는 것은 상대방을 신뢰한다는 증거이기도 하다. 아무튼 공직사회가 깨끗해지기 위해서는 인사비리가 근절되어야 한다. 이 두 가지만 잘 해결된다면 뇌물수수와 관련된 공직사회의 문제를 크게 개선시킬 것으로 판단된다.

올바른 공직자상

정권이 바뀔 때마다 으레 등장하는 것이 공무원에 대한 사정이다. 공무원이 사정의 대상이 된다는 말은 공무원이 부패하다는 것과 무관하지 않으며 그때마다 공직사회에 적잖은 충격을 주었다. 다행히 참여정부에서는 공무원에 대하여 과거와 다른 모습을 보여 주고 있다.

어떤 초등학교에서 학생을 대상으로 공무원의 부패와 관련하여 여론조사를 실시하였더니 약 80% 가량이 "공무원은 부패하다."고 답변하였다고 한다. 그러나 공직사회 내부에서 볼 때는 과연 이런 여론조사가 맞는 것인지 도무지 이해가 되지 않는다. 물론 간혹 공무원의 직무와 관련된 사건이 터지면 전체 공무원이 한물에 사는 고기처럼 매도되기 일쑤이다. 전체 중의 극히 일부가 썩은 것을 보고 전체가 다 썩은 것처럼 보지 않았으면 하고 바랄 뿐이다. 이유야 어디에 있던 간에 우리 나라 공무원들이 부패하다고 보는 것이 일반인들의 시각인 것으로 보인다.

공무원이 깨끗해야 나라가 잘된다는 것은 주지의 사실이다. 그래서 정부에서도 공직자 부패방지 윤리강령을 새로 제정하였으며 시도(市道)에서는 시도대로 따로 행동 강령을 만들었다.

공무원들은 스스로 깨끗하다고 믿고 있으나 일반인은 그렇지 않다고 보고 있어서 큰 시각차가 있다. 80여만명의 공무원의 대부분은 건전하게 생활하고 있다는 점을 강조하고 싶다.

어느 시대 어느 국가를 막론하고 공무원이 깨끗한 나라는 그 나라가 부강하고 융성했지만 공무원이 부패하면 나라가 망했다. 월남이 패망직전에 공무원들의 부패가 극에 달했다는 것은 역사가 증명하는 일이다. 사회가 혼탁할수록 공무원의 뇌물수수가 극성을 부리게 되며 돈이 있으면 안 되는 일이 없다. 급행료를 주어야 하고 모든 것은 돈과 결부되어 있다.

우리는 이러한 나라를 선진국이라고 부르지 않고 후진국이라고 한다. 세계 역사상 어느 국가를 막론하고 관행적인 뇌물이 오갔다. 춘향전에서 볼 수 있듯이 옥에 갇힌 춘향이를 비공식적으로 면회하기 위해 손에 낀 반지라도 가지고 가서 옥을 지키고 있는 간수에게 뇌물을 주어야 면회가 가능했다.

상급자는 아랫사람 것을 뜯어 먹고 하급자는 또 백성들의 피를 빨고 살았으며 백성들 위에 군림하였다. 우리 나라 역사에서도 보면 돈을 받고 매관매직했던 역사가 있었다. 이에 반하여 너무나 청렴결백하여 다른 사람의 귀감이 되기도 하였다.

어떤 관료는 높은 벼슬자리에 있으면서도 집 천장에서 비가 세는 경우도 있었다. 청백리 제도는 조선조에 관리들 중에서 청렴결백한 사람을 선발하여 후세에 길이 거울 삼게 했던 제도이다. 엄격한 자격심사를 거

처 선발하였으며 이들의 자손에게는 부모의 덕으로 벼슬길에 오를 수 있
는 특전도 주어졌는데 청백리로 선발되면 가문의 자랑으로 여겼다. 조선
시대 청백리는 218명이 배출되었다고 한다. 대표적인 인물로는 황희 정
승과 맹사성을 꼽는다.

황희 정승은 대사헌과 영의정을 두루 거칠 만큼 조선시대의 거물급
정치인이었다. 그는 '정과 의가 아니면 행하지 않은 선행'을 실천하였다
고 한다. 바른말을 하다가 여러 번 파직 당하기도 하였으며 깨끗한 성품
이 인정받아 영의정까지 올라가게 된 것이다. 국고지출의 엄격한 통제,
공사구별의 상징적인 존재였다.

맹사성은 대사헌, 우의정, 좌의정을 역임하였는데 한평생 동안 청렴
결백하게 살았다고 한다. 바르지 못한 말은 임금의 말이라 해도 따르지
않았다. 요즈음 공무원의 세태로서는 도저히 이해가 되지 않는 부분으로
서 강직한 성품이었던 같다. 아마 요새 이런 공무원이 있다면 얼마 못 가
서 사표를 제출했을 것이다.

세종대왕이 태종실록 편찬내용을 보고 싶어하자 맹사성은 "실록이란
모두 당시의 모든 일을 사실대로 기록하였다가 후세에 보이기 위한 것인
데 전하께서 이를 보고 고치시면 후세의 임금이 이것을 본받아 행할 것
이요, 그러면 관리들이 두려워서 제대로 기록하지 못할 것입니다."라고
말했다고 한다. 훗날 실록이 문제가 되어 국왕이 가감할 의사를 표시하
면 세종대왕의 전례를 들어 반대하였다고 한다.

황희와 맹사성 두 분은 똑같이 대사헌을 지냈다. 대사헌은 사헌부를
총괄하는 지위다. 사헌부의 수장은 깨끗한 공직자 상을 갖고 있는 인물
이 발탁되어야 할 것이다. 그리고 불의와 타협하지 않는 사람이어야 할
것이다. 감찰결과 등에 대하여 임금님께 간언을 할 수 있는 권한도 있었
다. 조선시대에는 건국 초부터 고려의 제도를 이어 사헌부를 설치, 고려

와 같이 감찰행정을 맡게 하였다. 감찰을 파견하여 부정을 적발하고 그에 대한 법적 조치를 취하는 등 사법권이 있어서 형조·한성부와 더불어 삼법사(三法司)라고 불렀다.

사헌부는 관원의 인사에도 관여하여 임금이 결정 임명한 관원의 자격을 심사하여 이에 대한 동의 여부를 결정하는 서경(署經) 기관이기도 하였는데 시정·풍속·관원에 대한 감찰, 인사 행정에서 엄정을 위주로 하는 사헌부는 직원간에도 상하의 구별이 엄하여 하위자는 반드시 상위자를 예로서 맞이하는 등 규율이 매우 엄격하였다고 한다.

최근 옛 선인들의 뜻을 이어받고 공직사회에 깨끗한 바람을 불러일으키고자 청백봉사상 제도가 도입되어 공직자 중 청렴한 공무원을 선정하여 시상하고 있다. 대체적으로 타의 귀감이 되는 인물이 발탁되어 승진도 되고 공무원으로서 영예를 한몸에 받기도 한다.

이 시상제도는 언론기관과 행정자치부와 공동으로 선정하는 경우도 있고 부패방지차원에서 순수 민간단체에서 시상하는 경우도 있으며 이는 매우 바람직한 현상으로 받아들여지고 있다.

최근 청백봉사상을 받은 공무원이 노조활동을 했다는 이유로 재판에 회부되자 시민과 공무원 등 3,500여 명이 탄원서에 서명하여 재판부에 제출했다고 하여 화제가 되고 있으며, 이런 점으로 보아 청백봉사상 수상자에 대한 인기를 점칠 수 있을 것 같다.

공무원의 뇌물과 관련된 재미있는 고사가 있어 이를 소개하고자 한다. 중국의 후한 때 양진이라는 사람이 있었다. 양진이 동래 부사로 부임하자 왕밀이라는 자가 인사차 들렀다. 왕밀이 과거시험에 합격하자 자기를 천거해 준 양진을 고맙게 생각하고 있었다.

두 사람은 시간 가는 줄도 모르고 지난날을 이야기하면서 즐거운 시간을 보냈다. 시간이 흘러 밤중이 되었을 때 왕밀은 자기 품속에서 금괴

10량을 내놓더니 "가져올 것도 없고 해서 인사차 이 금괴를 가져왔습니다. 전에 도움을 받은 것에 대하여 평소 감사하게 생각하였으나 기회가 되지 않아 인사드리지 못했습니다."하고 말했다.

이에 대하여 양진은 "이 사람아 왜 이런 것을 내놓나?" 하고 말하자 왕밀은 인사치레로 말하는 것으로 생각하고 "아니 별것 아니니 받아 주십시오."하고 말하였다. 그러나 왕밀의 마음은 견고했다. 다시 가져가라는 것이었다.

왕밀이 말하길 "지금은 한밤중입니다. 더구나 아무도 보는 사람이 없습니다. 받아주십시오." 이 말을 들은 양진은 화가 나서 이렇게 말하였다. "왜 아무도 모른단 말인가? 내가 알고 자네가 알고 하늘이 알고 땅이 알고 있지 않은가?" "나는 자네가 관직에 충실하면서 성공하기를 바라고 있네. 그것이 나에 대한 보답일세."하고 되돌려 보냈다.

이때부터 양진의 소문은 전국 각지에 퍼지게 되었고 이를 공무원의 귀감으로 삼는 것이다. 후세 사람들은 이를 두고 사지(四知)라고 하는데 한문으로 풀이하면 내가 알고(我知), 자네가 알고(子知), 하늘이 알고(天知), 땅이 안다(地知)라고 한다. 우리가 귀담아 새겨들어야 할 대목이다.

사람들은 공무원에 대해 이렇게 이야기한다. "공무원이 무슨 걱정이 있겠느냐?"고 한다. 젊은이들 사이에 가장 인기 있는 직종이 공무원이라고 한다. 공직사회도 격무에 시달리는 부서가 참으로 많다. 매년 국회의 정기 감사를 받아야 하고, 지방의회의 업무보고와 감사, 감사원 감사 등이 있다.

이것은 일상적인 업무에 대한 부수적인 일이지만 일상업무 중에도 보고서 때문에 스트레스를 많이 받는다. 때로는 토요일, 일요일도 없이 근무하기도 한다. 또 같은 일을 시키면서도 매섭게 몰아 부치거나 하루에 두 차례 이상의 회의를 할 때는 고달프기 이를 데 없다. 스트레스를 받는 날이면 업무에 대한 의욕을 꺾어 버린다.

조선시대에는 황희 정승이나 맹사성 못지 않게 청렴한 선비들이 참으로 많았다. 그리고 그들이 남긴 청백리정신은 우리 공무원들에게 귀감이 될 것이다. 오늘날에도 청백봉사상을 수상한 사람 이상으로 고결한 인품과 청렴결백한 공직자로서 모범적인 생활을 하신 분이 우리 주위에 많다. 30여 년 이상 공직생활을 하면서 제대로 된 아파트 하나 구입하지 못한 분도 있었다.

현직에 있을 때 공직사회의 관행으로 보아 보기 드물게 여비가 남으면 반납하는 그런 분도 있었다. 이런 공무원을 보면서 그 분들에 대한 평가는 두 갈래일 것이다. 일부측 의견은 그의 청렴한 삶을 자랑스럽게 여기는 분도 있을 것이다. 그리고 그 어려움을 함께 해준 가족들에게도 감사하게 생각할 것이다.

다른 한편에서는 청렴하다는 것은 남의 돈을 받지 않는다는 것을 의미하는 것이지 자기 스스로 얼마 되지 않은 월급을 쪼개어 저축하여 남부럽지 않게 사는 것까지 막는 것이 아니기 때문에 그 분의 삶에 대해 비판적으로 보는 시각도 있을 것이다.

어쨌든 공직사회 내부에는 일부 몰지각한 공무원도 있지만 깨끗한 공직생활을 하고 참 공무원상을 후배들에게 보여줌으로써 본을 보인 분도 있다는 사실이 자랑스럽다. 우리는 청백리들이 살아간 역사를 반추(反芻)해 보면서 청렴하게 공직생활을 마치고 사회의 일원으로 살아가시는 분에게 감사드린다. 공직자가 올바로 사는 길만이 사회의 기강을 바로잡고 우리 나라가 굳건히 설 수 있는 길이기 때문이다.

은행나무의 비밀

내가 어렸을 적에 살던 고향은 20여 호의 작은 마을이었다. 우리 마을에는 유난히도 큰 은행나무 두 그루가 있었다. 한 그루는 어른 두 사람이 손깍지를 끼고 둘레를 재야 할 만큼 컸는데 이 은행나무는 서당에서 아이들에게 한문을 가르치던 친척 할아버지의 소유였다. 또 한 그루는 우리 집 바로 앞에 살던 아저씨의 마당 한 모퉁이에 서 있었다.

서당에서 한문을 가르치던 할아버지의 은행나무는 크기도 했지만 해마다 많은 은행이 열렸다. 가을이 되어 은행이 노랗게 익어 땅에 떨어질 즈음 친구들과 함께 대나무 숲을 헤치고 은행나무 밑으로 살금살금 기어가서 떨어진 은행을 주워서 발로 껍질을 벗긴 후 물에 깨끗이 씻어 불에 구워 먹었다.

은행껍질은 아주 역한 냄새를 풍겼으며 이를 물로 씻어내는데 무척 고생이 많을 뿐만 아니라 경우에 따라 은행껍질로 인하여 옴이 올라 고생하기도 하였다.

깨끗하게 씻은 은행을 불에 굽기 전에 치아나 벤치로 은행 알맹이의 껍질 한쪽에 구멍을 낸 후 불에 구웠다. 구멍을 내지 않으면 뜨거운 공기가 팽창하면서 껍질이 튀어 사람을 다칠 수도 있기 때문이다.

불에 구운 은행은 정말 쫄깃쫄깃하고 맛이 참 좋았다. 당시에는 먹을 것이 부족한 시절이었던 만큼 은행은 정말 맛있는 음식이었다. 간식거리로는 그만한 별미 음식을 구하기가 쉽지 않을 것이다.

세월이 흘러 할아버지가 돌아가신 뒤 그 은행나무를 처분하기 위한 방안이 논의되었다. 특히 할아버지의 후손들은 그 나무를 베어 팔고 싶었으나 마을 사람들은 은행나무를 베어 파는 것에 반대하였다.

후손들은 돈을 먼저 생각하였고 마을 사람들은 그 은행나무가 사실상 마을을 수호하는 나무로 여기고 있었기 때문이다. 그때만 해도 미신을 많이 믿는 경향이 있었다.

은행나무가 매우 크나 깨끗한 결을 유지하고 있어서 어떤 사람은 상을 만들면 좋겠다고 하고 어떤 사람은 관을 짜면 좋겠다는 의견을 내놓기도 하였다. 상을 만드는 사람과 관을 만드는 사람도 찾아왔으나 워낙 나무가 커서 선뜻 사겠다고 나서는 사람이 없었다. 그 후로도 많은 사람이 관심이 있어 나무를 보러 왔으나 팔리지 않았다. 그 후 내가 정든 고향을 떠나 서울과 광주에서 생활하다가 고향에 내려갔을 때에도 그 은행나무는 마을을 지키고 있었으며 우리를 반겨주었다.

그동안 많은 세월이 흘렀다. 벌써 내 귀밑머리가 희끗희끗해진 것을 보면 세월의 무상함을 새삼스럽게 느낀다. 도심에 가로수로 심은 은행나무를 볼 때마다 고향에 있던 그 은행나무에 대한 추억을 되새겼다.

전남도청 앞마당에도 은행나무가 한 그루 서 있다. 워낙 견고한 시멘

트 바닥에 서 있고 땅이 척박하여 나무가 크지는 않으나 나이가 꽤 들어 보인다. 그러나 매년 가을이면 많은 은행이 열린다. 광주 시내에도 가로수로 심어 놓은 은행나무에 많은 은행이 열리고 가을날 은행이 길바닥에 떨어져도 옛날과 달리 은행나무 밑을 기웃거리면서 은행알을 줍는 아이들은 아무도 없다.

세상이 그만큼 잘 살게 되었다는 뜻일 게다. 은행나무는 예로부터 문묘나 사당 등에 많이 심어진 것으로 보아 옛 어른들도 은행나무를 매우 아끼고 사랑했던 것으로 보인다. 은행나무는 '살아 있는 화석'이라고 부른다. 천연기념물 가운데 유독 은행나무가 많은 것도 결코 우연이 아니다.

중국이 원산지라고 하는 은행나무는 용문사 절 앞의 은행나무가 동양에서 가장 크고 오래되었다고 하는데 높이가 약 60미터이고, 수령이 1,300여 년이 되었다고 하니 얼마나 생명력이 강한지를 알 수 있다. 은행잎이 화석이 되어 있을 만큼 오랜 생명력을 갖고 살아온 대표적인 나무가 우리의 혈관을 깨끗이 씻어내어 정상적으로 활동할 수 있도록 도와주는 징코민을 생산한다.

최근의 각종 자료에 따르면 은행에는 천식, 동상치료, 기억력 증진과 치매치료제 등으로도 활용하는 나라가 있다고 한다.

사실 재목으로 쓰여지는 것으로만 알았던 은행나무가 사람의 건강을 위해 쓰여진다는 것은 대단히 놀라운 일이 아닐 수 없으며, 오래 전부터 독일과 한국에서 은행잎에서 추출한 혈액 순환제를 개발하여 인간의 건강증진에 크게 기여하고 있다. 또 기관지 천식이 있는 사람이 은행을 먹으면 좋으나 너무 많이 먹으면 건강에 해롭다고 한다.

옛날에 처녀들이 시집을 갈 때 어머니들이 은행알을 사전에 먹도록 하였는데 이는 먼길을 가는데 소변이 마려운 것을 가능하면 참을 수 있도록 도와 주는 역할을 하였다한다. 또 중국에선 은행나무를 공손수(公孫樹)라고 하며 이는 은행나무가 열매를 맺기 위해서는 수십년이 걸리므로 할아버지가 심어 손자가 따먹는다하여 붙여진 이름이다.

은행나무 잎은 불에도 잘 타지 않는다. 은행나무가 가로수로 많이 이용되는 것을 보면 이 나무가 공해에도 잘 견디는 것으로 보인다. 가을이 되어 도시에 심어놓은 은행나무 잎이 노랗게 물들여지고 낙엽이 되어 길가에 떨어지면 은행잎을 쓸어내는 청소부 아저씨들의 고생이 이만저만이 아니다.

늦가을 스산한 바람이 불어 노란 은행나무 잎이 길가에 떨어질 때 우리는 이제 머지않아 겨울이 다가오고 있음을 깨닫게 되며 진눈깨비와 더불어 세찬 바람을 맞아 쓸쓸하게 서 있을 나무들을 생각하면 괜히 애처롭게 느껴진다.

인간은 어디에서 왔다가 어디로 가는가? 무엇 때문에 살고 무엇 때문에 죽는가? 우리는 세월의 흐름에 따라 인생에 대하여 많은 것을 생각해 본다. 한곳에 정착되어 움직일 수 없는 한 그루의 나무도 온갖 어려움을 떨치고 끈질긴 생명력을 유지하고 있는 것을 보고 우리도 인생을 가치 있고 보람 있게 살아보겠다는 생각을 하게 된다.

은행나무는 약제를 생산하게 함으로써 우리에게 건강을 선물하기도 하지만 나무로는 상을 만들기도 하고 바둑판을 만들기도 한다. 은행나무의 강인한 생명을 보고 우리는 많은 교훈을 얻는다. 아무리 세상살이가 어렵다고 해도 그것을 뚫고 나갈 수 있는 의지와 신념이 있어야 한다.

강인한 생명력은 온갖 시련 속에서 꿋꿋하게 살아가려는 마음가짐에서 나온다. 어린시절부터 나약하게 부모에게 의지하며 살았거나 너무 안주하면서 살게 되면 어려운 역경에 부딪쳤을 때 그것을 극복할 수 없는 것이다.

인과응보(因果應報)

　'어린이는 어른의 스승' 이라고 한다. 어린이의 때묻지 않은 순수함을 보고 배우라는 것이다. 어린이는 태어날 때 때묻지 않은 품성은 하얀 백지같이 하얗다. 하얀 백지 위에 먹물이라도 떨어지면 금방 까맣게 물들어 버린다.

　그러나 세월이 흐르고 세사(世事)의 온갖 더러움에 젖어 살게 되면 자연이 때가 묻기 마련이다. 남에게 거짓말을 하게 되고 양심상 하고 싶지 않은 일도 때로는 어쩔 수 없이 할 때도 있다. 그러나 어린이는 너무나 천진난만하여 보고 있는 현상 그대로를 받아들인다. 어린이들이 아주 어릴 때 배운 말은 좀처럼 잊지 않으며 한번 배운 말은 어른이 되어서도 기억하고 있다.

　아버지가 날마다 술에 취하여 어머니를 때리는 가정의 아이들은 커서도 아버지를 바라볼 때마다 그 기억이 떠오르게 된다. 그래서 아버지에게 아무리 잘하려 해도 어린 시절의 기억 때문에 병들어 누워 있는 아버지를 잘 간호하지 못한다.

또 우리가 시골에서 살 때 아버지가 작은 부인을 두고 있는 가정이 있는데 아버지가 작은 부인을 둔 가정의 아이들이 어른이 되었을 때 그 자녀가 아버지의 잘못을 밟지 않아야 함에도 불구하고 이상스럽게 또 작은 부인을 두게 되는 것을 볼 수 있다. 이를 가리켜 '씨 내림'이라고 한다. 그래서 선을 볼 때는 당사자도 보지만 그 어머니나 아버지의 행실을 보고 자녀를 출가시키는 것이 우리의 전통적인 관례였다.

한 어린 소년이 아버지를 따라 산에 올라갔다. 산에 올라간 소년은 몹시도 다리가 아팠다. 아버지의 손에 이끌려 산 정상에 올라갔지만 등산할 때 너무나 고생이 심하여 어린 소년은 산이 몹시 싫었다. 그래서 그 소년은 산을 향하여 큰소리도 소리쳤다. "나는 네가 싫다!" 그러자 한참 있다가 산 저쪽에서 누군가가 "나는 네가 싫다!"하고 말하는 게 아닌가? 다시 한번 소리쳤더니 똑같은 답이 되돌아 왔다.

소년은 집에 돌아와서까지 산에서 있었던 기억이 좀처럼 지워지지 않아서 말도 못하고 혼자 고민하였다. 아직 나이가 어렸기 때문에 그것이 산울림이라는 걸 몰랐던 것이다. 아이는 자기가 싫다는 사람 때문에 고민이 심하여 밥도 제대로 먹지 못하는 형편이 되었다. 어머니가 아들에게 다가가 "애야, 왜 그러니?"하고 물었다. 어머니의 물음에 아이는 지난 번 산에서 있었던 이야기를 하였다. 산에 가서 소리쳤더니 "누군가가 자기를 싫어한다."는 것이었다.

어머니는 아이의 고민을 해결해 주기로 하였다. 어머니와 아버지는 아들의 손을 잡고 다시 한번 그 산에 올라갔다. 산 정상에 올라간 뒤 아들에게 "나는 네가 좋다!"라고 소리쳐 보아라. 아이는 부모님의 말씀에 따라 "나는 네가 좋다!"라고 소리쳤다. 그랬더니 이상스럽게도 저쪽에서 누군가가 "나는 네가 좋다!"라고 답해왔다. 아이는 좋아서 어쩔 줄을 몰랐다.

우리가 살아가는 사회는 어린 아이가 산에 올라가서 산을 향하여 소리칠 때처럼 산울림은 우리가 하는 대로 따라서 한다. 상대방을 향하여 좋다고 하면 상대방도 좋다고 하고 상대방에게 나쁘다고 하면 상대방은 또 나쁘다고 답해온다.

우리가 살아가는 사회도 마찬가지다. 네가 좋아하는 사람은 상대방도 자기를 좋아한다. 반면에 내가 싫어하는 사람은 그도 또한 나를 싫어한다. 설령 말하지 않는다 해도 사람의 마음 속에는 텔리파시가 있어 상대방 앞에 서면 그러한 좋고 나쁜 감정이 전달되어 오기 마련이다.

인과응보라는 말이 있다. 인과응보라는 말은 불교에서, 과거 또는 전생의 선악의 인연에 따라서 뒷날 길흉화복의 갚음을 받게 됨을 이르는 말이다. 그러므로 선한 행위를 한 사람은 복을 받고 악한 행동을 한 사람은 그러한 악한 벌을 받는다는 의미이다.

사람은 항상 이러한 인과응보에 대하여 머릿속에 그리면서 살아가야 한다고 생각한다. 자기의 부모를 살해한 사람을 죽이기 위해 평생 동안 무예를 갈고 닦는 것을 우리는 영화를 통해서 수없이 보아왔다.

탈리오의 법칙이라고 하여 '이에는 이, 눈에는 눈'이라는 말이 있는데 이는 '동해보복'의 원칙이라고 한다. 그러나 이러한 동해보복의 원칙이 개인에 의해 실천되면 사회질서는 무너지게 된다. 그래서 사람은 법을 통해서 개인이 보복하는 것을 금하고 국가기관인 검찰과 법원을 통해서 사회정의를 실현하기 위해 노력하고 있는 것이다.

우리는 이러한 법을 통해서 사회를 바라보는 것도 중요하지만 그보다 더 중요한 것은 도덕적인 판단과 도덕률의 실천인 것 같다. 도덕률이 높은 사회에서는 사실상 법이란 아무런 필요가 없다. 도덕적으로 올바른 행동을 하는데 법이 있을 필요 없기 때문이다.

남을 속이지 않고, 남을 때리지 않고, 남을 죽이지 않고, 남의 것을 뺏지 않는데 무슨 법이 필요할 것인가? 그러나 사회는 도덕적으로 해결되지 않기 때문에 법이라는 제도를 만들어 이를 어긴 사람을 처벌하게 되는 것이다.

수행하는 스님 한 분이 이 마을 저 마을 다니면서 동냥을 하고 먹을 것을 얻어 드시면서 돌아다니셨는데 하루는 어느 마을에 들러 아주머니로부터 밥을 동냥하였다. 그 아주머니는 스님이 동냥한 음식을 다른 불쌍한 사람을 만나면 그들에게 식사를 나누어 준다는 걸 알고 있었으므로 집에 있는 음식을 스님께 드렸다. 그 다음날 스님이 다시 그 집 앞에 와서 밥을 동냥하자 이 여인은 짜증이 나기 시작하였다.

화가 난 여인은 이번에는 상한 음식을 주었다. 그런 뒤 며칠이 지난 뒤 또다시 그 스님이 자기 집 앞에서 구걸하였으므로 화가 머리끝까지 치밀었다. 앞으로 두 번 다시 그 스님이 구걸하지 못하도록 하겠다는 생각에 그 여인은 집에 있는 독약을 밥에 타서 그 스님에게 드렸다.

스님이 한참을 걸어다니다가 몸이 피곤하여 나무 밑에 앉아 쉬고 있을 때 배가 고파 금방이라도 쓰러질 것 같은 한 청년이 지나가게 되었다. 스님도 배가 고팠으나 우선 그 청년에게 밥을 먼저 주는 것이 도리라고 생각하고 동냥해 온 밥을 그 청년에게 주었다. 그 청년은 맛있게 밥을 먹은 뒤 스님 곁을 떠났다.

그는 자기 어머니가 살고 있는 집에 당도하여 쓰러져 사망하였다. 그 밥을 먹은 청년은 다름 아닌 스님에게 밥을 주었던 그 아주머니의 아들이었던 것이다. 만일 아주머니가 스님에게 독약이 든 밥을 주지 않았더라면 자기 아들이 죽는 불상사는 없었을 것이다. 어머니는 집을 나간 자식이 하루 빨리 돌아오기를 기다렸을 것이다. 자기가 그러한 행위를 하지 않았다면 아들은 스님이 주신 밥을 먹고 힘을 얻어 어머니 앞에 건강하게 도착했을 것이다. 결국 스님을 헤치려다가 결국 자기가 가장 아끼고 사랑하는 자식을 죽게 만든 것이다.

이것은 어떤 의미에서는 극단적인 하나의 예시이다. 그러나 우리는 일상생활 속에서 우리가 알지 못하는 많은 잘못을 범하며 살고 있을 수도 있다. 그래서 유교에서도 일일삼성(一日三省)이라는 말씀을 하였다. 하루에 세 번 자기 자신을 되돌아보고 반성하자는 것이다.

세상의 모든 씨앗은 심은 데로 거둔다. "콩 심은 데 콩이 나고 팥 심은 데는 팥이 나기 마련이다." 우리는 그 스님에게 밥을 준 아주머니가 받은 죄 값을 보고 많은 것을 깨달았을 것으로 생각한다. 이와 같이 세상의 모든 일은 이와 같은 인과응보가 있기 마련이다.

우리는 살아가면서 아니꼬운 일이 있지만 때로는 참고 산다. 그것이 가장 현명한 방법이기 때문이다. 그러나 때로는 화가 나서 참을 수 없을 수도 있지만 되돌아서서 "내가 잘못했구나." 하고 반성을 하며 사는 것이 바람직한 삶이다.

장례식장에서 선글라스를 낀 청년

몇 년 전 경기도 용인에 있는 공원묘지 장례식에 갔을 때의 일이다. 할머니의 장례식에 참석한 한 청년이 짙은 선글라스를 끼고 서 있었다. 처음 보는 광경이어서 기분이 별로 좋지 않았다. 자기 부모가 돈이 좀 있어 미국까지 유학을 보내더니 예의를 모르는 사람이 되었다는 생각 때문에 몹시 불쾌한 느낌이 들었다.

장례식장에 서 있던 그 청년의 모습이 오랫동안 뇌리에서 사라지지 않았으며, '버릇없는 청년'이라는 생각을 지울 수가 없었다. 그 후 6년이라는 세월이 흘렀다. 그럼에도 불구하고 장례식에서 하관을 할 때면 으레 선글라스를 끼고 서 있는 그 청년의 모습이 떠오르곤 했다. 별로 신경 쓸 일이 아닌데도 불구하고 그러한 사고를 갖는 것은 세대차이라고 자위하면서도 왜 그가 선글라스를 끼고 있을까에 대한 생각이 오랫동안 머릿속을 떠나지 않았었다.

최근의 일이다. 우연히 영화 록키를 보고 있던 중에 주인공인 록키 마르시아노가 상대방의 주먹에 맞고 사망한 동료 권투선수의 장례식에 참석하였을 때 짙은 선글라스를 끼고 있는 장면을 보았다. 불현듯 스쳐 가는 것은 6년 전에 경기도 용인에서 있었던 일이 떠올랐다. 그 청년은 어렸을 때부터 미국에서 자랐고 미국에서 공부하였기 때문에 한국의 풍습보다는 오히려 미국 생활에 익숙해 있다고 볼 수 있었다. 그는 미국에서 배운 데로 장례식장에서 선글라스를 끼었던 것이다.

한국과 미국의 풍습이 서로 다른 데서 오는 관점의 차이였던 것이다. 미국 사람이 선글라스를 끼는 것은 흘러내리는 눈물과 슬픔을 감추기 위해서이다. 우리 나라에서도 남자아이가 길을 가다가 돌에 걸려 울면 "사내자식이 울긴 왜 울어?"하고 핀잔을 주지만 미국은 이보다 더 심하다고 한다.

미국에서는 대통령에 출마하는 사람이 눈물을 보이면 "대통령감으로서 부적합하다."는 판단을 내리고 그 사람에게는 표를 던지지 않는 전통이 있다고 한다.

한 나라의 대통령이 될 사람은 강직한 성품과 어떤 어려운 일이라도 딛고 일어설 수 있는 불굴의 의지가 있어야 된다는 것을 의미한다. 그래서 가능하면 남자는 눈물을 보이지 않으려고 한다. 사나이는 눈물이 나더라도 이를 꾹 참거나 남이 보지 않는 곳에서 소리나지 않게 우는 것이 우리 나라의 전통적인 관습이었다.

남자는 평생을 통하여 세 번 운다고 한다. 태어날 때 울고, 자기를 낳아주고 길러주신 부모님이 사망했을 때 울고, 마지막으로 자기가 이 세상을 하직하면서 운다고 한다.

이 말은 가능하면 "남자는 울어서는 안 된다."는 말로 통하게 되었고 예로부터 바깥출입을 하는 선비는 웬만한 어려움이나 슬픈 일이 있어도 이를 악물고 꿋꿋하게 살아가야 한다. 요새는 농담 삼아 하는 말이 "태어날 때 울고, 포경수술할 때 울고, 치과병원에 가서 울었다."는 농담도 곧잘 하고 있다.

"부모가 운명하실 때 운다."는 말은 아예 빠져버려서 부모에 대한 효성이 떨어졌음을 상징적으로 보여주고 있는 것이 아닌지 모르겠다. 남자가 너무 경망스럽게 자주 울어도 안되겠지만 슬픈 일이 있을 땐 때로는 울 수도 있어야 하지 않을까?

이제 시대가 바뀌었다. 과거와 달리 피도 눈물도 없는 남자를 좋아할 여성은 없다. 때로는 남자도 엉엉 울 줄 알아야 한다. 울고 싶을 땐 목이 터지도록 울 수도 있어야 한다. 세상 돌아가는 꼴이 보기 싫어서, 부모님이 돌아가셔서, 자기가 사랑하는 사람이 떠나서 울 수도 있다. 또는 하고 있는 사업이 실패했을 때, 원하던 일이 성취되어 너무 기뻐서 울 수도 있다.

지난날의 어려운 역경을 딛고 당당히 일어섰을 때 그는 자랑스럽게 지난날을 회고할 수 있을 것이다. 사람은 있는 감정 그대로를 표현할 줄 아는 순수함도 있어야 한다. 과거의 타성에 젖어 슬픈 영화를 보거나 연속극 중에 슬픈 장면을 보고 눈물을 흘릴 수 있어야 한다. 울고 싶어도 울지 못하는 것은 바람직하지 않다. 또 자리를 피하여 사람이 없는 곳에서 우는 것도 재고할 필요가 있다.

사람이 살아가는 사회에서는 저마다의 감정과 생각이 다르다. 집에서 가사일에 매달리며 아이들과 살아가는 아내는 고달프다. 아내가 어려움에 직면하여 울고 있을 때 남편이 근엄한 자세와 태도로서 이를 외면하는 것을 요즘 세대는 받아들이지 않는다.

지난번 대통령 선거를 즈음하여 문성근씨가 노무현 대통령 후보의 찬조 연설을 하고 있을 때 귓볼을 타고 흘러내리는 노무현 후보의 눈물을 보았다. 그것이 가장 인간다운 모습이라고 생각한다. 그러므로 남자도 때로는 눈물을 흘릴 줄 알아야 한다. 그래야만 인간다운 면모가 드러나는 것이다.

남자가 울 수 있다는 것은 감정이 풍부하고 정이 많기 때문이다. 많은 가정주부들은 옛날 선비들과 같이 근엄하게 행동하고 무뚝뚝한 인간을 바라는 것이 아니라 새로운 세대에 맞는 인간을 원하고 있다.

우리는 지난날 구조조정 등으로 동료들이 직장을 떠나는 뼈아픈 경험을 갖고 있다. 구조조정의 불가피성 때문에 여러 가지 기준을 만들었다. 왜냐하면 기준도 없이 퇴출시킨다는 것은 도덕적으로나 법적으로 용납되지 않기 때문이다. 그래서 퇴출기준을 정한 것이 과거에 징계기록을 갖고 있는 사람, 5,000만원 이상의 빚 보증을 서 주고 월급에 차압이 들어온 사람, 불친절하게 전화를 받는 사람을 퇴출 대상으로 삼았다. 이렇게 우리 곁을 떠난 동료들이 많았다.

그들은 아침에 잠에서 깨어나면 자기도 모르게 "옷을 갈아입고 출근준비를 했다."고 한다. 그것도 그럴 것이 20년 이상 정들었던 직장을 하루 아침에 그만 두었으니 자기가 퇴출 되었다는 것을 미처 기억하지 못하고 아침 일찍 출근준비를 했던 것은 어쩌면 당연한 일인지도 모른다.

그들은 직장을 그만둔 뒤 동네 사람들 보기가 부끄러워 아침 출근시간에 맞추어 밖에 나가서 공원의 벤치에 앉아 시간을 보내다가 퇴근시간에 맞추어 집에 돌아왔다고 한다.

그것도 하루 이틀이 아니어서 결국 집에서 쉬게 되었는데 "사업을 하기 위해 그만 두었다."고 둘러 붙였지만 있는 사업도 하기가 어려운 판에, 그것도 공무원이 '사업하기 위해서' 라는 변명은 사회의 통념상 궁색하기 이를 데 없는 일이어서 무척이나 가슴아픈 일이었다고 한다. 때때로 소주라도 한 잔 하게 되면 쏟아지는 눈물 때문에 통곡을 했던 날이 한 두 번이 아니었다.

가장으로서 자존심은 물론이고 불명예 퇴직이라는 멍에를 안고 직장을 그만 두게 되어 죄인처럼 느껴졌다는 것이다. 이와 같이 직장을 그만 둔 사람이 참으로 많았다. 이것은 어쩌면 시대가 만들어낸 산물인지도 모른다. IMF를 극복하기 위한 처절한 노력의 일환으로 살을 도려내는 아픔 그것이었을 것이다. 그러나 당하는 당사자들로서는 참을 수 없는 고통이었고 우리들의 동료와 그 가족들의 아픔을 가히 짐작하고도 남음이 있다.

하루아침에 실업자 신세로 전락하여 이 거리 저 거리를 헤매는 가장이 늘어나고 때로는 서울역 대합실에서 거적을 깔고 새우잠을 자는 신세는 대학을 나온 사람으로서는 참을 수 없는 고통이었을 것이다. 이렇게 날마다 삶의 의욕을 잃고 살다보니 사랑하는 부인과 가족들로부터 외면당하게 되었다.

다른 직장이라도 잡아서 살아보고자 제정신을 차렸을 때는 이미 아내는 보따리를 싸들고 집을 나간 뒤였다. 텅빈 집에는 어린아이들만 지키고 있고 밥 달라고 보채는 아이들을 달래다가 하는 수 없이 고아원에다 맡기고 자기는 빚을 얻어 소형 트럭을 준비하여 장사를 하기도 하였지만 어렵기는 마찬가지였다.

며칠만에 고아원에 들러 아이들을 만나러 갈 때마다 "아빠 언제 또 와요, 엄마는 어디 있어요?"하고 묻는 아이들이 질문에 목 메인 목소리로 "아빠, 곧 올게."하고 뒤돌아서는 아버지의 눈에는 송알송알 눈물이 맺혀 흘러내렸다.

남자의 자존심은 직장생활을 통하여 벌어들인 돈으로 가족을 부양하는 것이다. 그래야만 아버지의 위신이 서는 것이다. 어머니는 직장에 가고 아버지는 집에서 살림을 하는 경우에는 어딘가 모르게 주객이 전도되는 것 같아서 자기 스스로의 감정을 추스르기가 어렵다.

또한 아버지는 아이들에게 용돈이라도 주어야만 아버지로서의 위상이 서는 것이다. 그렇기 때문에 설령 어머니가 돈을 벌어오는 가정이라할지라도 아버지가 아이들에게 용돈을 줄 수 있도록 챙겨드려야 한다. 그래야만 그 가정이 제대로 영위될 수 있고 바람직한 방향으로 갈 수 있다. 그렇기 때문에 아버지의 실업은 어머니의 실업보다 더 가족에게 충격을 주는 것이다. 아이들의 용돈조차 챙겨주지 못하는 아버지는 아이들이 따르지 않는다. 그러므로 아버지는 직장생활을 통해서 돈을 벌어와야한다. 그래야만 아버지의 위치를 확보할 수 있고 가족을 통솔할 수 있는것이다.

지금까지 우리는 남자의 눈물에 대한 여러 가지 상황을 살펴보았다. 눈물을 감추기 위해 선글라스를 끼는 경우도 살펴보았다. 어려운 사람을 볼 때 눈물을 흘리고 아픈 사람이 있을 때 위로하고, 손이 필요한 사람에게는 봉사하고, 어려운 소년가장이나 의지할 곳 없는 노인이 있을 때 그들과 함께 할 수 있는 사람, 아내와 함께 청소도 하고 설거지를 할 수 있는 사람, 주방에서 앞치마를 두르고 요리를 할 줄 아는 남자가 필요한 세상이 되었으며 그것이 요즘 세대가 원하는 남성상이라고 할 수 있다.

메마른 눈물과 매정스러운 눈초리로 자기의 이익만 추구하는 사람은이기주의자이다. 그런 사람이 많으면 많을수록 사회는 삭막해진다. 남과내가 서로 공존공영하는 사회를 만들기 위한 마음의 자세가 필요하다.

다른 사람이 눈물을 흘리고 있을 때 눈물 한 방울 보이지 않는 사람은정이 부족한 자이다. 다정다감한 사람이 많은 사회는 사회를 풍요롭게만든다. 그렇기 때문에 남자의 눈물이 때로는 보석과 같이 귀중할 수 있다는 점을 말씀드리고 싶다.

재상과 마부

중국의 춘추전국시대 제나라에 안자(晏子)라는 명재상이 있었다. 그는 영공(靈公) 장공(莊公)을 섬기고 경공(景公) 때는 재상이 되었다. 키가 5척 단신이어서 키 때문에 많은 봉변을 받은 적도 있지만 머리가 명석하고 처세가 능하여 임금님을 세 분이나 모셨다.

학식도 뛰어나고 임기응변의 화술도 매우 달변이어서 상대방을 압도하는 재주가 있는 분이었다. 안자가 재상으로 있을 때 마부가 있었는데 이 마부는 키가 6척이었다. 마부는 자기가 재상을 모신다는데 대하여 자만심을 갖고 있었다. 마치 자기가 재상인양 거드름을 피우는 일이 자기의 습관이 되었으며, 웬만한 벼슬아치는 자기의 안중에도 없었다.

하루는 재상의 마차를 대기시켜 놓고 기다리는 것을 마부의 부인이 집 창문을 통하여 자기의 남편을 지켜보고 있었다. 안자는 비록 키가 작지만 의젓하게 마차를 타고 가는데, 키가 6척이나 되는 자기 남편은 마부임에도 불구하고 마치 자기가 재상이 되는 것처럼 행동하는 것을 보고 너무나 기가 막혔다.

저녁이 되어 남편이 돌아오자 아내는 헤어질 것을 요구하며, 낮에 있었던 모습에 대해 이야기하였다. "재상은 키가 작음에도 불구하고 의젓하게 앉아 있는데 당신은 재상보다 더 큰 6척 장신이며 겨우 마부 신분이면서도 우쭐대고 있으니 도대체 어찌된 영문이요? 당신 같은 사람과는 살 수 없으니 헤어집시다." 마부는 아내의 뜻밖의 이야기에 매우 당황하였으나 아내의 말이 백번 맞다는 것을 뼈저리게 느꼈다.

마부는 자기의 잘못을 뉘우치게 되었으며 그 뒤부터는 매우 점잖게 행동하고 겸손해졌다. 자기의 마부의 행동이 전에 없이 겸손하게 된 것을 본 안자가 그 까닭을 물었더니 앞서 이야기한 바의 일화를 소개하여 주었다. "그래, 너는 이제 마부가 적임자가 아니다. 황제에게 주청하여 너에게 합당한 벼슬을 주도록 하겠다." 한 뒤 마부에게 벼슬을 내리게 되었다. 이에 대하여 후세 사람들은 똑똑한 부인을 두어 벼슬을 하게 되었다며 부인을 칭송한다.

오늘날 우리가 세상을 살아가면서 느끼고 배워야 할 많은 부분을 시사하는 내용이라고 생각한다. 사람은 자기의 지위가 높고 낮건간에 항상 겸손한 마음가짐이 필요하다고 생각한다. 한번은 이런 일도 있었다.

초(楚)나라 영왕(靈王)은 명성을 드날리고 있는 안자(晏子)의 기를 꺾어보려는 속셈으로 제(齊)나라의 재상을 자신의 나라로 초청하였다. 안자를 접한 영왕은 바로 안자의 왜소한 단신(短身)을 비꼬면서 이렇게 물었다.

"제나라에는 이렇게 사람이 없는가?" 이에 안자는 "어찌 그런 말씀을 하십니까? 제나라는 길가는 사람들이 어깨를 서로 비비고 발꿈치를 서로 밟고 다니는 정도입니다.”라고 응답하였다. 영왕은 이어 “그런데 어찌해서 당신과 같은 사람이 사신으로 오게 되었소?”라고 하면서 안자를 비웃었다. 하지만 안자는 태연(泰然)하게 “그 이유는 이렇습니다. 우리 제나라에서는 사신을 보낼 때 상대국의 상황에 맞는 인물을 골라 보내는 관례가 있습니다. 저는 작은 나라 중에서도 가장 작은 나라의 사신으로 뽑혀 오게 된 것입니다.” 보기 좋게 반격을 당해 얼굴이 달아오른 초나라 영왕은 또 다른 상황을 일부러 조작하여 안자를 굴복시키려고 가짜 죄인을 안자와 함께 있는 영왕 앞으로 지나가게 하였다.

당(堂) 아래로 병사가 포승(捕繩)에 묶인 죄인 한사람을 끌고 지나가자 병사를 불러 세운 뒤 영왕이 물었다. “그 죄인은 어느 나라 죄인이며, 무슨 죄를 지었느냐?” 이에 대하여 병사는 “제나라 죄인인데 도둑질을 했습니다.”라고 대답하자, 영왕은 안자를 바라보면서 이렇게 물었다. “제나라 사람들은 원래 도둑질을 잘합니까?” 또다시 안자는 초연(超然)한 태도로 답변을 한다. “강남(江南)에 있던 귤(橘)을 강북(江北)에 옮겨다 심으면 탱자가 되는데, 그것은 토질(土質)이 다르기 때문입니다. 바로 제(齊)나라 사람이 제(齊)나라에서 살 때는 도둑질이 무엇인지 모르고 생활하는데, 그가 초나라에 와서 도둑질은 한 것을 보면 역시 초나라의 풍토(風土)가 나쁘기 때문인 것 같습니다.” 더 이상 할 말을 잃은 초나라 영왕은 안자에게 굴복하고 크게 잔치를 열어 환영식을 거행하고, 제나라를 함부로 넘볼 생각을 하지 않게 되었다.

이와 같이 안자(晏子)는 대담한 언변(言辯)을 구사하였으며, 명재상으로서 조금도 손색이 없는 판단력과 대처능력이 대단한 인물이었다. 물론 이 귤화위지(橘化爲枳)의 고사는 안자(晏子)가 처음 만들어낸 말은 아니지만 자기를 비웃는 영왕에 대하여 적절한 비유로 대처하였던 것이다.

죄 없는 자여 저 여인을 돌로 쳐라

과거 우리 나라에는 유달리 폐결핵이 많았다. 폐결핵은 영양상태가 나쁘면 걸리기 때문에 소모병이라고도 한다. 폐결핵균은 밀납으로 자기 몸을 보호하고 있어서 햇볕에서도 30분 이상 생존할 만큼 강한 내성을 갖고 있으며, 응달에서는 6개월 이상 산다고 한다.

전염성도 매우 강하여 가족 중에 폐결핵 환자가 발생하면 다른 건강한 가족에게 옮길 수 있다. 균이 밀납으로 둘러싸여 있어서 폐결핵약을 복용하더라도 약의 효력이 직접 균에 침투가 어려워서 약을 장기 복용해야 했으며, 이를 치료하는 기간이 최소한 1년 이상 소요되었다.

우리 어렸을 때에 폐결핵에 걸리면 죽는 것으로 알았으며 폐결핵 치료약도 요즘처럼 간편한 것이 아니었다. 하루에 24정을 복용하였으며 스트렙토마이신 주사도 3일에 한 번 이상 맞았다. 파스라는 약을 하루

20정, 아이나를 아침 저녁으로 4정을 복용하였다. 어느 목사님의 회고담을 들어보자.

오래 전에 부모 없이 살아가는 두 남매가 있었다. 오빠는 어렵게 등록금을 마련하여 대학에 다니고 있었는데 집이 가난하여 식사도 제대로 할 수 없는 여건 때문에 폐결핵으로 몸져눕고 말았다. 여동생은 극진히 오빠의 병간호를 하였으나 큰 차도가 없었으며 병세는 점점 깊어만 갔다.

오빠의 병을 장기간 치료해야 하나 우선 생활비가 걱정이었다. 때마침 옆집에 살고 있는 언니가 여동생에게 "아는 술집이 있는데 가서 술시중을 들어주면 월급도 많고 생활에 보탬이 될 것이라고 했다. 얼굴도 예쁘기 때문에 다른 사람보다 더 많은 월급을 탈 수 있을 것이라고도 했다."

처음에는 망설였지만 오빠가 폐결핵으로 누워 있는 상황에서 약값이라도 벌어야 하겠다는 생각에서 여동생은 술집에 나가게 되었다. 물론 오빠는 이 사실을 알아채지 못했다. 다행인지 오빠의 건강은 빠르게 회복되었으며, 학교에 복학하였고 여동생도 술집을 그만두고 새로운 각오로 열심히 공부하여 대학에 들어가게 되었다.

두 남매는 열심히 공부하여 대학을 졸업하고 교회에도 열심히 나갔다. 나중에는 교회에서 큰 직분을 맡아 교회의 중요한 일을 하게 되었다고 한다. 그런데 여동생이 술집에 있었던 것을 아는 사람이 같은 교회에 다니게 되었고 숨겨져 왔던 여동생의 과거가 탄로나게 되었다. 여기저기서 수군거리기 시작하였다.

"술집에 나간 여자가 교회에서 직분을 맡는 것은 옳지 않다는 이야기도 들렸다." 이러한 소문은 결국 오빠와 목사님에게도 알려지게 되었다. 그러나 오빠는 동생이 술집에 나갔다는 사실을 인정하려 들지 않았으며, 목사님도 그럴 리가 없다고 부정하였다.

그러나 날이 갈수록 소문이 더 커지자 두 남매는 그 교회를 다닐 수 없는 지경에 이르렀으며 그 교회를 그만두었다.

그 후 한 달 가량이 지난 후 두 남매가 자살했다는 사실이 밝혀졌다. 뒤늦게 이 사실을 알게 된 목사님과 교인들은 결국 자신들이 두 남매를 죽음으로 몰고 갔다며 가슴 아프게 생각하였으나 이미 돌이킬 수 없는 일이 되었다. 목사님도 그 교회를 그만두게 되었고 평생 동안 죄인처럼 생각하면서 살았다고 한다. 사람에게는 누구나 잘못이 있다. 아마 요즈음에 이런 사건이 발생할 가능성은 거의 없을 것이다. 우선 두 남매도 그 교회가 소문 때문에 불편하였다면 다른 교회로 다니면 되었을 것이다. 그리고 교인들도 남의 잘못에 대해 그처럼 많은 신경을 쓰는 경우도 거의 없을 것이다.

그러나 옛날 사람들은 마음이 여려서 세상살이에 대해 너무 단순하게 생각하였던 것이 아닌가 생각된다. 좀더 깊이 생각해 보면 여동생이 술집에 나가게 된 것은 가고 싶어 간 것이 아니다. 병든 오빠를 보호해야 하고 살아가기가 막막하기 때문에 마지못해 선택한 길이었을 것이다. 그럼에도 불구하고 사람들은 이를 이해하지 못했다. 어쨌거나 과거보다는 현재가 중요하다. 과거를 뉘우치고 새로운 사람이 되었다면 그는 새롭게 거듭난 사람이다.

사람은 항상 자기만의 잣대를 가지고 세상을 바라보고 있다. 자기 자신의 허물은 쉽게 보지 못하면서 남의 허물은 유난히 더 잘 보인다. 그래서 자기도 모르게 남을 헐뜯게 되고 남의 허물을 비판하게 마련이다.

성경에서도 창녀가 군중들 앞에 나타나자 돌멩이를 들고 금방이라도 던질 것 같은 사태에 이르자 예수님께서는 군중을 향하여 "너희들 중에 죄 없는 사람은 이 돌멩이로 저 여자를 쳐라."고 말씀하셨을 때 아무도 선뜻 나서는 사람이 없었다. 진정으로 죄 없는 사람이 없기 때문이다.

사람은 누구나 죄를 짓지 않고 살아가는 사람은 없다. 크건 작건 간에 잘못을 범할 수도 있고 그것을 용서하는 것은 오직 신만이 할 수 있다. 우리는 살아가면서 우리가 무엇을 위해 살아가는지에 대한 꾸준한 해답을 찾기 위해 노력하고 있다.

사람마다 자기 자신의 허물을 보지 못하고 남의 허물을 탓하는 사람이 많은 것이 세상사이다. 남의 눈의 티는 잘 보면서도 자기 눈 속에 들어 있는 들보는 보지 못하기 때문이다.

중국 황제와 후궁

중국은 960만㎢로서 우리 나라보다 약 44배나 크다. 중국사는 여러 가지 면에서 흥미를 끈다.

땅이 넓은 만큼 중국 내부에서는 갈등과 반목, 서로 넓은 땅을 차지하기 위한 싸움이 지속되었으며, 우후죽순처럼 많은 국가를 하나 둘씩 정복하고 최초로 통일 국가를 이룬 나라가 진나라이다.

대개 동양사는 중국을 중심으로 이루어져 있으며, 예부터 중국의 주변 국가들은 중국과의 원만한 관계를 유지해야 평화를 구가할 수 있었다. 그래서 중국과 화평한 관계를 유지하기 위해 노력했다.

중국 황제들은 얼마나 많은 후궁을 거느렸을까? 중국 황제들은 우리가 상상하고 있는 그 이상의 후궁을 거느리며 살았다. 가장 많은 후궁을 거느린 사람은 당 현종으로 무려 4만명에 달했다 한다. 그렇게 많은 후궁이 있었음에도 불구하고 자기의 18번째 아들 수왕의 비로 들어온 양귀비를 자기의 비로 맞이하여 그녀를 총애하며 살았다.

진시황의 후궁은 1만명을 넘었고, 한무제의 후궁은 1만 8천명이었으며, 가장 금욕적인 생활을 하였다고 하는 명나라 황제 주원장의 후궁은 93명이었다. 한대(漢代)부터는 미인선발제도가 생겨 전국 각지에서 미녀를 선발해 후궁으로 만들었다.

한무제는 "3일 동안 굶을 수 있지만 여자 없이는 하루도 살 수 없다."는 말을 남기도 하였다. 사정이 이렇다 보니 황제의 평균 수명이 마흔도 안 되는 경우가 허다했다.

오늘날 우리의 도덕적 기준으로 볼 때 문제가 많은 황제들도 있었으나 지나치게 여색을 탐한 황제들에 대해서는 논하지 않는 것이 좋을 것 같아 넘어가기로 하고 우리가 일반적으로 알고 있는 당 현종을 중심으로 이야기를 전개하고자 한다.

우리가 황제를 이해하는데는 현대적인 관점에서 파악하려면 이해가 되지 않는 점이 한두 가지가 아니다. 황제는 하느님 다음으로 막강한 권력을 소유하고 있었다는 점이다. 황제는 마음만 먹으면 남자를 여자로 바꾸고 여자를 남자로 바꾸는 일만 제외하고는 무슨 일이든지 할 수 있었다.

가장 많은 후궁을 거느렸던 당 현종(AD712~756)은 당나라를 45년간 통치한 황제로서 치세 초기에는 훌륭하게 정사를 처리하여 개원(開元)의 치(治)라는 태평성세를 이루었다. 이때는 장구령 같은 훌륭한 재상이 있었다. 그러나 양귀비와 사랑에 빠진 후로는 이임보, 양국충과 같은 인물이 국사(國事)를 그르침으로써 점차 나라가 기울게 되었다.

선정을 베풀 당시의 재상들은 황제에게 정확한 정보를 제공하였고 황제가 옳지 않은 판단을 할 때에는 과감없이 건의하고 시정토록 하였다.

그러나 이임보와 양귀비의 사촌오빠인 양국충이 재상에 올랐을 경우에
는 황제가 좋아하는 말만 골라서 하였고 황제가 기분 나쁘게 생각할 수
있는 일은 알리지도 않았다. 밑에서 올라오는 각종 상소는 재상이 먼저
읽어보고 취사선택하여 황제에게 올렸던 것이다.

이임보가 재상으로 있을 때 과거시험을 보게 되었는데 한 명도 합격
시키지 않았다. 응시자 가운데는 이백과 같은 당시 이름을 날리던 시인
도 있었다. 이백은 당현종도 그의 시를 암송하고 있을 정도로 널리 알려
진 인물이다. 그도 시험에 응시하였으나 보기 좋게 낙방하였다.

이임보가 현종에게 합격자가 한 명도 없다고 보고하였다. 이에 대하
여 현종은 "이백은 시험에 응시하지 않았습니까?"고 묻자 이임보는 이렇
게 대답한다. "이백은 시인으로서는 훌륭할지 모르나 관직에는 부적합한
인물입니다. 그리고 합격자가 한 명도 없다는 것은 대단히 경사스러운
일입니다."라고 말하였다.

다시 현종이 물었다. "그 이유가 무엇이요? 이에 대해 이임보는 "모
든 인재가 조정에 들어와 근무하고 있기 때문에 재야에는 인물이 없다."
고 변명하였다. 사람은 늙으면 죽는 것이 자연의 이치이며 너무 지나치
게 권세를 부리면 적이 많은 법이다.

이임보가 병이 들어 재상의 자리를 내놓게 되었을 때 제일 큰 걱정은
자기에게 너무 많은 적이 있다는 점이었으며 죽기 전에 아들에게 멀리
장안을 떠나 도망가라고 하자 "아버지, 저는 당나라 어디로도 갈 수 없습
니다. 어디를 가든 적이 많기 때문입니다."고 운다. 결국 이임보 재상은
사망하였으며 초상을 치르려고 준비를 하고 있을 즈음 조정 대신들은 빗
발치듯 이임보의 비리에 대해 탄핵을 하게 된다.

살아 있을 때는 한 마디의 탄핵도 못하던 사람들이 죽은 뒤에 빗발치
듯 상소를 하게 되니 이를 듣는 현종의 심기가 보통 불편한 것이 아니었

꽃잎에 서린 이슬

다. 이것이 세상 인심이 아니었던가? 현종도 어쩔 수 없이 이임보를 최하위 말직으로 강등시키고 재상의 예로 치르려는 초상도 채 끝나기 전에 그의 자손과 친척들은 귀양가는 비참한 신세가 되었다.

양귀비와 당 현종이 처음 만난 것은 서기 740년이었다. 양귀비의 본명은 옥환으로서 아버지의 임지(任地)인 쓰촨성(四川省)에서 태어나, 17세 때 현종의 아들 수왕(壽王)의 비(妃)가 되었다. 참고적으로 말씀드리면 중국에서는 임금을 황제라고 칭하였고 그의 아들이나 동생 등은 왕이라고 칭하였다.

현종은 무혜비(武惠妃)가 죽자, 황제의 뜻에 맞는 여인이 없어 물색하던 중 수왕비가 아름답다는 이야기를 듣고 만나본 결과 과연 절세의 미인이었다. 그 때부터 현종의 고민은 시작되었다. 아들의 비를 빼앗았다는 세인들의 비판이 무섭기도 하였다. 현종이 양옥환을 좋아한다는 것을 양옥환도 알았지만 그녀 역시 수왕을 사랑하고 있었고 옳지 않다는 점에 공감하고 있었다.

그러나 날이 갈수록 고민이 깊어지자 황제로서 체면이나 세인들의 비판 따위는 별로 문제가 되지 않는다는 극한 상황에 이르자 비서실장인 고력사에게 방법을 강구하도록 명한다. 고력사는 현종의 딸인 공주 등과 협의를 계속한 후 묘안을 짜게 되는데 아들 수왕과 양귀비를 자연스럽게 떼어놓기 위하여 궁궐 안에 당시 유행하던 도교의 사당을 짓고 여도사로서 돌아가신 시어머니와 조상을 위한다는 명분 아래 태진낭자라고 불리우며 기도를 드리게 된다. 비록 여도사였지만 궁궐 안에 있었던 만큼 현종과 양귀비는 자연스럽게 만날 수 있게 되었다.

본래 기도가 목적이 아니었기 때문이다. 현종이 양귀비를 처음 만났을 때 양귀비는 21세, 현종은 54세였다. 만나는 횟수가 증가함에 따라 현종과 양귀비는 더욱 가깝게 되었고 수왕과는 거리가 멀어질 수밖에 없었다. 수왕의 품에서 떼어냈고, 양옥환을 품은 뒤 6년이 흐른 뒤 그녀에게 '귀비'라는 칭호를 주었다. 양귀비의 나이 27세, 황제의 나이 61세 때의 일이다.

수많은 후궁이 있었음에도 불구하고 현종은 양귀비에게 흠뻑 빠져들게 되었다. 우선 눈길을 끄는 것은 어떻게 며느리를 부인으로 맞이 했을까에 대한 호기심일 것이다. 그러나 당시의 황제는 생사 탈취권을 갖는 절대 권력자였다. 무혜비가 낳은 수왕이 태자로 책봉되지 못한데 대하여 불만을 갖는 무혜비가 태자로 책봉된 아들을 포함하여 세 명의 왕자가 난을 일으킨다는 허위 보고를 받고 화가 나서 이것저것 생각할 겨를도 없이 세 아들을 사형에 처한 일도 있었다. 뒤늦게 후회했지만 이미 엎질러진 물이었다.

그 뒤부터는 자녀를 죽이는 것에 대해 심사숙고를 했으나 아들 수왕은 황제인 아버지가 무서울 수밖에 없었다. 자기 형들을 죽인 전례를 생각해 볼 때 황제인 아버지가 말을 듣지 않는 자기를 죽일지도 모른다는 두려움 때문에 양귀비를 포기할 수밖에 없었다.

중국 국영 텔레비전에서 제작 방영된 양귀비에 대한 사극에서도 이러한 면을 강조하고 있었다. 그러나 오늘날의 기준에서 보면 참으로 가당치 못한 부도덕한 임금이라고 하지 않을 수 없다.

다년간의 치세로 정치에 싫증이 난 황제의 마음을 사로잡아 궁중에서는 황후와 다름없는 대우를 받았고, 양귀비의 세 자매까지 한국 · 괵국 · 진국부인에 봉해졌다. 또한, 친척 오빠인 국충(國忠) 이하 많은 친척이 고관으로 발탁되었고, 여러 친척이 황족과 통혼(通婚)하였다.

양귀비가 어렸을 적부터 즐겨 먹었던 남방(南方) 특산의 여지라는 과일을 좋아하자, 그 뜻에 영합(迎合)하려는 지방관이 급마(急馬)로 신선한 과일을 진상한 일화는 유명하며, 다른 한편의 설은 당현종이 양옥환을 위해 수송했다는 설도 있다.

'말하는 꽃'으로 불릴 만큼 아름다운 자태와 음악과 춤에 대한 조예가 깊었다. 아름다운 몸매에 춤까지 잘 추었으니 현종의 마음을 사로잡을 만할 여인임에는 틀림없다.

정사(正史)에도 그녀를 '자질풍염(資質豊艶)'이라 적었으며, 절세(絶世)의 풍만한 미인이며 가무(歌舞)에도 뛰어났고, 군주(君主)의 마음을 끌어당기는 총명을 겸비하였다고 전하고 있다.

이백(李白)은 그를 활짝 핀 모란에 비유했고, 백거이(白居易)는 귀비와 현종과의 비극을 영원한 애정의 곡으로 하여 『장한가(長恨歌)』를 노래한 바와 같이, 그녀는 중국 역사상 가장 낭만적인 주인공이 되었다. 755년 양국충과의 반목(反目)이 원인이 되어 안녹산(安祿山)이 반란을 일으키자(안사의 난), 황제는 귀비 등과 더불어 쓰촨으로 도주한다.

안록산은 호족 출신으로서 임기응변에 능하고 말솜씨도 좋았다. 부하를 다루는 능력도 출중한 사람이었으며, 30만 대군을 거느리게 되자 현종도 너무 비대해진 병력문제에 대한 고민이 많았으나 이를 함부로 건드릴 수 있는 여건이 되지 못하여 많은 신하들이 안록산을 견제해야 한다는 건의가 있었음에도 불구하고 안록산의 처지를 인정하지 않을 수 없어 동평왕이라는 벼슬을 주어 회유도 해 보고 친자식처럼 아꼈지만 결국 난을 일으킨 것이다.

이 난으로 쫓겨 달아나고 있던 현종 일행이 장안의 서쪽 지방인 마외역(馬嵬驛)에 이르렀을 때, 양씨 일문에 대한 불만이 가득했던 군사들의 불만이 폭발하여 양국충을 죽이고 그녀에게도 죽음을 강요하였다. 현종도 이를 막을 방법이 없었다.

황제이면서도 자기가 사랑하는 여인을 구할 수 없는 처지를 비관하게 되었다. 그러나 민심은 천심이다. 양귀비의 친척뻘인 오빠 양국충이 죽은 입장에서 양귀비가 살아 있다는 것은 후환이 두려웠을 것이다. 그래서 장수들과 군사들은 죽기를 각오하고 현종에게 양귀비를 죽이라고 건의를 한다. 사태의 심각성을 깨달은 양귀비는 마외역의 길 옆에 있는 불당에서 목을 매어 죽었다.

중국의 서안에 가면 지금도 양귀비가 목욕했다는 화청지(華淸池)라는 목욕탕이 그대로 보존되고 있으나 목욕탕 안에는 물이 없으나 화청지 뜰에는 연못이 있으며, 건물 뒤편에는 아직도 따뜻한 온천수가 솟아나고 있는 것을 보았다.

이 역사적인 곳 서안을 2002년 6월 방문하였을 때 가장 아쉽게 생각했던 것 중의 하나는 오랫동안 수도로 정해진 장안에 과거에는 있었음이 분명한 궁궐이 보이지 않았다는 점이다. 아마 궁궐이 없어진 이유중의 하나는 서안이 중국의 중심지에 위치하고 있어서 서안을 서로 빼앗기 위해 뺏고 빼앗기는 수난의 역사가 지속되었기 때문에 화재로 소실되었을 것으로 판단되었다. 아마 서안의 역사적 각종 궁궐과 유물이 그대로 보존되었다면 역사적 가치가 훨씬 클 것으로 생각되었다.

당나라는 꽤 매력 있는 나라였다. 서안의 도로는 자로 그은 듯한 반듯반듯하게 설계되어 있었는데 이는 당나라 때 만들어진 것이다. 비행기 위에서 바라본 서안의 도로망은 오늘날의 기술로서도 그렇게 자로 잰 듯 반듯하게 만들어질 수 없을 만큼 완벽하게 보였다. 또한 서안을 둘러싸고 있는 외곽의 성은 침입하는 적을 효과적으로 방어하기 위해 하천을 따라 쌓아져 있었다.

서안에는 비림(碑林) 있고 병마용이 있으며 진시황릉도 있다. 비림이라는 말은 문자 그대로 비석의 숲을 이룬다는 뜻으로서 각종 비석이 보관된 곳이었다. 여기에는 왕희지의 글씨가 있고 이백과 백거이의 시가 있다. 또한 각종 미술품도 있었다. 아름다운 그림은 탁본을 하여 관광객에게 팔기도 하였으며, 한쪽에는 현대 동양화도 전시도 하고 팔기도 하였다.

시는 한자어나 한글이나 모두 어렵다. 왜냐하면 시안에 뜻이 함축되어 있기 때문이다. 더구나 중국어는 뜻글자이고 대화체로 쓰는 글과 문장으로 쓰는 글이 다르다. 시어(詩語)는 축약된 부문이 많아서 더욱 어렵다. 최근 우리 나라에서도 당시와 송시를 번역하여 이를 출판하였으며 퍽 미려한 양장본이 나와 일반인들도 쉽게 읽을 수 있도록 되어 있어서 이백과 백거이 등을 이해하고 왕유를 이해하는데 도움이 된다.

이백의 시를 읽고 있으면 마치 이백과 함께 술을 마시면서 술에 취해 있는 듯한 느낌을 갖는다. 병마용은 진시황제 때 군사와 말, 그리고 관료들의 모습을 흙으로 빚어 벽돌처럼 구워 만든 것으로서 세계 8대 불가사의 해당하며, 진시황릉은 산만큼 큰 능이다. 서안은 중국 역사상 많은 왕조가 흥망성쇄를 거듭했던 역사의 고장이다. 그런 만큼 많은 유적지가 산재되어 있는 곳이다.

우리는 서안을 통해서 많은 중국사에 대한 많은 공부를 하고 왔다. 더구나 당 현종과 양귀비에 얽힌 사연은 사랑은 국경이 없으며, 나이나 신분의 제약이 있을 수 없음을 다시 한번 생각해 보게 하는 기회가 되었다.

지혜롭게 사는 길

　인간을 '호모사피엔스' 라고 하는데 이 말의 뜻은 '지혜로운 인간' 이란 뜻이다. 확실히 호모사피엔스는 다른 동물과 다른 행동 양식을 통해 지혜를 쌓아가면서 살았다.

　인간이 지혜를 터득하고 이를 자손에게 가르치면서 점점 발전할 수 있었던 것 중에 제일 중요한 것 하나를 예로 들라하면 그것은 문자를 가지고 있다는 점일 것이다. 배우기 쉬운 문자를 가지고 있는 나라 사람들이 세계를 지배하고 있다고 해도 과언이 아니다. 그런 점에서 볼 때 우리 나라는 더욱 발전할 가능성이 매우 크다. 특히, 인터넷 시대에 들어와 우리 나라가 더욱 빛을 발할 수 있게 된데 대하여 세종대왕께 감사드려야 옳을 것 같다.

　세상을 살아가는데 있어서 지혜롭게 사는 것이 매우 중요하다. 이스라엘 사람들은 지식을 가르침에 있어서 "맛있는 물고기 요리를 해주는 것보다는 물고기를 잡는 방법을 가르쳐 주어야 한다."고 하였다.

이스라엘은 우리 나라와 마찬가지로 교육열이 가장 강한 국가이다. 그리고 사실상 미국의 정치와 경제를 한손에 넣고 주무르고 있다. 그들은 선민사상을 갖고 있다. 이 말을 쉽게 풀이하면 '하나님이 택한 백성'이라는 뜻이다. 그러한 희망이 있었기 때문에 수천년이 지나는 동안 이리저리 돌아다니는 유랑민의 신세였지만 가슴 속에는 언젠가 고국으로 돌아갈 수 있다는 희망을 갖고 살아왔다. 언젠가 돌아갈 날을 기다리면서 그들은 보석장사를 하거나 야채장사를 하였다.

언젠가 하나님이 부르는 날 귀금속은 쉽게 운반하여 이사를 갈 수 있을 것이다. 야채는 비싼 물건이 아니기 때문에 언제나 훌훌 털고 일어날 수 있다. 그들은 미국 인구 2억 6천여만 명의 3%도 채 안 되는 580만 명에 불과하지만 그들이 쌓아올린 명성은 우리가 상상하는 그 이상이다.

1905년부터 1975년까지 노벨상 수상자 310명 중 유태인이 42명으로서 12%를 차지하였으며, 미국 1백대 기업 소유주의 30~40%, 상원의원의 10%, 백만장자의 20%, 하바드, 예일, 프린스턴, 컬럼비아 대학등 미국 아이비리그의 30%가 유태인이라고 한다.

정치가로는 헨리키진서, 과학자로는 아인슈타인이 있으며, 뉴욕 타임즈이 회장 아서 셜츠버거, 워싱턴 포스트지의 명예회장 캐서린 그레엠, CBS회장 로엔스 티쉬, 타임워너 회장 제럴드워드가 유태인이다.

미국이 중동분쟁으로 골치 아픈 조그만 나라 이스라엘을 쉽게 버리지 못하고 언제나 감싸고 도는 것은 미국이라는 나라가 이미 이스라엘 사람들의 수중에 있음을 반증하는 것이다. 그들은 어린이를 가르치는 방법이 다르다.

우리 나라 부모처럼 자녀들에게 "공부해라, 공부해!" 하면서 강요하지 않는다고 한다. 공부는 스스로 즐겁게 하는 것으로 정평이 나있다.

초등학교에 입학하는 학생들에게 선생님이 제일 먼저 가르치는 것은 알파벳이 쓰여진 과자를 주는 일이다. 아이들은 사탕으로 만들어진 글자 과자를 먹으면서 '배우는 것은 이렇게 달구나.' 하고 생각하게 될 것이다. 또 어떤 선생님은 케익에 알파벳이 새겨진 글자를 먹도록 하기도 한다.

2003년 1월 워싱턴주 상원의원 신호범씨가 전라남도에 오셔서 특강을 할 때도 언급하였지만 이스라엘 사람들은 연방정부 상·하원은 물론 각주의 상·하원에서도 그들의 활약상은 눈부실 정도라고 한다. 미국에 거주하는 한국인도 벌써 200만 명이 넘었다. 그러나 한국인은 아직도 정계에서 활동하시는 분이 적다.

오리건주의 존림 상원의원, 신호범 의원 정도일 뿐이다. 신호범 의원은 한국인이 하루 빨리 미국 정치계에 진출할 수 있기를 간절히 바란다는 자신의 소신을 피력하였다. 한국인이 미국의 상원이나 하원에 진출하게 되면 그만큼 한국인의 위상이 높아진다는 것이다.

신호범 의원은 입지전(立志傳)적 인물이다. 그는 경기도 파주가 고향으로서 어렸을 때는 주한 미군부대 하우스 보이로 근무하기도 하였다. 그는 미군의 눈에 들어 양아들이 되어 미국에 건너갔다.

영어를 제대로 몰라 갖은 고생을 하면서 뒤늦게 검정고시를 거쳐 대학에 입학하였다고 한다. 그 후 열심히 공부하여 학사, 석사, 박사 과정을 마치고 대학교수도 한바 있으며, 워싱턴주 상원의원에 재선의 영광을 안은 매우 훌륭한 분이다. 남의 일이기 때문에 쉽게 이야기하지만 그가 살아온 인생 역경은 참으로 본받아야 할 점이라고 생각한다.

공부는 억지로 하는 것이 아니다. 스스로 하고 싶어서 해야 능률이 오른다. 그리고 부모 자신도 책이라도 사서 읽으면서 자녀들에게 모범을 보여 주어야 한다. 자기는 맨날 술만 마시고 집에 와서 술주정을 하고 아이들을 때리고, 아내와 싸우고 방에서는 담배나 피우면서 자녀들에게 공부하라고 하면 그 자녀는 공부하는 시늉만 하다가 결국 포기하고 만다.

자녀가 잘 되기를 바라는 집안에서는 반드시 책과 가까이 해야 한다. 비록 당대에는 큰 효과가 없을지 모르지만 평소 책을 가까이하고 연구하면 지식이 쌓여 지혜가 된다.

우리가 2천년이 넘은 논어를 공부하고 맹자를 공부하고 사서삼경을 공부하는 이유가 무엇인가? 그들이 살아 있을 땐 창이나 화살을 가지고 싸웠던 원시적인 과학 수준을 가지고 있었지만 그분들이 가르친 바를 인생의 지혜로 삼을만한 많은 교훈들이 지금까지도 유효하기 때문이다.

오늘날도 세계 각국에서는 공자와 맹자의 사상을 연구하고 발전시키기 위해 노력하고 있으며, 그 사상이 무엇을 담고 있는지에 대해서 보는 사람마다 각기 다른 견해를 내 놓고 있는 것이다. 무릇 모든 학문은 처음에는 모방의 단계일 것이다.

그러나 그 내용을 어느 정도 파악하고 나면 자기 나름대로의 체계를 세우게 되는 것이다. 글씨도 마찬가지요, 그림도 마찬가지다. 그래서 글씨에는 왕희지체가 있고 구양순체가 따로 있다. 우리 나라의 경우에 사나이다운 힘찬 기개를 보여 주는 투박한 추사체가 있는 것이 아닌가?

남농 허건 선생의 산수화가 다르고 의제 허백련 선생의 그림이 다르다. 같은 남종화계열도 다른 것이다. 같은 스승 밑에서 그림을 공부한 사람도 각기 다르다. 이당 김은호 선생에게 배운 운보 김기창 선생의 그림은 김은호 선생의 세필(細筆)이 아닌 선이 굵고 힘찬 그림이다. 선생님을 존경하지만 선생님을 뛰어 넘어 새로운 세계를 개척한 것이다. 그래서 운보 선생도 김은호 선생 버금가는 훌륭한 화가가 된 것이다.

2001년 중국 서안에 갔을 때의 일이다. 왕희지체는 교과서에 나와 있는 초서체만 있는 것으로 생각해 왔다. 그래서 머릿속에는 구양순체가 왕희지체보다 낮다고 생각해 왔다. 그러나 서안에 있는 비림(碑林)이라는 곳을 방문할 기회가 있었는데 그곳에는 문자 그대로 수많은 비석이 있었고 그림과 서예가 있었다.

이곳에는 왕희지의 글씨도 있었다. 행서로 쓰여진 왕희지 선생의 글씨는 정말 감탄할 만큼 잘 쓰여져 있었다. 지금까지 왕희지 선생에 대해 갖고 있던 편견들이 잘못되었다는 것을 새삼스럽게 느꼈다. 너무나 잘 쓰여져 있어서 몇 번이나 들여다보았다. 그래서 서성(書聖)이라고 칭하는 것이라는 점을 깨달았다.

우리는 살아가면서 옛 조상들이 우리 일상생활 속에서 보여준 생활 풍습을 보면서 나이가 점점 들어감에 따라 "옛 조상들이 하신 일이 옳다."는 점을 긍정하게 된다. 어렸을 때에는 옛날 사람들이 무식하고 지식도 없고 비과학적이라고 생각하여 왔으나 그렇지 않다는 점을 생활 곳곳에서 살펴볼 수 있다. 예를 들어 아기가 태어날 때 고추와 숯을 다는 것은 사람들에게 아기가 태어났으므로 가까이 오지 말도록 경고하는 것이다. 아기는 각종 세균에 대한 저항력이 약하기 때문이기도 하다. 또 고추와 숯은 세균 흡착력이 높은 것이다.

간장을 담글 때 쓰는 고추와 숯은 바로 그러한 원리이다. 우리 나라와 일본의 가옥들이 각각 다른 것은 기후 때문이다. 일본은 습기가 많은 고장이기 때문에 비교적 통풍이 잘 되도록 설계하였고 우리 나라는 습기가 적고 겨울에는 춥기 때문에 그에 알맞은 집을 지었으며, 흙으로 벽을 쌓아 더위와 추위를 동시에 막을 수 있도록 하였다.

이와 같이 우리의 일상생활 속에서 관찰해 보면 많은 과학적인 면을 찾아볼 수 있다. 현대인이 사용하는 것이 모두 좋은 것만은 아니다. 지혜는 꾸준히 관찰하고 그것을 생활에 적용시키는 것이다.

어떤 사람이 암소 한 마리를 훔치려다 주인에게 발각되었다. 그러나 도둑은 그 소가 자기의 소라고 주장했다. 하는 수 없이 판관에게 소를 몰고 갔다. 도둑으로 몰린 사람도 소 주인이라고 하는 사람도 모두 자기가 그 소의 주인이라는 점을 효과적으로 입증하지 못하였다. 판관은 두 사람에게 그만 싸우도록 지시하고 그 소를 풀어주도록 명령하였다. 자유롭게 된 소는 자기가 살던 주인집으로 뚜벅뚜벅 되돌아갔다. 결국 소도둑은 붙잡혀 감옥에 가게 되었다.

우리가 솔로몬의 지혜라는 말이 나오게 된 배경은 무엇일까? 그것은 구약성서 열왕기 상 제3장 16절부터 나오는 솔로몬의 명판결 때문이다.

두 여인이 같은 집에 살고 있었는데 공교롭게도 한 여인이 해산한 지 3일만에 또 다른 여인이 아이를 출산하게 되었다. 한 여인이 잠을 자다가 실수로 아기가 밑에 깔려 죽는 사고가 발생하였다. 그녀는 하녀를 시켜 죽은 아들을 상대방 여인 곁에 눕혀 두고 살아 있는 아이를 대신 데려옴으로써 사건이 발단되었다. 서로 살아 있는 아이가 자기 아이라고 주장하는 바람에 결국 솔로몬왕 앞에 나가 재판을 받게 되었다.

두 여인은 왕의 앞에서도 서로 자기 아이라고 주장하자 왕은 엄숙히 선언하였다. "칼을 가지고 오라. 그리고 아이를 둘로 갈라 한쪽은 저 여인에게 주고 한쪽은 이쪽 여인에게 주도록 하라."고 명령하였다. 그러자 한 어머니가 왕에게 청하기를 "저에게 아이를 주지 않아도 되니 부디 둘로 가르지 말고 저 여인에게 주십시오."하고 청하였고 다른 한 여인은 "내 아이도 되지 않게 하고 상대방 여인의 아이도 되지 않게 해달라."고 청하는 것이 아닌가? 왕은 "아이를 죽이지 말라. 그 아이의 어머니는 아기를 포기하고 상대방 여인에게 주도록하여 아기를 살리려고 한 여인이다."라고 판결하였다. 솔로몬왕은 어머니의 모성애를 시험하여 아이의 어머니를 가려냈던 것이다.

미국의 야구선수인 샌프란시스코 자이언츠팀의 배리본즈가 2002년

단일 시즌 최다 73호의 대 홈런을 때려내 세기의 관심이 되었다. 그날 때린 문제의 공은 당시 알렉산더 포포브란이라는 이름을 가진 야구팬이 먼저 받았으나 흥분한 관중들로 인해 넘어지면서 또 다른 관중인 패트릭 하야시의 손에 들어갔다. 결국 볼의 소유권을 놓고 법정 싸움으로 이어졌다.

일반 야구공이었으면 법정에까지 갈 필요가 없겠으나 이 볼은 역사에 길이 남을 대 홈런볼이었으며 싯가 1백만달러를 웃돌 것으로 예상되었기 때문이다. 결국 법원은 솔로몬식 판결을 내렸다. 샌프란시스코 법원은 두 사람의 주장에 우열을 가릴 수 없다면서 문제의 야구공을 팔아 그 금액을 공평하게 분배하도록 판결을 내려서 또 한번 화제가 되었다.

대구 지하철 사고가 발생하였을 때, 한 초등학생이 큰 부상도 없이 건강한 모습으로 병원에서 어머니와 함께 활짝 웃으며 기자들의 질문에 답변하고 있었다. "어떻게 부상도 없이 빠져 나올 수 있었느냐?"는 기자의 질문에 "아버지께서 항상 침착하라."고 말씀하셨다고 했다. 그는 "아버지의 평소 말씀에 따라 화재 발생시 침착하게 행동했으며, 테니스를 하기 위해 손목 보호대를 차고 있었는데 양쪽 손에 차고 있던 손목 보호대를 풀어 코에 대고 일반승객들과 함께 침착하게 대피했다."며 손목보호대를 보여 주었다. 손목보호대는 새까맣게 그을려 있었는데 그 학생이 코에 대고 나올 때 매연이 걸러진 것이었다. 아마 이 학생이 당황하였더라면 더 많은 유독가스를 들이마셔 사망하였을지도 모른다. 또한 손목보호대를 풀어 코에 대지 않았더라도 건강에 치명상을 입었을 것이다.

몇 년 전 여름 지리산 골짜기에는 물이 불어 텐트가 휩쓸려가서 많은 사람이 사망하였다. 정확히 기억할 수 없지만 많은 가족과 친지들이 더위를 식히기 위해 텐트를 치고 야영을 하다가 갑자기 불어나는 물 때문에 사고를 당한 것이다.

지리산과 같이 큰산에는 많은 골짜기가 있다. 특히 높은 산은 기류가 자주 바뀌고 예상하지 못하는 기후변화가 심하여 여름에는 비가 내릴 확률이 매우 크다. 그러므로 쨍쨍 햇볕이 난다하더라도 언제 비가 쏟아질지 알 수 없으므로 야영을 할 때 하천에 텐트를 치면 대단히 위험하다는 것을 알았더라면 그러한 위험을 피할 수 있었을 것이다.

그 사고가 발생한지 얼마 되지 않아 또다시 하천 하류에 텐트를 치는 사례가 있었는데 자녀를 둔 가정에서는 야영시 하천에 텐트를 치고 야영하지 않도록 주의시킬 필요가 있다.

또 해마다 여름이 되면 해수욕을 가는 사람이 많다. 해수욕장에는 그 이상 들어가면 위험하다 해서 빨간 표시를 해두고 해상요원도 배치하고 있다. 내 고향은 가마미 해수욕장 부근이어서 매년 여름에는 한두 건의 물놀이 사고가 발생하는 것을 보았다. 물놀이 시에는 몇 가지 꼭 지켜야 할 룰이 있다.

첫째는 물놀이를 하기 전에 반드시 준비운동을 하여야 하고 찬물을 몸에 끼얹어 몸이 적응을 할 수 있도록 해야 한다. 둘째, 빨간 표시가 되어 있는 곳 더 깊이 들어가서는 안된다는 것을 어린이들에게 항상 주의를 시켜야 한다. 셋째, 술을 마시고 절대 수영을 해서는 안 된다. 바닷물은 깊이 들어갈수록 물이 차다. 그러므로 술을 마시고 수영을 하게 되면 심장 이상이나 쥐가 발생하는 사고가 날 확률이 높기 때문이다.

산이 크고 깊을수록 방향을 잃고 조난사고가 날 가능성이 크다. 여름에 한창 삼림(森林)이 우거져 있을 때 무등산만 들어가 보아도 방향감각을 잃어버릴 정도이다. 그래서 지혜 있는 사람들은 항상 그 산에 경험이 많은 사람과 같이 산행을 하게 된다. 그러나 부득이 산행을 할 때 홀로 가거나 친구와 함께 갔을 때 산 속에서 해매고 있다고 가정하자. 이때 방향을 알 수 있는 기구도 없다고 하자. 그럴 경우에는 나무를 살펴보아야 한다.

대부분의 나무는 남쪽을 향하여 가지를 뻗는다. 그러므로 가지가 긴 쪽이 남쪽일 가능성이 크다. 이와 같은 기지를 발휘하여 조난으로부터 빠져 나올 수 있으며, 산행시에는 반드시 해가 지기 전에 하산한다는 점을 명심하되 만일의 사태를 대비하여 등산 배낭에는 항상 손전등을 가지고 가는 것이 지혜로운 행동이다.

각 가정에 가면 냉장고 안에 음식물이 가득하다. 특히 직장생활을 하는 여성들이 그렇다. 냉장고는 만능이 아니다. 냉장고는 찬 공기가 골고루 퍼져야 제 기능을 할 수 있는 것인데 음식물이 가득 들어 있으면 공기의 환류가 되지 않는다. 결국 음식은 부패하기 때문에 건강에 좋지 않다. 냉동실도 마찬가지다. 냉동실의 음식은 냉동을 할 때 음식물의 세포가 파괴된다고 보아야 한다. 그만큼 맛도 떨어진다. 음식을 먹는 것은 건강을 위해 먹는 것이다. 따라서 냉장고에는 다소 수고스럽겠지만 그때 그때 필요한 양만큼 사서 보관해 두는 것이 가족들의 건강을 보호할 수 있다.

지금까지 우리는 지혜에 대해서 살펴보았다. 그러면 지혜는 어떻게 해야 많아지는가? 사람이 오래 살면 지혜는 저절로 나오는 것인가? 그렇지 않다. 사람이 오래 산다는 것만으로는 지혜가 많다고 할 수 없다.

많은 지혜를 갖고 싶은 사람은 모든 사물을 대할 때 매우 신중하고 관찰력 있는 태도를 보여야 한다. 이슬방울 하나 하나를 살피면서도 그것이 우리에게 무엇을 보여 주는 것인가를 살펴야 한다.

길을 가다 돌멩이에 부딪힐 때 우리 인생의 삶과 연관시켜 살펴보아야 한다. 모난 돌이 정맞는다는 말이 있지 않은가? 그런 것들이 쌓여서 지혜가 되는 것이다. 아름다운 세상, 지혜로운 세상을 만들기 위해 꾸준히 노력하는 자세, 우리의 자녀들을 올바르고 지혜롭게 키우는 마음의 자세가 필요하리라고 생각한다.

진나라와 조선

　중국 최초의 통일국가는 진나라이다. 진시황(秦始皇)이라는 말은 최초의 황제라는 뜻이다. 우리는 가끔 진나라가 오랫동안 정권을 잡은 국가로 착각할 때가 많다. 그러나 진나라는 15년간 지속된 단명국가이다. 업적만을 놓고 평가할 때 진나라만큼 위대한 업적을 쌓은 국가도 드물 것이다.

　세계 8대 불가사의라고 하는 만리장성과 병마용이 진시황 때 만들어졌다. 진시황릉과 아방궁을 지었고 도량형을 통일하였으며 군현제를 최초로 도입하였다. 한편으로는 유학과 선비를 탄압하였는데 분서갱유(焚書坑儒)라고 하여 유학서를 모두 불태우고 460여 명의 유학자들은 산채로 땅 속에 묻어버리는 혹독한 전제군주로서 반대파를 철저히 숙청하고 백성들을 탄압하였다. 그럼에도 불구하고 오늘날 중국이 문명국으로서

세계에 자랑하는 문화재가 진시황 때 이루어졌다는 사실은 역사의 아이
러니가 아닐 수 없다.

진시황은 죽음을 그렇게 피하려 했으면서도 즉위할 때부터 자기가 죽
어서 들어갈 묘자리를 파고 있었다. 시황릉은 높이가 116m, 주위의 길이
가 2.5Km, 사방이 각각 600m에 달하는 엄청난 규모로 무려 70여만 명
의 죄수가 동원되어 공사를 했다. 관은 동으로 주조하였으며 무덤 내부
는 궁전과 누각 등의 모형과 각종 진귀한 보물들로 가득 채웠던 것이다.

그리고 수은으로 황하, 양자강 및 바다를 본 떠 만들고 수은을 계속
흐르게 하였으며 천장에는 진주로 아로새긴 해와 달과 별들이 반짝이게
하여 지상의 세계를 그대로 펼쳐 보이도록 했다. 아울러 고래기름으로
초를 만들어 조명시설도 해놓았다. 또한 내부에는 활을 설치하여 도굴자
가 침입할 때는 즉시 자동 발사될 수 있게 만들었다.

진시황이 죽어 시황릉에 매장되게 되자 후궁들도 모조리 생매장되었
으며 매장 직후에는 비밀유지를 위하여 능 안의 모든 문을 걸어 잠궈 매
장에 참여한 사람들이 모두 그 안에서 생죽음을 당하도록 하였으며 무덤
위에는 나무를 심어 산처럼 보이도록 위장하였다.

무덤 안에는 진시황을 모시는 시중과 신하 그리고 호위병, 군마 등을
흙으로 제작하여 배치하였으며 심지어 산채로 끓는 구리물을 뒤집어 씌
워 만든 것도 있다고 한다. 아방궁은 동서의 길이가 약 700m, 남북의 길
이가 115m로써 만 명 정도의 사람들이 앉을 수 있었다.

아래층에는 약 11.5m 높이의 깃발을 세울 수 있을 만큼이나 높았다.
그리고 그 안에는 곧바로 남산으로 통하는 고가도로를 만들었으며 수위
를 건너 함양으로 연결되는 복도도 만들었다. 그러나 어이없게도 아방궁
이 완성되기도 전에 진나라는 멸망하였다.

오늘날 만리장성은 진나라 때 만들어진 것보다 훨씬 길다. 만리장성

은 본선만 해도 약 1,700여 킬로미터에 달하고 지선까지 합하면 6,400 킬로미터나 되는 거대한 성으로서 진나라 이후 계속적으로 보강되어 수축되었다.

만리장성을 축조하게 된 근본 원인은 흉노족이 통일 천하를 이룬 진시황에게 계속적으로 부담을 주는 세력이었다. 이러한 흉노족의 침입을 막기 위해 북쪽 국경에 거대한 장성을 쌓도록 하고 몽염장군에게 30만 병사를 주어 그 임무를 맡도록 했다.

몽염은 지형 지물을 이용하여 요새를 구축했으며, 그리하여 10여년만에 임조(臨兆)에서 시작하여 요동에 이르는 총 길이 1만여 리의 대장성을 완성하였다. 이 공사를 위하여 30만 명의 군사 아닌 잡역부들이 동원되어 길거리에서 잠을 자야 했으며 몽염 자신도 10여 년 동안 밖을 나오지 못했다.

이 대공사는 백성들을 이루 말할 수 없는 고통 속으로 몰아넣었고 결국 그렇게 무리한 사업이 원인이 되어 진나라에서는 각 지방에 반란들이 끊이지 않게 되었다. 후에 진나라 멸망의 직접적 원인이 되었던 진승 · 오광의 난도 사실은 만리장성을 쌓은 고통으로부터 비롯된 것이었다. 사실 진시황은 대단한 인물이다. 어린 나이에 왕이 되어 강력한 추진력으로 역사상 가장 거대한 통일국가를 실현시켰다.

전국 시찰만 해도 통일 후 다섯 번이나 강행군하였는데 교통편이 변변치 못했던 그 시대에 중국 대륙을 다섯 번 시찰했다는 것은 참으로 대단한 것이라 할 것이다.

그는 군현제도를 확립한 절대적 왕권 중심의 통치자였다. 진나라 멸망 이후에도 역대 중국의 왕조들이 모두 채택한 탁월한 행정제도였다. 후대의 관점에서 진시황을 보는 시각은 여러 면이 부각되지만 가장 많이 애기되는 것은 만리장성, 병마용 축조와 아방궁, 시황릉을 세우고, 분서

갱유를 일으킨 유례 없는 독재자의 모습일 것이다. 이런 점 때문에 진시황의 진면목이 많이 가려있는 것이 사실이다. 진시황은 중국 전역을 36개 군으로 나누고, 각 군에 황제가 임명한 관리를 파견하여 행정을 담당하게 해 권력의 중앙 집중화를 꾀하였다.

동시에 도량형, 화폐, 문자의 통일 등 사회, 경제, 문화제도까지 정비하였다. 이렇듯 강력한 정책을 시행함에 따라 7국으로 병립해 있던 전국시대의 분열에 종지부를 찍고 황제를 중심으로 하는 전면적 개편을 단행함으로써 중앙집권 대제국을 탄생시킨 것이다. 아마도 탁월한 지도력과 독재가 없었다면 그렇게 단기간에 이루어낼 수 없었을 것이다.

진시황은 극단적인 합리성과 동시에 극단적인 비합리성이 기묘한 형태로 어우러져서, 아주 꼼꼼하게 정무에 힘쓰는 반면에, 거대건축을 세우거나 선약 찾기에 막대한 재정을 쏟아 부어 부질없이 낭비를 거듭하는 양극단을 오고가는 극과 극의 이중성을 지닌 인물이었다.

나는 공무원 교육원에 출강하여 이런 이야기를 자주 했다. 중국에 여행하여 만리장성을 관광하면서 그 높은 산꼭대기에 가로 세로 1미터 이상의 바위와 끝없이 이어지는 만리장성을 보고 위대하다고 감탄만 한다면 그것은 공무원이 아니라는 이야기를 강조한다. 왜 그럴까? 적어도 공무원이라면 그 무거운 바위를 산꼭대기까지 끌어올릴 때 얼마나 많은 사람이 희생되었고, 얼마나 많은 백성이 진시황을 원망했을까를 먼저 생각해야 한다.

예나 지금이나 공직자는 백성을 편히 살게 해야 한다. 군주도 마찬가지로 백성을 편하고 따뜻하게 살게 해야 한다. 백성을 괴롭혔던 군주는 오래가지 못했다. 진나라는 겨우 15년간(BC 221~BC 207) 지속되었을 뿐이다. 그 많은 업적에도 불구하고 진시황은 쓸쓸히 사라져야 했다.

수나라는 어떤가? 수나라도 겨우 38년간(서기 581년~618년) 지속되었다. 수양제는 그의 아버지와 형제를 죽이고 왕위에 올랐다. 고구려와 살수대첩에서 실패한 후 북경에서 절강성 항주까지 1,800킬로미터에 달하는 수로사업을 펼쳤다. 이 수로는 북경에서 항주까지 물품을 수송하는 루트로 사용하기 위한 사업이었으며 그 폭이 30미터에서 50미터에 달하였다. 여기에 동원된 인력은 줄잡아 350만 명에 이르렀을 것으로 평가하고 있다.

결국 진나라와 수나라가 그 놀라운 업적에도 불구하고 단명하게 된 것은 백성들의 피를 흘리게 하고 원성이 잦은 정권은 오래가지 않는다는 점일 것이다. 중국의 황제는 하늘 다음으로 높은 사람으로 평가된다. 중국 사람들은 10이나 100, 또는 1000을 완성의 숫자로 보았다. 그래서 중국의 자금성을 999칸으로 지었다고 한다. 어딘가 모르게 부족한 듯한 느낌을 주어야 채울 것이 있는 것이다.

우리 나라 조선은 1392년에 건국되어 1910년까지 27대왕이 정권을 잡았으며 519년간 지속되었다. 왕의 평균 재위기간은 약 19년이었다. 무엇이 이렇게 오랫동안 조선왕조를 지탱해 주었는가? 그 이유는 여러 가지가 있겠지만 가장 중요한 것은 언로의 개방이 아닌가 생각된다.

누구든지 임금에게 하고 싶은 말이 있을 때는 자유스럽게 상소를 하도록 했으며, 임금의 지시사항이나 한 말 등은 낱낱이 기록하였고, 기록된 실록은 당대의 임금이 함부로 볼 수 없도록 하였다. 그러나 불행하게도 그 기록을 보았던 연산군 등은 무서운 피비린내 나는 사화를 일으켰는데 그것이 갑자사화, 을사사화, 무오사화, 기묘사화이다.

아무튼 조선은 이러한 언로(言路)의 개방을 통해서 많은 사람의 이야기를 청취하였으며, 이를 국정에 반영하기 위해 노력했다. 임금이 싫어하는 이야기도 용감하게 했다. 현대 공무원들이 최고위층이 듣기 좋은 이야기만하고 될 수 있으면 비위에 거슬리는 이야기를 하지 않는 세태와는 사뭇 다른 것이다.

목숨을 걸고 옳지 않으면 옳지 않다는 건의를 했다. 그것이 조선왕조를 오랫동안 지탱하게 된 원동력이었다고 감히 말씀드리고 싶다. 정권을 잡고 있는 사람, 주민의 투표에 의하여 선출된 국회의원, 시도지사, 시장 군수 등은 항상 주민들의 목소리를 귀담아 들어야 하고 이것을 국정에 반영하여야 한다. 그것은 '백성의 소리는 신의 소리' 이기 때문이다.

제나라 때 재상 안자는 임금인 경공에게 이런 이야기를 하였다. "가까이 있는 부하는 침묵하고 멀리 있는 부하는 벙어리가 되지만 백성의 소리는 쇠를 녹인다."고 했다.

백성은 마치 평상시에는 바다와 같이 잔잔하지만 한번 들고 일어나면 마치 태풍이 몰아치면서 노도(怒濤)를 일으키듯이 무서운 세력으로 바꾼다. 전라남도지사가 취임 1주년을 맞이하여 청내 직원과 대화를 나누게 된 것은 매우 뜻깊은 일이다. 이와 더불어 도민과의 대화를 자주 갖는 것은 더욱 의미 있는 일이 될 것이다.

도지사는 도정에 대해 기회 있을 때마다 설명하고 공감대를 형성하여야 한다. 그래서 도민들이 도지사가 하고 있는 일을 정확히 알도록 해야 한다. 주민들을 직접 만나 대화를 나누는 방법도 있고 텔레비전을 통해 토론하는 방법도 있다.

잘하고 있는 일은 PR하고 새로 시작하는 일은 동의를 얻어야 하며 잘못된 일은 양해를 구하는 노력과 자세가 필요하다. 대화는 민주주의 국가에서 반드시 필요한 필수적인 사안이다.

징과 꽹과리

언젠가 공직사회에 담당제라는 것이 생겼다. 담당이라는 게 정말 우습기 짝이 없는 자리다. 계장도 아니고 그렇다고 담당자도 아니다. 팀제로 운영하겠다는 당초의 취지와는 다르게 어정쩡하게 움직이고 있는 것으로 보인다.

담당이란 옛날 계장이라고 부르던 제도를 담당으로 바꿈으로써 공직사회에 새로운 패러다임을 부여하고자 도입되었다. 담당제를 통해서 공직사회에 새바람을 불러일으키고자 하는 발상이었다. 담당에게 일정한 자기 고유사무를 맡겨, 자기 책임하에 일을 시키자는 의미도 있었다. 세상이 달라지면 그에 따라 살아가는 것은 정한 이치이다. 그러나 몇 년 동안 담당제를 시행해 왔으나 달라진 것은 거의 없는 것으로 보인다.

소위 담당이라는 제도는 중앙이나 도의 경우 사무관을 말하고 시군의 경우에는 주사를 지칭하고 있다. 담당이란 제도를 도입한 후 공직사회에서 느끼는 것은 다음과 같다. 우선, 담당의 입장에서는 옛날 계장이 하는 일이나 현재의 담당이 하는 일이 별 차이가 없는데 직위만 격하시켰다고 불만이다.

담당은 계장도 아니고 그렇다고 담당자도 아니다. 담당은 팀 전체의 업무도 같이 챙겨서 봐야 하고 자기 고유사무도 갖게 됨으로써 더 많은 책임만 주었으며 실질적인 권한은 아무것도 없고 오히려 약화되었다고 주장한다. 결국 현행 담당의 자리가 별볼일 없는 자리로 추락했다고 보는 것이다. 사실 담당이라는 제도가 모호하여 직원과의 관계도 그렇고 외부에서도 이를 쉽게 구분할 수 없는 것이다.

공직사회는 위계질서를 중시하는 것이 동양사회의 직장 윤리인데 이러한 서열 중심의 사회가 파괴되었다고 보는 것이다. 그러나 담당과 함께 근무하고 있는 직원들은 다른 생각을 갖고 있다.

담당이라는 제도에 걸맞게 자기 고유사무를 갖고 일을 추진해야 함에도 불구하고 일을 하지 않는다고 생각하고 있다. 그래서 불만이 많으며 때로는 인터넷을 통해 불만을 토로하기도 한다. 가장 가까운 곳에 위치하여 같이 근무하고 있기 때문에 담당과 담당자가 서로 부딪칠 수밖에 없고 서로 의견이 다를 경우도 발생할 수 있어서 불만이 싹트게 되고 경우에 따라 서로의 감정이 격화될 소지도 있다.

내국인은 물론 외국인도 담당과 담당자를 구분하지 못한다. 우선 국내에서 있었던 일을 하나 예를 들어보자.

어느 날 내가 알고 있는 사람이 도청에 들렀다. 그는 양복점을 경영하고 있었다. 그를 우리 사무실 앞에서 만났더니 내 명찰을 물끄러미 쳐다보더니 측은한 눈초리로 날 바라보고 있었다. 아마 담당이라고 써 있으니 불쌍하게 보였는지도 모른다.

나이가 들어 머리가 벗어지고 머리는 희끗희끗한데 아직 계장도 못하고 담당을 하고 있느냐는 언짢은 표정이었다. 그리고 한 마디 내뱉는 말이 걸작이다. "나, 도지사실에 갑니다."하고 떠난다. 참으로 기막힌 말이었다. 도지사실에 양복을 주문 받으러 가는지는 알 수 없으나 "도지사실에 가니 혹시 부탁할 일이 있으면 자기에게 부탁하라."는 투다. 아무 말도 할 수 없었다.

다음으로, 국제 회의장에서도 마찬가지다. 담당이라고 써 있으니 같은 한자권 나라인 일본인이나 중국 사람이 볼 때 '별볼일 없는 한국 친구가 회의에 참석했구나.' 하고 생각할 것이다. 이제 여러 해가 지나고 나서 담당과 담당자를 구분할 줄 아는 외국인도 늘어나기는 하였으나 이 담당제를 실시하고 나서 생긴 여러 가지 재미있는 이야기가 참으로 많다. 어떤 경우에는 사무관은 담당이라고 쓰고 주사를 주임이라고 쓰여진 명함을 주었더니 주임이라고 쓴 주사를 상석에 배치하는 일도 있었다.

또한 시대가 변화여 이제 실무담당자에게는 막강한 힘이 부여되었으나 담당에게는 모진 시련이 다가 온 듯한 느낌이 든다. 그것은 담당자들에게는 직장협의회가 발족하여 자기의 입장을 협의회를 통하여 표출할 기회가 넓어졌다. 그러나 담당사무관은 직장협의회에 가입할 수 없다. 다만 본인이 희망하는 경우에는 명예 직장협의회회원이 될 수 있다. 또한 담당에게는 직원의 근무평정을 할 수 있는 권한이 없다. 일을 시키는 사람에게는 리더쉽이 필요하다. 그 리더쉽은 결국 직접적이든 간접적이든 일정한 힘이 부여되어야 가능하다.

직원에 대하여 가장 잘 아는 사람은 다름 아닌 담당이다. 그러나 직원에 대하여 근평을 할 수 있는 권한도 부여되지 않기 때문에 담당은 씁쓸할 수밖에 없다. 또한 담당은 전체 직원을 총괄하면서 여러 가지 일 처리를 하고 있으나 고유사무가 많지 않기 때문에 일을 처리하지 않는 것처럼 비춰질 수 있다. 그래서 밑에 있는 직원으로부터는 일을 도와주지 않는다는 불편을 듣고 있고 위로부터도 제대로 말 한 마디 할 수 없는 처지가 되었다. 이래저래 마음 아픈 사연이 많다.

직원들의 입장에서 볼 때 담당 즉 계장이 못마땅할 때도 많을 것이다. 맨날 뼈빠지게 고생하며 일하는 사람은 실무자밖에 없는 것처럼 보인다. 그래서 항상 불만을 쏟아낼 수 있다. 농악에서 보면 징과 꽹과리는 서로 다른 소리를 낸다.

음정의 높낮이가 현저히 다르다. 꽹과리는 소리가 높고 작기 때문에 빨리 빨리 칠 수가 있으나 징은 크고 무거우며 낮은 음정을 갖고 길게 은은하게 흘러간다. 징과 꽹과리는 서로 다르지만 농악을 하는데 없어서는 안 되는 것이다. 농악을 하는데 있어서는 징도 있어야 하고 꽹과리도 있어야 한다. 장고도 필요하고 북도 필요하다. 때로는 소고도 필요하다. 상쇄도 필요하다.

그러나 농악에서 꽹과리만 잘 친다고 해서 농악이 되는 것이 아니다. 꽹과리를 열 번 칠 때 간간이 치는 징소리도 농악에서 구색을 맞추는 것이며 북이나 장고도 마찬가지다. 사람은 사람마다 자기의 특기가 있다. 농악에서나 직장에서도 항상 조화가 있어야 한다. 그러나 우리가 혹시라도 반성해야 할 점이 있다면 시정해야 한다.

예를 들어 사무실에서, 더구나 근무시간에 인터넷을 통해 오락을 하는 경우는 삼가야 할 일 중의 하나라고 본다. 이것은 비단 계장만의 일이 아니라 어느 직원이나 간부를 불문하고 해당되는 일이다. 아무리 한가한 시간이라 할지라도 사무실에서 오락을 하는 것은 대단히 유감스러운 일이다. 그럴 시간이 있으면 인터넷 상에서 외국어 공부를 하나라도 더 하는 것이 좋다.

자기가 현직에 있을 때는 아무리 고관대작이라 해도 퇴직 후 3년만

지나면 초라하기 그지없다. 한 퇴직 고위 공무원을 만났더니 "그 전에는 일 주일이 멀다하고 전화하고 명절이면 잊지 않고 꼬박꼬박 찾아오는 사람이 퇴직 후에는 발걸음도 하지 않더라."는 것이다.

공직사회의 가장 큰 단점은 인간관계로 얽혀진 정이 부족하다는 점이다. 정으로 얽혀지지 않으면 그 조직을 떠났을 때 쉽게 잊혀지기 마련이다. 상우(商友)라는 말이 있다. 상우라는 말은 장사할 때 필요한 친구라는 점이다. 상우는 장사할 때만 필요하기 때문에 거래가 끝나면 그만이다.

장사란 본래 이익을 추구하는 것이기 때문이다. 이익을 찾는 집단에게는 본래 그 이익이 떠나면 다시 찾지 않는 것이다. 아마 고위직에게 평소에 자주 찾고 문안드리던 사람이 퇴직 후에 발걸음을 뚝 끊은 것도 따지고 보면 상우와 다를 바 없다.

현직에 있을 때는 영전이나 승진에 기대를 걸고 접근했을 것이다. 그리고 머리가 땅에 닿도록 인사하고 번질나게 찾아다닌다. 그러한 사람일수록 지난날 그렇게 잘 모시던 상사를 쉽게 잊고 만다. 이제 새로운 상사가 오면 또 그 상사에게 아부를 한다.

퇴직 후 퇴직공무원을 찾지 않는 것은 이용가치가 떨어졌기 때문에 찾지 않을 수도 있고 현직에 있을 때 지나치게 인간관리를 하는데 있어서 문제점이 있었을 수도 있다. 퇴직후에도 옛날 같이 근무하던 직원이 선배 공무원을 찾아 막걸리라도 같이 마시면서 즐거운 시간을 보내고 있다면 그는 존경받는 인물임에 틀림없다.

인간사는 매정스럽기 한이 없다. 그렇기 때문에 평상시에 정으로 맺어진 인간관계가 필요하다는 것이다. 그럼에도 불구하고 현직에 있을 때 지나치게 사조직으로 얽혀지는 것이 문제다. 우리가 보기엔 너무나 지나치게 끼리끼리 모이는지 모른다. 동창이다. 향우회원이다. 성씨가 같다고 하여 자기들끼리만 모인다.

경상도니 전라도니 하는 것은 말할 것도 없지만 군 단위 면 단위 마을 단위까지 내려갔다. 이제 우리가 상상할 수 없는 갈등이 넘실대고 있다. 특히 직장생활에서 느끼는 것 중의 하나가 이러한 지역주의, 혈연주의, 학교 선후배들을 지나치게 자기들끼리만 뭉치는 그릇된 사고 때문에 많은 사람이 피해를 보고 있다.

어떤 경우에는 어떤 지방자치단체의 장이 자기가 30년 전에 졸업한 학교 교장인지 지방자치단체장인이 구분할 수가 없다. 아니면 광역자치단체의 장이 자기지역의 군수인지 시장인지 알 수가 없다. 아무튼 끼리끼리 모이지만 그러한 사조직이 결국 공조직을 무너뜨리고 있다는데 문제점이 있다.

우리는 이러한 대립과 갈등을 극복하여야만 나라가 제대로 발전할 수 있다. 그리고 합리적으로 사고해야 한다. 넓은 마음으로 생각하고 판단해야 한다.

어느 조직을 막론하고 공조직과 사조직이 있을 수 있다. 그러나 공조직에서 지나치게 사조직을 감싸게 되면 그 공조직은 무너지기 마련이다. 공조직과 사조직이 적당하게 잘 어울려야 한다. 그래야만 조직이 건전하게 발전할 수 있다. 특히 민선시대가 도래하면서 그러한 문제점이 많이 노출되어 있다. 자치단체의 장은 특정지역의 장이 아니다.

지역을 골고루 안배하면서 편견없이 부하를 사랑하고 아끼는 마음이 필요하다. 그렇지 않으면 그와 같은 조직의 갈등으로 나타날 수밖에 없다. 이러한 문제를 해결하는 길은 리더의 현명한 판단이 필요하다고 본다.

충고는 쓰다

양약고어구(良藥苦於口)라는 말이 있다. 쉽게 풀이하면 "좋은 약은 입에 쓰다."는 뜻이다. 공자가어(孔子家語)에 이르기를 "좋은 약은 입에는 쓰지만 병에는 이롭고, 충고하는 말은 귀에는 거슬리지만 행실에 이롭다. 은(殷)나라 탕왕(湯王)은 곧은 말을 하는 충신이 있었기 때문에 번창했고, 하(夏)나라의 걸왕(桀王)과 殷나라의 주왕(紂王)은 무조건 따르고 아첨하는 신하들만 있었기 때문에 멸망했다. 임금이 잘못하면 신하가, 아버지가 잘못하면 아들이, 형이 잘못하면 동생이, 자신이 잘못하면 친구가 간언해야 한다. 그렇게 하면 나라가 위태롭거나 멸망하는 일이 없으며, 집안에 덕을 거스르는 악행이 없으며, 친구간의 사귐도 끊임이 없을 것이다."라고 말씀하셨다.

말씀의 요지는 충고도 약처럼 처음엔 불쾌하고 달갑지 않지만 그것이 결국 자기에게 유익할 것이라는 뜻이다. 따라서 충고를 해야 할 마당에 이를 하지 않음은 결국 나라를 망치게 하는 결과를 초래할 수 있으며, 임금과 신하, 부모와 자식, 형과 아우간에도 잘못했을 경우 충고를 해야 한다는 점을 가르치고 계신다.

우리들은 가끔 친구나 후배에게 충고를 할 때가 있다. 그러나 충고를 하는데 있어서는 매우 신중하게 접근해야 한다. 그 방법이 서툴러서 상대방이 충고를 오해하고 버럭 화를 내며 거절함으로써 아예 이를 하지 않는 것만 못할 때가 있다.

불경에서는 충고할 때 다섯 가지를 유의해서 하도록 말씀하고 있다. 즉 때를 가려서 하고 진심에서 우러나와야 하며, 부드럽게 해야 하고, 의미가 있어야 하며, 인자한 마음으로 해야 한다고 한다.

첫째, 때를 가려서 해야 한다는 말은 아무 때나 말해서는 안 된다는 것을 의미한다. 충고를 할 때에는 때와 장소를 잘 가려서 해야 한다. 더구나 장본인의 비밀에 관련된 사항에 대해서는 더욱 그렇다. 예를 들어 어떤 사람이 여자친구를 사귄다고 하자. 그는 가정을 갖고 있는 사람이다. 그럴 경우에는 조용히 불러 타일러야 한다.

사람에게는 양심이라는 게 있어서 자기 자신도 그러한 행위가 나쁘다는 사실을 잘 알고 있지만 남녀관계라는 것은 그렇게 단순한 것이 아니다. 그래서 그러한 행위가 나쁘다는 걸 잘 알고 있으면서도 쉽게 돌아설 수 없는 경우도 있기 때문이다.

자기 자신도 수없이 많은 밤을 고민하고 있는데 충고를 한다면서 시(時)와 장소를 가리지 않으면 아무런 효과가 없다. 이런 경우에는 아무도 없는 조용한 곳에서 진지하게 충고를 해야 하는 것이다.

둘째, 진심으로 우러나는 충고라야 한다. 거짓됨이 없이 순수한 마음을 가져야 한다. 상대방을 진실로 사랑하고 아끼기 때문에 충고를 해야 하는 것이다. 대충 들리는 소문만을 가지고 진실되고 진지한 마음도 없이 추측만으로 충고를 하면 안 된다. 진심(眞心)은 참된 마음을 의미한다. 사람을 진실되게 대하게 되면 상대방도 이에 감화 받게 될 것이다.

셋째, 부드럽게 해야 한다. 마음을 따뜻하게 포용하면서 대화를 해야 한다. 상대방을 따뜻하게 대하면서 대화를 하면 경계심을 갖지 않으므로 대화가 쉽게 된다. 부드러운 말씨를 사용하여야 하며 거친 용어를 사용해서는 안 된다. 욕지거리를 하면 상대방도 그것이 비록 옳은 말이라고 해도 귀담아 듣지 않을 뿐만 아니라 오히려 화를 내고 섭섭한 감정을 갖게 될 것이다.

넷째, 의미 있는 말을 해야 한다. 상대방에게 꼭 필요한 충고라야 한다. 그것이 아무 의미가 없는 충고는 가치가 없는 것이다. 그 말이 상대방이 들어서 효과가 있는 말이라야 한다.

다섯째, 인자한 마음으로 충고해야 한다. 너그러운 마음을 갖고 상대방을 대하면 상대방도 이를 수긍하고 충고를 받아들이는 것이다. 언제나 상대방을 이해할 수 있는 넓고 열린 마음으로 대화해야 한다.

그러나 충고도 받아들이는 사람의 마음의 자세에 따라 결과가 달라질 수 있다. 공자와 관련된 고사를 살펴보자. 공자에게 유하계라는 친구가 있었는데, 그에게는 도척이라는 아우가 있었다.

도척은 9천 명의 졸개를 거느리고 천하를 횡행하면서 제후들의 영토를 침범하여 강탈하였다. 남의 집에 들어가 남의 소와 말을 훔치고 남의 부녀자들을 약탈했다. 그는 친척이나 부모형제를 돌보지 않았고, 조상에게 제사도 지내지 않았다. 그가 지나가는 곳에는 많은 피해가 잇따랐으며, 백성들은 괴로움을 당했다.

공자가 유하계에게 말하였다.

"대저 한 사람의 아버지된 자는, 반드시 그 아들을 훈계할 수 있을 것이요. 한 사람의 형은 반드시 그 아우를 가르칠 수 있을 것일세. 만약 아버지로서 그 자식을 훈계할 수 없고, 형으로서 그 아우를 가르칠 수 없다면, 부자와 형제간의 친애도 그리 대수로운 게 못 될 것이네. 지금 자네는 세상이 알아주는 재사(才士)이면서, 그 아우는 도척이라는 대도가 되어 천하에 해를 끼치고 있는데도 그를 가르치지 못하고 있으니, 나는 속으로 자네를 부끄럽게 여기고 있네. 내 그대를 대신해 가서 그를 설득해 보겠네.”

유하계가 말하였다.

“자네의 그 말은 충분히 이해되지만 만약 자식이 아버지의 훈계를 듣지 않고 동생이 형의 가르침을 받지 않는다면 어찌하겠나? 또 도척의 사람됨은 마음은 용솟음치는 샘물같이 끝이 없고, 의지는 회오리바람같이 사나우며, 완력은 어떤 적이라도 막아내기에 충분하고, 그 언변은 자기의 비행을 꾸며대기에 충분하다네, 제 마음에 들면 좋아하지만, 제 마음에 들지 않으면 성을 내며 함부로 욕을 해대니, 자네는 부디 가지 말게나.”

그러나 공자는 그의 말을 듣지 않고 안회에게 수레를 몰라 하고 자공을 오른편에 앉힌 뒤 도척을 만나러 갔다. 도척은 그때 막 태산의 남쪽에서 부하들과 함께 쉬고 있었다. 공자가 수레에서 내려 앞으로 나아가 도척의 부하를 보고 말했다.

“노 나라에 사는 공구라는 사람이 장군의 높은 의기를 듣고 삼가 재배로써 알현코자 합니다.” 부하가 도척에게 들어가 아뢰니, 도척이 그 말을 듣고 노하여 눈은 샛별같이 번뜩이고, 머리카락이 치솟아 관을 찌를 듯했다. “그건 저 노나라의 위선자 공구가 아니냐? 내 대신 그에게 전하라. 너는 적당히 말을 만들고 지어내어 함부로 문왕과 무왕을 칭송하며, 머리에는 나뭇가지같이 이것저것 장식한 관을 쓰고, 허리에는 죽은 소의 가죽으로 만든 띠를 하고 다니면서, 부질없는 소리를 멋대로 지껄이고, 농사를 짓지도 않으면서 먹고 살며, 길쌈을 하지도 않으면서 옷을 입는다. 입술을 놀리고 혀를 차면서 제멋대로 옳다 그르다 판단을 내려 천하의 군주들을 미혹시키고, 학자들로 하여금 근본으로 돌아가지 못하게 만들면서, 함부로 효니 공손함이니 하는 것을 정해 놓고 제후들에게 요행히 인정을 받아 부귀라도 누려볼까 하는 속셈을 갖고 있다. 네 죄는 참으로 무겁다. 당장 돌아가거라. 그렇지 않으면 네 간으로 점심 반찬을 만들겠노라.”

공자가 다시 도척의 부하를 통해 말하였다.

“저는 장군의 형님인 유하계와 친하게 지내고 있습니다. 부디 장군의 신발이라도 쳐다볼 수 있게 해 주시오.”

부하가 다시 전하니 도척이 말했다.

“이리 데려 오너라.”

공자는 총총걸음으로 나아가 자리를 피해 물러 서면서 도척에게 크게 두 번 절을 했다.도척은 그를 보자 크게 노하여 그의 양발을 떡 벌리고, 칼자루를 어루만지며 눈을 부릅뜬 채, 마치 새끼를 거느린 호랑이처럼 호령하였다.

“구야, 앞으로 나오너라. 네가 하는 말이 내 뜻에 맞으면 살 것이로되, 거스른다면 죽을 것이다.”

공자가 말하였다.

“제가 듣건데, 대저 천하에는 세 가지 덕이 있는데, 태어나면서부터 키가 크고 체격이 늠름하며, 용모가 아름다워 아무에게도 비길 수 없고, 늙은이도 젊은이도 고귀한 이도 미천한 이도 모두 그를 좋아하는 것, 이것이 첫째 가는 덕입니다. 그 지혜는 천지를 뒤덮고, 모든 사물의 이치를 헤아리고 있는 것, 이것이 중간치의 덕입니다. 용기가 있어 과감하며 많은 부하를 거느리는 것, 이것이 제일 낮은 덕입니다.

대개 누구라도 이 가운데 한 가지 덕만 갖추고 있으면 제후라 칭하기에 충분합니다. 그런데 장군께서는 이 세 가지 덕을 함께 갖추고 계십니다. 키는 여덟 자 두 치나 되고, 얼굴과 눈에서는 빛이 나며, 입술은 진한 붉은 색이고, 이는 조개를 가지런히 한 듯하고, 목소리는 황종의 음에 들어 맞습니다. 그런데도 도척이라 불리고 계시니 저는 마음 속으로 장군님을 위하여 이를 심히 부끄럽고 애석하게 여기고 있습니다.

장군께서 제 말을 따르실 의향이 있으시다면, 저는 남쪽으로는 오나라와 월나라, 북쪽으로는 제나라와 노나라, 동쪽으로는 송나라와 위나라, 서쪽으로는 진나라와 초나라에 사신으로 가서, 그들로 하여금 장군을 위하여 수백 리 사방으로 큰 성을 만들어 수십만 호의 봉읍을 만들며, 장군을 제후로 삼게 하고자 합니다. 그리하면 천하와 더불어 이 난세를 혁파하고, 병사들을 쉬게 하며, 형제들을 거두어 보양해 주고, 다같이 조상에게 제사를 드릴 수 있게 될 것입니다. 이것이야말로 성인이나 재사들의 행위인 동시에 천하가 바라는 바이옵니다."

도척은 더욱더 크게 노하여 말했다.

"구야, 듣거라. 대저 이로써 권면하고 간구하는 것은 모두 세상의 어리석은 범인들이나 하는 짓이니라. 지금 내 체격이 훌륭하며 용모가 아름답고 사람들이 나를 보며 좋아하는 것은 내 부모의 덕이다. 네 따위가 나를 칭찬해 주지 않더라도 내가 이미 알고 있는 일이야. 또 내가 듣건대 남의 면전에서 칭찬하기를 좋아하는 자는 등 뒤에서 욕하기도 잘한다고 했느니라. 지금 네가 큰 성을 쌓게 한다느니, 백성들을 모아 준다고 했는데, 그것은 이로써 나에게 권면함이니 나를 범속한 인간과 마찬가지로 다루려는 것이다. 너는 달콤한 말로 자로를 설복시켜 자기를 따르게 하고, 그가 쓰고 있던 높은 관을 벗기고, 그가 차고 있던 긴 칼을 풀어놓게

한 뒤, 네 가르침을 받게 했다. 천하에서는 모두 말하기를, 공구는 난폭한 행동을 금지시키고 그릇된 행동을 금할 수 있다고들 한다. 그러나 결국에 가서 자로는 위나라 임금을 죽이려다가 일을 성사시키지 못하고 위나라의 동문 밖에서 사형을 받아 그의 몸이 소금에 절여지게 되었다. 이것은 너의 가르침이 불충분한 것이었기 때문이다.”

사태가 심각해지고 충고를 들을만한 위인이 되지 못한다는 걸 깨달은 공자는 두 번 절하고 빠른 걸음으로 문을 달려 나와 수레에 올라서는 말고삐를 세 번이나 잡았다 놓쳤다. 눈은 멍하니 아무 것도 보이지 않았고 얼굴은 불꺼진 잿빛이었다. 수레 앞턱의 가로나무에 기대어 머리를 떨구고는 숨도 내쉬지 못할 정도였다. 노나라의 동문에 이르러 마침 유하계를 만났다. 유하계가 말했다.

“요즘 며칠 동안 보지를 못하였는데, 거마의 행색을 보아하니, 혹시 도척을 만나러 갔다가 오는게 아닌가?”

공자는 하늘을 우러르며 한숨을 내쉬고 말했다.

“그렇다네.”

유하계가 말하였다.

“도척이란 놈이 전에 이야기한 대로 자네의 뜻을 거스르지 않던가?”

“그랬다네. 나는 말하자면 아픈데도 없는데 뜸질을 한 격이 되고 말았네. 허둥대며 달려가다가 호랑이 머리를 매만지고 호랑이 수염을 잡아당긴 셈이니 자칫하면 호랑이에게 먹힐 뻔했던 게지.”

우리는 이상에서 친구나 또는 아랫사람에게 충고를 해야 하는 방법에 대해 생각해 보았다. 충고는 때로는 필요하다. 그러나 사람의 심리는 그것을 받아들이는데 매우 인색하다. 공자가 도척과 나눈 대화에서 보는 것처럼 그것이 얼마나 어려운 일인가를 알 수 있다. 그러므로 대화가 성공하기 위해서는 항상 따뜻한 마음가짐을 갖고 상대방을 대하되, 상대방이 그 충고를 호의적으로 받아들이지 않으면 아무런 소용이 없다. 또한 상대방의 비밀을 반드시 지켜주어야 한다. 상대방과 나 사이에 상호 공동체의식이 생기고 서로 마음이 상통하는 경우에 대화는 성공적으로 매듭지어 질 수 있다.

서로 믿지 못하는 경우에는 상대방도 진솔한 이야기를 하지 않는다. 대화는 상대방과 내가 서로 교감이 이루어지는 가운데 이루어지는 것이다. 될 수 있으면 간단명료하게 끝내야 하며 콩이야 팥이야 하면서 시간을 길게 끌지 않아야 한다. 그리고 상대방에게 도움을 주는 방향으로 하되 어떤 행위를 상대방과 비교해서도 안 된다.

언제나 상대방의 입장에서 말하고 자기의 주장만을 내세워서도 안 된다. 대화는 가능하면 충고를 받는 입장을 고려하여 대화를 풀어나가야 성공할 수 있는 것이다.

친절 값

아버지가 어린 아이의 생일날 장난감을 사주기 위해 아이의 손을 잡고 가게에 갔다. 첫 번째 장난감 가게에 들어가서 장난감의 가격을 물었다. 가게 주인은 가격이 2만원이며 3천원을 깎아 줄 수도 있다고 설명하였다. 그 말만 하고 주인은 더 이상의 부연 설명은 없었다. 아버지는 더 이상 질문을 하지 않으셨다. 아버지는 그 가게에서 나와 다른 가게로 가자고 하였다. 물론 첫 번째 가게에서는 물건을 사지 않았다.

다른 가게에 간 아버지는 앞 가게에서 본 똑같은 물건을 흥정하였다. 가게 주인은 장난감의 가격은 2만원이며, 물건이 마음에 들지 않으면 반품할 수도 있다고 하면서 물건의 성능과 사용 방법까지 친절하게 설명해 주었다.

설명을 들은 후 아버지는 2만원을 주고 그 가게에서 물건을 샀다. 의

아하게 생각한 어린 아들은 첫 번째 집에서는 1만 7천원에 살 수 있었음을 상기시켜 드렸다. 그러나 아버지의 생각은 달랐다. 두 번째 가게에서 2만원에 장난감을 산 것은 그 가운데 친절값 3천원이 포함되어 있다고 설명하시면서 그 가게의 물건 값이 결코 비싸지 않다고 하셨다.

우리들이 가게에서 물건을 살 때 무척 짜증나는 일이 많다. 더구나 날씨가 덥고 습기가 많은 날에는 불쾌지수가 높을 수밖에 없다.

우리 나라에서는 일반적으로 한번 물건을 사서 포장을 뜯은 뒤에는 반품을 해 주지 않는다. 그러나 미국 등 선진국에서는 물건을 산 뒤 물건이 마음에 들지 않아 1주일 안에 물건을 가져오면 언제든지 반품을 받아 주고 있다.

정찰제 판매는 어느 나라를 막론하고 매우 바람직한 현상이라고 생각한다. 가게는 신용이 첫째이다. 그리고 친절하게 손님을 맞이하는 것은 대단히 바람직한 일이다. "보기도 좋은 떡이 먹기도 좋다."는 속담도 있지만 우리가 일본에 가서 물건을 사보면 그 내용물보다 포장디자인과 포장기술이 무척 세련되어 있다는 것을 발견하게 되며 매우 친절하다는 느낌을 받는다.

우리 나라도 이제는 물건의 포장이나 디자인에 대해 신경을 써야 한다. 충장로의 가게를 가게 되면 손님이 들어가도 본 체 만 체하고 물건에 대해 설명조차 하지 않는 가게도 있다.

서점에서도 친절하게 안내하는 점원은 썩 드물다. 간혹 손님에게 다가와 친절하게 안내하는 점원도 있기는 하다. 나는 친절하게 안내하는 서점을 더 찾으며, 똑같은 책이 있을 경우 반드시 친절하게 안내하는 서점에 가서 책을 산다.

바야흐로 피서철이 되어 우리 도(道)를 찾는 관광객이 늘어가고 있다. 가족과 함께 도내의 수많은 아름다운 섬을 만끽하고 드넓게 펼쳐진 바다를 바라보면서 도시의 답답한 마음을 떨쳐버리고자 우리 도를 찾는 것이다. 이러한 손님을 대할 때 우리는 전라남도의 따뜻한 정을 심어줄 수 있도록 해야 한다. 손님에게 바가지를 씌우는 일은 처음에는 다소 이익이 될 수 있을지 모르지만 결국 우리에게 손해로 이어지는 것이다.

우리가 다소 손해를 본다고 하더라도 손님을 대할 때 친절하게 대하고 물건값도 정찰제로 하며, 방세도 부담스럽지 않게 한다면 그 사람이 홍보원이 되어 내년에도 또 내후년에도 우리 도를 찾을 것이다. 또한 너무나 친절하게 대하면 감동을 받은 손님이 방세나 물건값 외에 친절값, 다시 말하면 팁을 주고 가는 사람도 점차 늘어나게 될 것이다.

우리는 우리 도가 추구하고 있는 관광입도(觀光立道)와 관련하여 우리도가 관광에 대한 기반은 약하지만 친절한 마음씨를 통해서 관광을 활성화하고 재정여건이 허락되는 대로 관광기반을 확충하는 방향으로 나아간다면 좋은 결실이 맺어질 것이다.

황금 수의

　수의(壽衣)라는 말은 사람이 죽었을 때 염습을 하기 위해 고인에게 입혀드리는 옷이다. 인간이 오래 살기를 갈망하는 것은 당연한 귀결이며 내세(來世)에 대한 깊은 성찰 때문에 종교를 믿는다.

　언제부터인지는 확실하지 않으나 사람들은 남이 부끄러워 치부(恥部)를 가리기 위해 옷을 입었던 것처럼 수의도 저 세상으로 가는 분에게 새로운 옷을 만들어 입혀드리는 것이 고인에 대한 도리라고 생각하였던 것으로 보인다. 수의는 주로 윤달에 마련하는데 옛날 사람들은 손 없는 달에 지어야 한다고 한다.

　손이 없다함은 우환이 따르지 않는다는 것을 뜻하는 말이다. 윤달에 옷을 짓는 것도 그러한 이유 중에 하나일 것이다. 또 옛날에는 좀약이 없었던 시대였으므로 옷에 좀이 쓸지 않도록 담배 잎이나 박하 잎을 옷 사이에 두어 보관하였다. 옛날과 마찬가지로 요즘에도 수의는 마포를 주로 사용하여 제작한다. 수의는 일반적으로 크게 지었는데 이는 고인의 몸을 되도록 많이 움직이지 않도록 하기 위한 배려라고 한다.

최근 신문지상에 보도된 바에 의하면 안동의 한 장의업자(葬儀業者)가 1억원짜리 수의를 만들었다하여 화제가 되고 있을 뿐만 아니라 실제 2천만원짜리 수의는 팔리고 있는 것 같다.

돈 없는 서민들의 입장에서 보면 죽은 사람의 사후가 문제가 아니라 살아있는 사람의 입에 풀칠하기도 어려운 판에 비싼 수의를 해드릴 여유도 없다. 가난하여 비싼 수의를 해드리지 못하는 자식들의 마음은 아플 수밖에 없다. 부유층 유족들은 마지막으로 가시는 분에게 금물을 들인 옷을 만들어 드리는 것이 고인이 평생 동안 이 세상을 살아가면서 노력한 대가라고 보고 있는지도 모르겠다.

사망자도 똑같은 사망자가 아니다. 과거에는 돈이 있는 자나 없는 자나 똑같이 한 평 남짓한 땅 속에 마포로 만든 수의 한 벌을 걸치고 저 세상으로 돌아감으로써 모든 사람은 평등한 것으로만 알았다.

그러나 최근 돌아가는 상황은 반드시 그렇지만 않은 것 같으며 마지막으로 가는 인생길도 가난한 자와 부자가 서로 다르다는 점에 대한 새로운 해석을 해야 할 것으로 판단된다. 저 세상으로 가는 모습도 부자와 가난한 사람 사이에는 하늘과 땅만큼 큰 차이가 난다. 아마 머지않아 효도의 기준이 이 황금 수의를 만들어 드렸느냐 그렇지 않느냐에 따라 결정되는 것은 아닌지 알 수 없는 노릇이다.

우리가 시골에서 살 때 부모님께 드릴 수의와 관을 미리 준비해 두었다. 그리고 그것을 보시는 부모님은 그걸 매우 바람직하게 생각하였다. 연로하신 부모님이 계실 때 갑자기 큰일을 당하게 되면 허둥대기 마련이어서 미리 준비해 두는 것이며 이는 결코 불효라고 생각하지 않았다. 어떤 부모님들은 자식들이 이러한 수의나 관을 준비하지 않는 것을 못마땅하게 생각하신 분들도 있었다.

수의를 미리 준비하는 것을 효도라고 생각하였으며 이는 장수와 건강을 뜻하는 것으로 여겼기 때문에 불효가 아니다. 사실 시골에서 관을 하나 장만하는데 많은 시간을 요했다. 큰 통나무를 자르고 대패질을 해야 한다. 요즘처럼 관을 미리서 짜 놓고 파는 장의사가 없었기 때문이다. 관은 일반적으로 쇠못질을 하지 않고 나무못을 사용하였다. 요즘처럼 장의사가 즐비한 도시에서는 이러한 수의나 관을 미리 준비할 필요는 없는 것으로 보인다.

중국을 여행해 보면 중국 사람들은 옥을 유달리 좋아한다는 것을 알 수 있다. 중국 여성 중에 옥으로 만든 반지를 끼고 있는 사람이 의외로 많은 것을 쉽게 볼 수 있다.

우리 나라에서도 최근 옥이 기를 살린다 하여 옥으로 만든 장판, 옥으로 만든 건강매트 등이 불티나게 팔렸다. 중국의 한나라의 고조의 증손인 중산왕 유승이 죽었을 때 이 옥으로 만든 금루옥의(金縷玉衣)를 만들어 입혔는데 이것은 돌아가신 분에 대한 마지막 예의표시였다. 또한 중국인들은 옥으로 만든 제품을 사용하면 시체가 오랫동안 보존될 수 있다고 믿었던 것으로 보인다.

우리 나라의 고대사에서도 순장이라 하여 자기가 모시고 있던 임금이나 귀족이 죽으면 그 사람에게 딸린 노예와 장신구 그리고 돈 등을 무덤에 넣어 두었다. 한때 이러한 유물을 불법 출토하기 위해 도벌꾼들이 설치던 시절이 있었다.

중국의 서안에 가면 진시황제의 능이 있다. 묘지라기보다 오히려 산이라고 표현해야 더 적절할 것으로 보인다. 진시황이 죽은 뒤 능을 수축했는데 높이가 116미터에 이르고 길이는 약 2,500미터, 사방 각 600미터에 이르는 웬만한 산 높이 만큼 큰 묘지이다. 이를 만들기 위해 70만 명의 노예 등이 동원되었다고 한다.

묘지 안에는 여러 개의 문을 만들었으며 묘지 안에서 사람이 활동할 수 있는 정도이다. 진시황이 죽었을 때 진시황을 모시고 있는 시녀들을 이 안에 가두었다. 그리고 밖으로 나오지 못하도록 자물쇠를 채워 갇혀 있던 시종들이 모두 죽었다고 하는데 정말 잔인한 일이다.

수의와 관련하여 극적인 표현을 사용하고 있는 것은 아무래도 김삿갓 자신이 쓴 한 편의 시가 아닐까 생각한다. 자기의 처가 사망하였는데 수의 한 벌 제대로 구할 수 있는 돈이 없었다. 그래서 그는 수의 대신 시집 올 때 입은 옷을 수의로 대신하였다. 정말 슬픈 일이 아닐 수 없다.

사랑하는 아내에게 수의 한 번 제대로 만들어 드리지 못하고 자기보다 먼저 저 세상으로 보내야 했던 김삿갓의 심정은 어떠했을까? 우리들은 김삿갓의 시적(詩的) 감각과 천재성에 대해서는 하나같이 감탄을 자아내고 있다. 그의 시에 나타난 오묘하고 깊은 뜻, 우리들의 심금을 울려 주는 감동, 많은 사람을 웃겨 주는 해학은 한국의 어느 시인보다 뛰어났다고 해도 과언이 아니다. 그는 많은 시 속에서 그가 세상을 풍자하기도 하고 세상 돌아가는 것이 안타까워 한숨 짓는 부분이 많다.

명색이 양반이라는 사람이 배가 고파 남의 집 앞에서 밥을 빌어먹으려고 할 때 집주인이 거지 취급하며 손으로 밥이 없으니 집 앞에서 떠나라는 시늉을 했을 때 그의 가슴은 억장이 무너지는 것 같았을 것이다. 김삿갓은 평생 동안 전국 방방곡곡을 돌아다니면서 술 한 잔 얻어 먹고 시 한 수 지어 주고 배가 고프면 밥을 얻어 먹고, 서당 훈장을 시로서 조롱하고, 때로는 눈물이 날만큼 슬프디슬픈 글도 남겼다.

그러나 곰곰이 뜯어보면 그는 실패한 가장이다. 자식과 아내를 둔 가장이 이곳저곳 떠돌아다니면서 가정을 돌보지 않았다는 것은 그 이유가 무엇이든간에 불행한 일이 아닐 수 없다. 어찌 딸 가진 부모가 가족을 돌보지 않는 청년에게 시집 보내겠는가? 비록 김삿갓 자신이 우리들에게 좋은 글을 남겼다고 하지만 그의 부인과 자녀에게는 뼈아픈 일이 아닐 수 없다.

전국 방방곡곡을 떠돌아다니는 아버지를 찾은 김삿갓의 아들이 아버지에게 집에 돌아가시자고 간곡히 부탁하였다. 김삿갓은 차마 아들의 요청에 거절은 할 수 없었는지 화장실에 다녀온다고 속이고 줄행랑을 쳤다는 이야기는 김삿갓의 마음을 읽는데 전혀 부족함이 없을 것이다. 염습과 관련된 김삿갓의 눈물겨운 시 한 수를 읽으면서 이 글을 맺고자 한다.

만나기는 왜 그리 늦은데다
헤어지기는 왜 그리 빠른지
제삿술은 아직도 초례 때 빚은 것이 남았고
염습 옷은 시집올 때 지은 옷 그대로 썼네.
창 앞에 심은 복숭아나무엔 꽃이 피었고
주렴밖 새 둥지엔 제비 한 쌍이 날아왔는데
그대 심성도 알지 못해 장모님께 물으니
내 딸은 재덕을 겸비했다고 말씀하시네.

장부규 에세이

꽃잎에 서린 이슬

발행일 · 2004년 7월 5일

지은이 · 장부규
일러스트 · 김천정
편집장 · 박옥주

편집인 · 박종현
발행인 · 박인한
펴낸곳 · 세계문예

등록/1998년 5월 27일(제7-180호)

주소/(132-033) 서울시 도봉구 쌍문3동 315-402

☎ 대표:995-0071 영업부:995-0072
　편집실:995-1177 주간실:995-0073
　팩스/904-0071

e-mail ｜ adongmun@naver.com
e-mail ｜ adongmun@hanmail.net
Homepage ｜ adongmun.co.kr
　　　아동문예

값 8,500원

ISBN 89-88695-37-2

※저자와의 협의하에 인지는 생략함.